W9-AUY-994

Clara Cortés

Plataforma Editorial

YA

Primera edición en esta colección: mayo de 2015

© Clara Cortés Martín, 2015
© de la presente edición: Plataforma Editorial, 2015

Plataforma Editorial
c/ Muntaner, 269, entlo. 1ª – 08021 Barcelona
Tel.: (+34) 93 494 79 99 – Fax: (+34) 93 419 23 14
www.plataformaeditorial.com
info@plataformaeditorial.com

Depósito legal: B. 10139-2015
ISBN: 978-84-16429-18-9
IBIC: YF

Printed in Spain – Impreso en España

Diseño de cubierta:
Lola Rodríguez

Fotocomposición:
Grafime

El papel que se ha utilizado para imprimir este libro proviene
de explotaciones forestales controladas, donde se respetan
los valores ecológicos y sociales y el desarrollo sostenible del bosque.

Impresión:
Liberdúplex
Sant Llorenç d'Hortons (Barcelona)

Esta es para mi madre y las tardes literarias,

para el tío José Ignacio

y para todos los que siempre habéis creído en mí.

1. La acera de la derecha

La calle que lleva al motel donde vivo es larga y ancha, y una acera no tiene nada que ver con la otra. Es como si una barrera invisible separara ambos lados. Por supuesto, siempre que quieras puedes cruzar al otro lado, pero eso no significa que la gente lo haga. Es como la valla que rodea un instituto: aunque muchos querrían y podrían saltarla, eso no significa que la salten de verdad. Porque saben que su lugar está dentro.

Cuanto más camino de la derecha recorro, más grietas me encuentro. Y más suciedad. Y menos casas. En la otra acera, sin embargo, la fila de chalets de color amarillo y naranja sigue hasta más allá del motel, hasta alcanzar la carretera del norte.

Aunque pueda sonar a mentira, me gusta mucho más la acera de la derecha que la de la izquierda. Es mucho más real. La vida es así, rota, con hierba seca entre los huecos que deja la piedra de los adoquines. Si conoces a alguien con una vida-chalet, probablemente todo se quede en esa fachada amarilla, tan igual a lo largo de toda la fila. Probablemente su sitio también esté en este lado, nuestro lado, pero no quieran aceptarlo.

Antes de llegar al motel, en la acera de la derecha, la calle está flanqueada por la verja de un orfanato. Es el que cubre la zona norte de la ciudad, adonde se sabe que llegan muchos niños todos los meses. A veces lloran tanto y tantos a la vez que puedo oír sus sollozos sincronizados desde mi habitación, y eso que no tiene ninguna ventana que pueda cerrar para acallarlos. Son gritos desgarradores. Cuando pasa me pregunto si habrá alguna niña especial ahí dentro, alguien que se parezca a mí y que llore más fuerte que todos los demás. También me pregunto si la habré visto alguna vez cuando he pasado por delante y todos los niños estaban jugando fuera, aunque me desespera pensar que he podido hacerlo y que no la he reconocido.

Normalmente me gusta pasar la mano por la verja de rombos metálicos mientras camino. El sonido que hacen los anillos de mis dedos contra los alambres es musical y, si lo cuento en mi cabeza, sigue cierto ritmo que puede llegar a ser agradable. Siempre logro encontrarlo, aunque cada vez es diferente, pero eso es lo que más me gusta. Sin embargo, ahora paro de hacerlo, porque, como todos los días, tengo que mirar. Siempre me obligo a hacerlo al menos una vez, porque sería una persona horrible si no me molestara en dedicarle unos segundos al día; busco un par de coletas desiguales que yo podría haber conocido, a esa niña que debería tener mi nariz, o mis ojos, o los de Raven...

Como de costumbre, no veo nada —porque no hay nada, ni siquiera suerte—, así que tengo que seguir andando para volver a casa.

Solo que, esta vez, sí que hay algo cuando me pongo a andar otra vez. No lo había visto porque mi mente había elegido omitirlo y concentrarse en buscar, como cada día; es curioso cómo nuestro cerebro es capaz de aislarnos hasta el punto de no dejarnos ver cosas tan obviamente claras. Porque, cuando vuelvo a andar, hay ahí otro sonido que esta vez no es mío. No rozo la verja con la yema de los dedos, pero, aun así, en alguna parte hay música. Y son notas. Notas de verdad, quiero decir, no solo en mi cabeza. Sol. Do. Re. La. No es metálico. Es una guitarra, y creo que viene de dentro. Vuelvo a mirar hacia allí sin dejar de andar.

Ahí está. No tardo demasiado en localizarla. La guitarra. Obviamente, alguien la está tocando. Es un chico. Está al fondo, encorvado y sentado sobre un banco. A pesar de todos los niños que hay a su alrededor, parece estar muy solo.

El chico es larguirucho y grande, o eso es lo que parece desde aquí. Tiene los dedos ágiles, pero, a pesar de eso, se mueve como si no se sintiera seguro; vacila cuando hace amago de levantar la cabeza y al final nunca aparta la vista del movimiento de sus dedos sobre las cuerdas, como si de verdad temiera perderse o equivocarse. Está cantando y lo que oigo en la distancia es grave y fuerte, pero a la vez suave y agradable. Cuando han pasado unos segundos y creo haber escuchado lo suficiente, decido que me gusta su voz.

No parece que él esté muy de acuerdo en eso, sin embargo. Tiene el ceño levemente fruncido y los hombros tensos. Las gafas de pasta negra que lleva juegan a ser equilibristas sobre la punta de su nariz, y me pregunto por qué no puede, simplemente, hacer algún tipo de movimiento para su-

11

bírselas. Siempre me ha puesto nerviosa la gente que mira el mundo por encima de la montura de sus gafas, como la señora que se encarga de la biblioteca del centro, aunque no sé exactamente por qué me molesta.

Cuando acaba la canción se queda un momento mirando la vibración de las cuerdas antes de subir la cabeza y sonreírles a los niños, un público realmente desagradecido. Sí, han estado tranquilos, pero no escuchándole. Gritan, saltan y ríen mientras se persiguen los unos a los otros, y el baile sigue para ellos aunque ya no haya música para acompañarlo.

Me sobresalto al darme cuenta de que he estado parada tarareando todo el rato, aunque ni siquiera sé cómo se llama la canción. He debido de oírla en la radio alguna vez, o en el centro comercial, o en alguna sesión de fotos. No era consciente de habérmela aprendido.

Me doy la vuelta y sigo mi camino justo después de que el chico se suba las gafas con un gesto despreocupado. Él no me ve. No reanudo el sonido de mis anillos, simplemente meto las manos en los bolsillos y ando más rápido, porque quiero llegar ya al motel. Solo unos treinta y cinco o cuarenta metros lo separan del orfanato.

Cuando subo las escaleras metálicas que llevan al segundo piso y entro en el apartamento 36, la sensación tan rara que se me había puesto en el estómago tras escuchar esa canción es sustituida por la colonia postsexo de Raven. Tengo que aguantar la respiración y pasar directamente a la cocina. Y aunque allí no es mejor, porque ella está fumando, al menos no es ese tufo a fruta, sudor y suciedad.

—Ah, hola —dice, tranquila—. No he oído la llave.

—Hola.

Vacío mi mochila en la mesa blanca donde comemos. El tablero está lleno de quemaduras y manchas marrones que no se pueden quitar. Caen las llaves, un libro, una camiseta sucia y un sobre. Justo antes de venir he pasado por el banco para sacar lo que me han pagado hoy.

Raven apaga el cigarrillo dentro de una lata de cerveza arrugada y se acerca a mí con curiosidad.

—¿Cuánto?

—Cincuenta pavos.

—La última sesión fueron más.

—Porque me pasé seis horas en ese estudio sin parar ni para mear, Raven. Por eso fueron más.

Mi hermana agarra el sobre antes de que yo pueda alcanzarlo y sale de la cocina contoneándose. Me dan ganas de gritarle que no hay nadie mirando, que no hace falta que haga eso, pero no quiero discutir. Necesita montar un espectáculo todo el tiempo. Además, suele estar de muy mal humor después de estar con un cliente, por eso me callo.

Se agacha junto a su cama y mete la mano debajo. Saca una caja de metal rosa que tiene un pequeño candado. Ahí es donde guardamos todo nuestro dinero. Está llena de polvo y tiene un par de pelusas enganchadas en las esquinas. Muchas veces pienso en qué pasaría si alguien entrara a robar, porque no sería nada difícil hacerlo. No sería difícil encontrar la caja bajo la cama y que alguien rompiera ese estúpido candado y nos robara todo lo que tenemos. De hecho, yo misma podría hacerlo si quisiera. Podría agarrar una piedra de fuera, acercarme, golpearlo hasta que se partiese... Y luego irme lejos de aquí con el dinero.

13

Pero Raven abre la caja y me quedo a medias preguntándome adónde iría.

A un lado, los billetes están sucios, algo rotos y arrugados. Al otro lado, el montón de mi dinero, es decir, el dinero que yo gano y que sale directamente del banco, descansa en pilas más o menos agrupadas por su valor. Mis billetes están limpios, en todos los sentidos posibles. En total no hay demasiado dinero, pero sí mucha diferencia entre ambos lados. «Es igual que la acera de la derecha y la de la izquierda», pienso. Es como si cada montón saliera de un mundo completamente distinto, o viniera de una cara diferente de la luna, y en parte, si lo piensas, es un poco así.

—Bueno, supongo que esta vez, cuando venga ese baboso del casero, podré pagarle en condiciones. No soporto tener que tocarlo cuando vamos un poco justas.

Doy la vuelta a su cama para ir hacia mi habitación.

—No necesitaba saber eso.

—*C'est la vie*, Valeria. No puedes ser tan tiquismiquis. Las cosas son como son, a ver si lo aprendes de una vez.

«*C'est la vie, Valeria*», dice siempre Raven. Raven, la que está hecha de piedra. La que es dura y fría como el hielo. La que tiene muchos problemas y muchas responsabilidades que siempre prefiere evitar. Es Raven, es casi una extraña.

Raven y yo apenas nos conocemos. Ya no.

2. Raven

El nombre real de mi hermana no es Raven, por supuesto. Se llama Rachel, Rachel Annabel Miles, pero hubo un tiempo en que murmuraba constantemente lo mucho que odiaba oírme lloriquear su nombre entre sollozos y que ahora pronunciarlo le daba arcadas y malos recuerdos. Por eso ya no lo digo. Yo no lloriqueo, por cierto, ni lloriqueaba, pero es mejor no discutir con ella; llegó un punto en el que ni eso valía la pena. Mil veces debió insistir hasta que empecé a llamarla por su nombre profesional y, al final, ¿qué más me daba hacerlo? Parecía que le gustaba. Ahora es algo tan normal que a veces tengo que recordarme que no es el real.

Aunque «Raven» me molesta, claro que me molesta. Esa no es ella, y no soporto el nuevo yo que creó hace tanto tiempo. Poco a poco, «cuervo» empezó a dominar su vida, a meterse en su cuerpo, y ahora es lo único que puedo encontrar. Ahora solo está el cuervo. Intento pasar de todo e ir por mi cuenta, pero es difícil hacerlo cuando tengo tan presente que la nueva Rachel es solo una máscara que debería ponerse solo ante el mundo pero que también usa conmigo.

Nunca se lo he dicho, porque nunca digo nada, pero eso me da frío y me pone triste.

Si ya nunca digo nada es porque de nada sirve. Sería como tirar una bengala al aire y pretender que eclipsase mínimamente las estrellas; completamente inútil. Así que no malgasto mis fuerzas en pelear, simplemente la dejo vivir y yo hago lo mismo. Solo me guardo para mí que no me gusta llamarla como todos sus clientes porque eso me hace ser un poco como ellos.

Lo que me parece más gracioso del nombre que ha escogido para sí misma, «Raven», es que el pelo de mi hermana es completamente rubio, tan rubio que parece blanco, y la gracia está en que no recuerda nada a un cuervo. Es cierto que lo tiene suave y liso y que podría pasar por plumas, pero el color es tan claro que, cuando éramos pequeñas, la gente le preguntaba a mi madre si se lo había lavado alguna vez con agua oxigenada. En el colegio, la chinchaban preguntándole si había metido la cabeza en lejía. Ella lo odiaba. Estuvo a punto de teñirse, pero mamá no la dejó hacerlo, porque a ella le gustaba y decía que se lo estropearía.

Ahora, los mismos que se reían de ella son los que cuelan sus sucios billetes dentro de su sujetador, o que le bajan las bragas, o que le aprietan el cuello y gritan más fuerte. Nunca he entendido a aquellos que dicen que el tiempo pone a cada uno en su sitio; da la sensación de que siempre nos quedaremos donde la vida ha decidido colocarnos y, por mucho que intentemos escapar, acabaremos cayendo. Es como luchar contra la gravedad. Al destino le gusta jugar con nosotros y, a veces, justo nos empuja hacia abajo cuando ya estamos rozando el subsuelo.

Mi hermana Raven es una de las chicas más guapas que he visto nunca. De verdad lo es. Tiene la piel blanca y lisa y sus rasgos son suaves y muy elegantes. No tiene cara de tener que estar aquí; deberían tenerla en una vitrina, vestida con sedas, maquillada de tal manera que sus mejillas parecieran sonrosadas de nuevo, sus pómulos resaltados, sus enormes ojos castaños mirando curiosos y su pequeña frente enmarcada por un par de mechones de pelo liso y blanco. Su nariz es puntiaguda como la de una muñeca y, cuando sonríe, porque hoy aún lo hace, aunque raramente, sus pestañas se entrelazan, eternas ante sus ojos, señalando ahí abajo donde un par de hoyuelos se dejan notar levemente.

El problema de Raven es que, al estar hecha de porcelana, después de tantos palos no es de extrañar que esté rota. Se le notan las grietas, los golpes; tiene estrías, ojeras y, aunque cuenta solo veinticinco años, es vieja. Después de aquel embarazo que la dejó tan destrozada, todo ha ido de mal en peor, y, aunque ella sigue y sigue siempre hacia delante, se pudre. Lo veo. Creo que lo ve todo el mundo.

Pero mi hermana es de esas personas que continúan andando a pesar de estar perdiéndose a sí mismas por el camino. Ha dejado atrás tantos pedazos que no soy capaz de recogerlos todos.

No le gusto demasiado a Raven. A veces intenta hacer como si de verdad se preocupara por mí, pero no se le da muy bien intentarlo. Hay varios motivos que sé que tiene y que intento comprender: la pena, la envidia, el rencor. Quizá simplemente es la mezcla a café y tabaco que debe de quedársele en el paladar todas las mañanas. Raven también odia profundamente a mamá, y yo soy físicamente igual que ella, las dos lo somos, así que ese podría ser también uno de los motivos de sus esporádicas miradas de desprecio.

No se lo reprocho, porque no es como si yo siguiera intentando defender a mamá. Para el que no lo sepa, mi madre se largó. Un día, nos echó de casa y dejó de contestar a llamadas, timbrazos y súplicas. No volvió a dar señales de vida ni dejó ningún rastro que pudiéramos seguir, así que tuvimos que apañárnoslas como pudimos y hacerlo todo desde cero. Rachel tuvo que empezar a trabajar, y solo tenía dieciocho años.

Por eso ahora lleva las faldas tan cortas y los escotes tan amplios. El único sitio donde consiguió que le pagaran fue en la calle. Buscando coches. Asomándose a ventanillas de desconocidos.

Esa es la razón de que ya no se llame Rachel. Aunque de eso hace ya mucho tiempo.

Subo las escaleras de metal despacio y levanto la cabeza: la puerta del apartamento 36 no está cerrada del todo. Extrañada, entro y, por un momento, antes de cerrar y de que la penumbra invada el cuarto de nuevo, me quedo observando la cama de matrimonio de Raven, toda deshecha y sucia. Usada, seguro que hace poco.

Huele a tabaco, sudor y esa colonia tan empalagosa de mora que ella se empeña en usar porque cree que enmascara lo que acaba de hacer.

Como si quedara alguien a quien engañar.

No miro hacia la cama cuando voy a la cocina, simplemente la esquivo. Aprieto los labios y abro la ventana para que se airee todo un poco. Rutina, es lo que hay.

Oigo el ruido de la cisterna y me doy la vuelta. Mi hermana entra en la cocina y levanta la vista hacia mí. Ni un hola, ni un «Ah, ¿ya estás en casa?». Solo una mirada vaga, indiferente y tal vez algo cansada. Lo mismo de cada día.

—¿Cómo ha ido la sesión de hoy? ¿Te han pagado? —pregunta.

Examino el aspecto de la Raven de ahora: es *sexy*, eso no se puede negar. Incluso así, despeinada y agotada después de tanto «ejercicio», es guapa. Incluso siendo vieja.

En unos años seré una copia de ella. A veces, cuando me miro en el espejo, puedo ver que ya me voy pareciendo. Aún conservo algunas fotos suyas antiguas; estoy a caballo entre lo que era antes y lo que es ahora. La forma de la cara, la nariz, las bolsas cansadas bajo los ojos, los hombros caídos… Es como una maldición: igual que yo me parezco a ella, Raven es cada vez más y más como era mamá los últimos días, y yo me estoy convirtiendo en ella. Un círculo vicioso. No puedo negar que me da miedo, porque no quiero acabar siendo alguien como Raven, ni siquiera como mi madre, pero no puedo hacer nada al respecto. Casi ni creo que pueda controlar que vaya a tener mi propio nombre profesional.

—No ha estado mal —contesto, encogiéndome de hombros—, pero tengo que volver mañana, así que hasta entonces no me pagan.

—¿Por qué?

—Un problema con la luz. No importa mucho, era uno de esos tipos excéntricos y creo que he oído a una chica decir que nos van a dar mucho.

—¿Cuánto es mucho? —Raven pasa por delante de mí y agarra un paquete de tabaco que hay sobre la mesa. Abre la ventana para fumar, se sube a la encimera y asoma la cabeza. Retrocedo y me apoyo en el marco de la puerta.

—No sé cuánto es mucho. Pero espero que unos cien. U ochenta. Por ahí, más o menos.

—Me vendrían bien cien pavos. Tengo que renovar un poco el vestuario, ya sabes. Mis modelitos empiezan a aburrirles.

«¿Qué modelitos? Si casi nunca llevas ropa.» Me muerdo la lengua a tiempo.

—No, ese dinero es para el casero. ¿Estás pensando en ropa, en serio? La semana pasada dijiste que tenías que pagarle. Y hay que darle lo de la luz también, ¿recuerdas?

Raven le da otra calada al cigarro. Se encoge de hombros. Sus ojos, delineados de negro, brillan con mucha fuerza. Su forma de fumar es elegante y algo ordinaria al mismo tiempo, si es que eso puede ser posible. Siempre me ha fascinado verla ahí, sentada en la ventana mirando hacia fuera. Antes solía preguntarme dónde estaba su mente mientras ella perdía la vista en el horizonte. Me preguntaba si miraba al orfanato, si buscaba a alguien, como hago yo a veces. Ahora ya ni me molesto. Cuando Raven se sube a la ventana, parece perdida y tranquila a la vez, precisamente como si no le importase estar perdida. Y es como una reina, con todo y todos a sus pies. Una reina de hielo, solitaria y distante. Sin corazón.

—Ya sé lo que dije, pero a veces hay que priorizar, querida. *C'est la vie.*

3. Las gafas en la punta de tu nariz

La quinta vez que paso por delante del orfanato desde aquel primer día, en mi mente repito que no voy a parar. No voy a pararme. Esta vez no. Ser plenamente consciente de los pasos que me quedan hasta llegar a ese punto —diecisiete, dieciséis, quince, catorce— me hace sentir incómoda y algo molesta, pero no puedo evitarlo. No quiero perder el tiempo escuchando música estúpida. No es que tenga demasiadas obligaciones, no realmente, pero aun así no me gusta que nadie tenga la capacidad de frenarme. Golpeo fuerte el suelo con las botas y sigo pensando en no parar, en no parar bajo ningún concepto, no hacerlo, y en mi cabeza sé que quedan siete pasos, seis pasos, cinco pasos, y me parece que empiezo a oír ya la guitarra, y camino más rápido, concentrándome en no tocar las grietas. Es como no pisar el asfalto en los pasos de cebra. Si mi pie atraviesa la línea entre dos adoquines, me quemo.

Mis dos pies pisan la línea entre dos adoquines cuando me paro en seco y la valla está a mi derecha, y giro la cabeza, y el chico de la guitarra está cantando en un banco más cerca de mí, donde los niños pueden correr y saltar a su alrededor. Cuando canta, lo hace de forma suave, como si estuviera hablándote y no hiciera esfuerzo alguno por alcanzar ninguna nota, como si te estuviera contando un secreto porque tú eres una persona especial. Por eso me paro a mirarlo cuando mi contador de pasos alcanza el cero.

Me fijo en su postura. Está más tenso de lo normal (si es que eso es posible, que lo dudo mucho), como si estuviera más nervioso que otras veces. Primero pienso que a lo mejor no se sabe esta canción tan bien como las otras, pero entonces...

Entonces, por una milésima de segundo, veo cómo levanta los ojos. Es casi imperceptible, sobre todo porque no está muy cerca y, de nuevo, lleva las gafas mal puestas, pero lo veo. Los levanta hacia mí, como si hubiera estado esperando a que apareciera, y luego vuelve a la guitarra y sus orejas se ponen rojas de una manera impresionante.

Alzo las cejas. Por alguna razón, eso hace que me moleste más aún. ¿Es que pretende que le diga algo? ¿Es que le gusta que lo mire cantar? Aprieto los dientes y frunzo el ceño. He conocido a chicos así, y son todos unos engreídos. No pienso elogiarlo. No voy a decirle nada. Yo ni siquiera quiero estar aquí...

—¡¡Eh!! ¡Eh, tú!

La guitarra para y la magia vuela. Una vez, cuando era pequeña, iba en coche y se me taponaron los oídos; cuando su música se acaba, la sensación es la misma que cuando se me volvieron a destaponar. Está todo bien, pero de repente falta algo. Es la ausencia de sonido. Ese pitido que había antes, la vibración de esas cuerdas, se nota más una vez que desaparecen.

Levanta de nuevo los ojos hacia mí. Su boca está ligeramente abierta, sus ojos bastante redondos. Tiene el pelo corto y liso, hacia arriba, como si la física no le afectara. Las gafas que lleva están al borde de su nariz otra vez. Su aspecto en conjunto es el de alguien sorprendido y caótico. Ese pelo tan revuelto me recuerda al de un niño que haya sido pillado haciendo alguna travesura, aunque no sé por qué un niño travieso debería tener un pelo especialmente enredado... Por un momento, me choca que la expresión de su cara no sea de superioridad, chulería o al menos pretenda parecer encantadora. Me choca tanto que me quedo unos segundos en blanco.

—¿No te molestan las gafas así? —pregunto, al final.

Me siento estúpida.

Parece que él tarda un poco en reaccionar ante eso. Cierra la boca y abre un poco más los ojos. Madre mía, da la sensación de que este chico no ha hablado en su vida con alguien del sexo opuesto. Me gustaría sonreír, burlona, pero aún estoy ligeramente enfadada con él.

—¿Qué?

—Las gafas. En la punta de tu nariz. —Me señalo la cara y él se las sube rápidamente, como si fuera algo malo que se le hayan escurrido.

—¿Estabas escuchando? —pregunta.

—Claro. Si ya lo sabes. Y sabes que me gustaba.

Parece algo (más) confundido por esa respuesta.

—Eh, bueno... Bueno, vale, sí... —Alzo una ceja—. Vale. Sí sabía que... estabas escuchando. Perdona.

Entonces levanto las dos cejas. El viento sopla, me aparto un mechón de los ojos y lo escondo tras mi oreja. No me esperaba que dijera «perdona» porque yo estuviera mirándolo. ¿Si él me hubiera mirado a mí? Difícilmente, pero me habría parecido normal.

No entiendo por qué está tan extrañado. No es como si la gente no se hubiera parado a mirarlo —si alguna vez alguien hubiera pasado por aquí, claro—. No es algo común que venga aquí alguien de fuera del barrio, pero sí que se habrían molestado en escuchar. Es mucho mejor que algunos de los artistas que se asientan en las calles y las plazas más concurridas y turísticas del centro y tocan baladas de los ochenta o canciones pop-rap con un ukelele. Y a ellos les echan muchas monedas siempre, y a veces hay gente que les compra sus CD.

Es como si nunca le hubieran hecho un cumplido. El chico larguirucho que tengo delante está ruborizado y ni siquiera he dicho en voz alta todos los halagos que se multiplican en mi cabeza.

Hay un intercambio de miradas. No estamos cerca, pero aun así puedo notar la electricidad que va de uno a otro. Es como pica pica. Como una pastilla efervescente. Como si me estallase en la piel mientras me observa tan detenidamente, incluso a esta distancia. Y sus ojos verdes parecen decir algo, al menos algo más que su boca, aún algo entreabierta.

Me hace sentir incómoda.

¿Cómo puede alguien tener una boca tan boba y unos ojos tan inteligentes?

—¿De verdad te ha gustado?

—¿Quieres que te lo repita? —Aparto la mirada al cielo—. Tengo que irme.

Ni siquiera me da tiempo a darme la vuelta del todo.

—¿Qué? ¡No, espera un segundo! —Giro la cabeza, arqueo una ceja de nuevo—. Eh, yo… Nunca había cantado delante de nadie. Bueno, delante de los niños, pero eso no cuenta… No es igual. —Se calla, baja un momento los ojos y parece que piensa qué más puede decir antes de mirarme de nuevo—. Me llamo Simon.

Supongo que, ahora que lo dice, es bastante evidente eso de que no suele tener público. Debía de estar tan nervioso por eso. De hecho, si te fijas en él —en su postura levemente encorvada, en la manera que tiene de subirse las gafas y revolverse el pelo, en cómo baja la vista al suelo—, no parece que nadie le preste mucha atención en general.

Lo miro de arriba abajo una vez más y luego me doy la vuelta y sigo andando.

—Pues adiós, Simon.

—Oye, pero…

Sinceramente, estoy un poco cansada ahora mismo como para intentar mantener una conversación. Me pesan los hombros y me laten los pies por haber venido andando desde dos paradas después de la mía, porque me he despistado y me he pasado la de siempre. Miro el reloj de mi muñeca. A estas horas Raven suele estar durmiendo o fuera, puede que comprando. Ojalá haya agua caliente, porque me muero por una ducha. Las duchas ardiendo hacen que se me pasen todos los males, literalmente. No suelen durar mucho, porque el agua se acaba pronto, pero cinco minutos bajo el chorro son suficientes para que desaparezca mi mal humor.

El motel donde vivimos tiene un cartel junto a la entrada del aparcamiento que lo precede. Es muy alto y luminoso, y se ve desde más allá del principio de la fila de chalets. Dice «Hacia el Norte», como si fuera una promesa de partida, no una condena. No miente, porque hacia allí apuntan los apartamentos: hacia el norte, a las montañas, lejos. Las montañas se ven azules desde esta distancia. Las nubes se arremolinan a veces a su alrededor y, en invierno, las cimas son blancas. Sé que algún día me marcharé en esa dirección, y cuando mire atrás veré el cartel y le daré la razón, porque, aparte de una prisión, también es el pronóstico de lo que me espera.

Solo quiero que signifique que me voy, no que me quedo.

El motel Hacia el Norte tiene dos plantas de apartamentos. En la de abajo solo hay habitaciones, para las largas estancias hay que subir unas escaleras metálicas que llevan al segundo piso. Es un corredor estrecho con una barandilla plateada que contiene el vacío hasta el suelo y lo separa de todas las puertas. Nosotras vivimos en la 36, a la derecha de la escalera, una de las que se ven desde los coches.

Puedo verla ahora, cuando solo he subido cinco escalones.

Está saliendo un tío. Lleva traje, algo que definitivamente no se ve demasiado por aquí. Me quedo quieta en medio de las escaleras y observo sus movimientos: se coloca la chaqueta, se ajusta el cinturón, tira de sus mangas y se pasa una mano por el pelo. Luego gira la cabeza a los lados, un gesto que lo hace parecer completamente culpable. Mira a los lados, nunca atrás.

Me pregunto si alguno habrá mirado atrás alguna vez.

Retrocedo antes de que pueda verme, bajo las escaleras de dos en dos y me escondo en el hueco debajo de estas. Quiero observarlo más de cerca.

La luz de un coche parpadea antes de que sus pies hayan tocado el suelo. Es uno de esos automóviles grandes y alargados, de marca alemana, asientos de cuero blanco y carrocería azul añil. Hay un par así en la fila de los chalets, aunque creo que este viene de más lejos. Me pregunto por qué alguien con ese coche se molestaría en aparcar aquí.

Es por Raven, siempre por Raven.

Cuando pasa a mi lado me encojo, aunque no se fija en mí. Está más relajado de lo que yo creía que estaría un hombre que acaba de pagar por sexo. Sí, se pasa de nuevo la mano por el pelo y se humedece los labios, pero aun así sus hombros no están tensos y sus movimientos son naturales. Entra en el coche y, cuando ya ha cerrado la puerta y pone una mano sobre el volante, puedo ver un brillo en su mano.

Un anillo. O sea, que está casado.

Me imagino a Raven tirada en la cama, aún desnuda, solo tapada con una sábana. Seguro que está fumando, porque siempre lo hace al final. Tendrá la cabeza echada hacia atrás, soplará el humo hacia el techo y probablemente eche las cenizas en el suelo. Nunca le digo nada sobre eso, aunque odio que lo haga porque siempre tengo que limpiarlo yo.

Ella esta así, abandonada, mientras que para este hombre habrá acabado. Probablemente no vuelva a verla y, aunque eso no quiere decir que no vaya a volver a recurrir a alguien como ella, al menos tiene la posibilidad de escapar cuando quiera. Pero mi hermana no, porque está atada a todo esto: a esa cama y al motel. Es como las cenizas, que de alguna forma nunca desaparecerán del todo de la moqueta.

Él ahora va a irse a casa. Aparcará en la puerta, entrará y dejará la chaqueta en una percha. Es probable que su mujer salga a recibirlo con una sonrisa y que lo bese en los labios. Puede que mi hermana lo haya besado también. Mientras veo cómo se va el coche, pienso en esa pobre mujer que está esperándolo. ¿Qué le habrá dicho para justificar su tardanza? ¿Habrá usado la vieja excusa del trabajo? Cuando el coche sale por la puerta del aparcamiento y pasa junto al cartel de Hacia el Norte, sé que odio a ese hombre. Ni siquiera sé cómo se llama, pero lo odio como odio a todos los demás y a todo en general.

Me subo la capucha y tiro de las cuerdas para cerrarla un poco. No quiero que nadie me reconozca. No quiero que nadie en el mundo sepa que existo. Salgo del aparcamiento andando rápido y con las manos en los bolsillos. Parece una huida, y en mi cabeza lo es; Raven está sola y desnuda arriba y me imagino que tiene la boca abierta y los ojos abiertos y que de su garganta escapa un grito de ayuda… Y yo me voy, solo pienso en que me estoy alejando, y aunque sé que eso es mentira, que Raven no grita por mí, nunca sabré si realmente me lo he imaginado, porque me estoy yendo. Y no solo estoy alejándome de ella, sino que intento correr lejos del futuro. Porque, un día, yo también seré así. Puede que no esté desnuda, puede que no fume sobre las sábanas, pero sé que acabaré atada a algún sitio mohoso y oscuro, y no quiero. Algún día, tendré su cara, mi cara será como la suya, y empezaré a volverme vieja como un pájaro blanco. Y estaré sola, como Raven ahora.

Si las cosas no mejoran, seremos dos cuervos compartiendo el nido.

No puedo pisar las grietas de la acera. Si las piso, caigo a la lava. Me quemaré los pies y arderé. Nadie podrá sacarme del fuego y, si alguien lo consiguiera, de todas formas no quedaría nada de mí que valiera la pena salvar. Parece un juego, pero no quiero caerme.

Por un momento, pienso que quizá fue justo eso lo que le pasó a ella. Pienso que Rachel cayó un día en un abismo, cuando nadie miraba, ni siquiera yo, y que esa es la explicación. Y por un momento tiene sentido. No sé cuándo pasó, pero pasó; Rachel cayó a la lava un día y yo ya no puedo alcanzarla. No puedo ayudarla a levantarse, está ardiendo...

De repente, choco tan fuerte contra alguien que el golpe me hace dar un par de pasos hacia atrás. Pienso: «Lava, fuego, vacío, socorro». Levanto la cabeza, desconcertada. Me late rápido el corazón.

Estoy mirando directamente los ojos verdes del chico del otro lado de la valla, pero sin valla de por medio.

—¡Lo siento! —exclama—. No te había visto, perdona... Eh... Lo siento, ¿estás bien...?

—¿Tú? ¿Qué haces tú aquí? —Hay algo incorrecto en que haya salido de ahí dentro y que ahora esté en el mismo mundo que el mío.

—Lo siento, yo... Estaba pensando en otra cosa. No te había visto.

Yo tampoco lo había visto a él. Cuando lo miro de arriba abajo, pienso que debe de sacarme al menos una cabeza y media. Tiene el pelo castaño muy despeinado y el cuello de su chaqueta vaquera está doblado hacia dentro, pero no le comento nada sobre eso.

Se sube las gafas y mete las manos en los bolsillos.

—Yo tampoco estaba... Perdón por chocar contigo.

29

Doy un paso hacia la derecha y él lo imita al instante. Cuando voy a esquivarlo por el otro lado, allí está otra vez. Parece un baile. Frunzo el ceño y clavo la mirada en él.

—¿Me dejas pasar?

—Lo siento. —Se echa a un lado y esta vez es el bueno. Lo miro durante dos segundos más, y él hace lo mismo. Parece que duda. Parece que quiere irse de aquí ya. Es un poco raro, el chico, la verdad.

—Bueno, adiós —digo—. Y perdón por haber chocado contigo.

—¿Estás bien? —pregunta él rápidamente—. Porque estás... llorando.

Me llevo una mano a la cara. Mis dedos tocan las lágrimas y resbalan hasta mis labios con ellas. El corazón se me para, antes de volver a acelerarse, y las yemas empiezan a quemarme como si hubiera tocado algo horrible. ¿Desde cuándo estoy llorando?

Soy estúpida. No puedo llorar. Raven nunca llora, yo no puedo ponerme a llorar si no lo hace ella. Por eso soy la más débil, ¿ves? Por eso soy la débil y por eso me callo cuando Raven grita y maldice y me escupe en la cara, roja de ira. Ella hace todo el trabajo, y la que llora siempre soy yo, porque soy frágil e incapaz de aguantar como ella.

Me limpio con la manga de la chaqueta rápidamente y aprieto los labios. Sigue observándome fijamente, y lo más curioso es que parece preocupado. Pero no tiene sentido, porque ni siquiera me conoce, así que no es posible que se preocupe por mí.

—Estoy bien. No me mires así. Tengo que irme ya, lo siento.

—Pero…

—Adiós.

—Me llamo Simon. Por si… bueno, ya sabes…

Lo miro de arriba abajo una última vez. Siento de nuevo el pica pica.

—Creía que eso ya lo habías dicho.

4. Corre, chica, o volverá antes de que acabe el día

Mi móvil suena por todo el apartamento. Es por el eco. Hay un eco horrible aquí dentro, y es muy difícil saber de dónde viene el sonido. Estoy sola, leyendo en mi cuarto. No veo a Raven desde ayer por la noche, cuando se fue a dormir; esta mañana, cuando me he levantado, ya no estaba. Hace eso a veces. Aún hace el suficiente calor fuera como para poder dejar la ventana de la habitación de Raven abierta, aunque sea de noche, y corre el aire. Me levanto de un salto y voy hasta la cocina, porque creo recordar que fue donde lo dejé la última vez que miré si tenía alguna llamada perdida del trabajo.

Sé que es Raven antes de contestar, porque son las once y media y la loca de mi jefa no me llamaría a estas horas. Nadie más tiene mi teléfono, por cierto; es el número del trabajo y de las «emergencias».

—¿Sí?

—Valeria, cielo. —La voz de Raven es más dulce de lo normal—. Necesito un favorcito.

Obviamente, siempre es porque «necesita un favorcito». Nunca es solo por hablar. No espero que se ponga a charlar conmigo a estas horas, sobre todo porque no es algo que hiciera ni cuando todavía se llamaba Rachel, pero aun así. Nunca es para contarme nada. Siempre es porque ha hecho algo. Por eso dice «cielo», para que me ablande.

Miro por la ventana. Es tan de noche que puedo ver mi reflejo en el cristal.

—¿Qué te pasa? ¿Dónde estás?

—Estoy en la comisaría B. La del oeste, ya sabes.

Cierro los ojos y aprieto la mano que sujeta el teléfono. A veces querría matarla. Bueno, no matarla, pero sí empujarla, gritarle que es estúpida y zarandearla. Hacer algo. A veces, cuando realmente me enfado con ella, me gustaría tener fuerzas para odiarla. Ahora no le explico que he salido antes de la sesión y que llevo aquí dos horas esperándola para cenar o que, de hecho, he estado esperando tanto tiempo que al final he decidido volver a mi pequeño cuarto para terminar el libro que tomé prestado de la biblioteca, con el estómago vacío. Tampoco le digo que había preparado los espaguetis con verduras porque así le gustan a ella, sin queso para que no engorden, ni que quería darle el dinero con el que me han pagado hoy, que es mucho, para que se pusiera contenta.

No, no le digo nada. Yo nunca digo nada. Simplemente, me muevo y me agacho debajo de mi cama, con el teléfono entre el hombro y la oreja. Puedo escuchar su respiración desde el otro lado.

—¿Val, me has colgado?

—No, no te he colgado. Sé qué comisaría es. Voy para allá, espérame.

—No es como si fuera a irme de aquí, así que tranquila. Eso sí, date prisa.

Ella cuelga y apoyo la cabeza en el borde de la cama. Siempre tengo que estar sacándola de algún agujero oscuro, aunque nunca del definitivo. Sigo rebuscando debajo de la cama y saco la caja de las emergencias, la que no es rosa sino negra. Dentro está mi carnet de identidad falso, por si acaso me lo pidieran en la comisaría cuando vaya a recogerla, y algo de dinero exclusivamente reservado para las multas. Supongo que iremos a pagarla mañana por la mañana, porque ahora mismo es demasiado tarde, pero no me viene mal echarle un vistazo al capital del que disponemos para este tipo de cosas. De momento, trescientos cincuenta. Suspiro. Ojalá la de hoy sea una multa de las corrientes, ojalá no haya escupido o insultado a ningún agente. Ojalá no tenga que pagar también la fianza. Ojalá no fuera muy destapada, porque, cuanta menos ropa, más dinero.

Cojo el carnet y salgo corriendo del motel. La comisaría B está a un cuarto de hora de aquí, tengo que darme prisa si no quiero que se impaciente. Porque esa es otra: si llego tarde, encima me grita.

* * *

Al llegar, lo primero que noto es el olor a gente que no se ha duchado en varios días. Aquí siempre huele igual y cada vez que vengo me pregunto si los policías lo notarán. Es un olor a sudor tan ácido y fuerte que a veces te obliga a respirar por la boca. Voy directa al mostrador de la entrada, donde un poli gordo está sentado con la vista clavada en la pantalla de su ordenador y de vez en cuando esboza una sonrisita. Vaya, a este no lo conozco. Debe de hacer mucho que no me pasaba por aquí. Bien por ti, Raven, aunque podía haberte durado más la racha.

—Hola, buenas noches.

El poli levanta la cabeza del monitor del ordenador y me da un repaso. Rápido, pero exhaustivo. Lo extraña mi presencia, lo que supongo que es más o menos normal teniendo en cuenta la hora. Y mi tamaño. Soy algo pequeña para mi edad, para qué negarlo, y es difícil hacer creer que tienes más de dieciocho con algo menos de un metro setenta y una talla S.

—¿Puedo ayudarte en algo, guapa?

—Vengo a recoger a alguien. Es una —tomo aire y lo dejo salir con la palabra— prostituta.

Ahora parece sorprendido; nada que no me esperara.

—¿Eres mayor de edad? —Asiento rápido y, aunque es mentira, no lo nota—. ¿Has traído el carnet de identidad?

—Sí. —Lo saco del bolsillo trasero de mis vaqueros y lo pongo sobre el mostrador. Siempre me da escalofríos usarlo. Le echo una mirada impaciente a la puerta que da a las celdas, donde sé que me espera Raven. Allí dentro huele horriblemente a pis, además de sudor y todo lo que también hay aquí. Sé que no le gusta quedarse mucho tiempo y que luego se va a pasar todo el camino de vuelta quejándose.

El hombre consigue, tras un par de intentos, agarrar con la uñas el carnet de la superficie plana del mostrador. Tiene los dedos gordos como morcillas, muy hinchados, y las uñas amarillentas y algo cuarteadas. Le echa una mirada rápida y me lo devuelve.

—Bueno, ya sabes, no hacía falta que vinieras, pero este tipo de cosas siempre ayudan. Son trescientos. Toma, tenéis que ir con este recibo al ayuntamiento.

—Ya. —Me muerdo la lengua para no decir algo como que es muy probable que yo haya pisado más veces el ayuntamiento que él. He ido tan a menudo que, de hecho, el guarda que siempre está en la puerta suele saludarme por mi nombre y nunca deja de mirarme hasta que yo le contesto: «Buenos días a ti también, Jimmy».

—Vale. —Levanta la vista y mueve los ojos como si buscara a alguien o estuviera intentando decidir qué tomar del escaparate de una pastelería—. Espera, esto no se puede quedar vacío. Voy a buscar a alguien, quédate aquí un momento, ahora vamos a por ella.

El policía sale del mostrador y deja esto vacío para buscar a otro tío que lo vigile *para que no se quede vacío*. Pienso: «Perfecto, gente competente».

Me quedo mirando su espalda mientras desaparece. Lleva la ropa muy tirante. Cuando se ha ido, clavo la vista en la encimera: tiene marcas de boli, como si alguien hubiera apretado mucho al escribir, y también golpes, arañazos y manchas de otro tipo. El bolígrafo está unido a la mesa por una cadenita, y esta ha tenido que ser reforzada con celo porque alguien intentó llevárselo.

Aburrida, me inclino un poco hacia delante y me fijo en el monitor: el poli estaba viendo un vídeo de caídas tontas en YouTube. Lo ha dejado parado en un chico a punto de comerse el suelo al caer de un *skate*. Buena forma de estar completamente alerta, sí, señor.

—¿Qué haces?

Me pongo tiesa como un palo. Creía que el agente se había ido, mierda… Cuando me doy la vuelta, nerviosa a pesar de que no he hecho nada malo, me salta un poco el corazón: delante de mí tengo a un chico alto, con el pelo corto y los ojos verdes.

Lo reconozco. Es él otra vez. Es el de la guitarra, el del orfanato. Sander, o algo así.

—¿Tú? —decimos los dos al mismo tiempo. Esta vez, incluso yo abro la boca.

—¿Qué haces aquí?

—¿Qué hago yo aquí? Mi padre es el jefe de policía. ¿Y tú?

Que su padre es el… ¿qué? Debe ser una broma. Miro al chico de arriba abajo. Tiene los ojos muy abiertos y sigue con la boca en forma de O. Me pregunto si tendrá siempre la misma cara.

—¿Qué más te da?

Parece que se espabila. Se recompone y frunce los labios, incómodo.

Justo en ese momento, entra el poli gordo otra vez.

—¡Simon! Hijo, quédate aquí un momento, tengo que acompañar a esta chica adentro.

¡Ah, ya! Simon, me dijo que se llamaba Simon, no Sander. ¿Por qué se me había olvidado si me lo repitió dos veces? Vuelvo a mirarlo y subo una ceja.

—¿Él es tu padre?

No me creo que este sea el jefe de policía. Sería penoso.

—¿Qué? —balbucea. Luego se pone rojo—. ¡No, no! ¿Cómo va a ser él mi padre…? —Se vuelve hacia el otro—. Duncan, ¿vas a encerrarla?

Abro la boca.

—¿A mí? ¿Por qué? ¿Te parece que tengo pinta de haber hecho algo malo?

Simon me mira con aspecto un poco culpable. Duncan suelta una carcajada.

—No, qué va. Ha venido a por una de las putas que hemos recogido esta tarde, solo eso.

«Putas.» La palabra es tan dura y tan despectiva que tengo que apretar los puños para no saltarle al cuello. Nunca había oído a ningún policía hablar de esa forma de ellas, tan despreocupadamente, pero ahora me gustaría que repitiera esa palabra para tener un motivo para saltarle encima de verdad y golpearlo con todas mis fuerzas. Porque al decir «putas» con ese tono también estaba hablando de mi hermana.

Simon me mira. Se ha dado cuenta de que me arden los ojos.

—Eh, déjame a mí —dice rápidamente. Da un paso al frente y Duncan se queda mirándolo—. Mejor voy yo, ¿qué te parece?

—¿Qué? ¿Cómo vas a ir tú, chico?

—Déjame las llaves, voy yo, en serio. Si viene alguien pidiendo algo, no voy a saber hacerme cargo, pero puedo controlar esto otro.

El poli gordo mira a Simon. Se lo está pensando.

Al final, refunfuña y se saca las llaves del cinturón. Se las da a Simon ante mi atónita mirada. Este las acepta, me mira, aprieta un poco los labios y hace un gesto con la cabeza para que lo siga dentro. Y lo hago, porque es mejor que quedarse aquí con Duncan.

Hace mucho que no vengo, sí, pero me sé de memoria el pasillo hasta las celdas.

—¿Cómo es que has venido a eso? —pregunta el chico en voz baja y con un tono bastante cauteloso cuando estamos solos.

—¿A recoger a una puta para sacarla de esta comisaría de mierda? —Lo miro, molesta—. Oh, lo hago más a menudo de lo que piensas, en realidad.

Se gira, sorprendido. Vale, es probable que me haya pasado un poco hablándole así, pero es que este tema hace que se me lleven los demonios, en serio.

—No tengo nada contra ti —replica, contrariado—. Supongo que será una amiga que te ha pedido el favor o...

—No supongas tanto, anda.

Llegamos por fin. Hay celdas a ambos lados, dos en cada pared. Están abarrotadas: debe de haber habido una redada o algo así. Hay un montón de mujeres semidesnudas sentadas en el suelo, apoyadas en las paredes o incluso tumbadas unas encima de otras. Es un caos.

En realidad, nunca las multan por prostitución. Curiosamente, eso es no es ilegal en este país... excepto si eres el chulo, claro. Las multas suelen ser siempre por falta de ropa, por esos modelitos que tanto le entusiasman a mi hermana. Eso sí, también es curioso que los policías de esta ciudad siempre hagan las rondas por ciertas zonas en horas clave, pero supongo que a nadie le gustan esas cosas que hacen que se note que la armonía pretendida en realidad no existe.

Aquí dentro hay mucho jaleo. Están todas hablando y, como es normal, gritan para que su conversación se oiga por encima de las otras. Es como una lucha a ver quién puede más.

—Eh —dice Simon. Parece algo intimidado por las mujeres que nos rodean. Carraspea y alza la voz—: ¡Eh, callad un momento, por favor!

—¿Val? —Hay revuelo en una de las celdas de mi derecha—. ¡Val! Oh, ya era hora, Dios. Te haces de rogar.

Me muevo hacia allí. Tengo que contener las ganas de llamarla también. Las otras mujeres se apartan y su cara aparece. No puedo evitar sentir más alivio que enfado cada vez que veo que está bien.

—Ay, Val, gracias al cielo. —Saca los brazos por los barrotes de forma algo dramática—. Gracias, gracias, cariño. Si no hubieras venido, habría tenido que esperar por lo menos otras cuatro o cinco horas hasta que nos soltaran...

No me gusta que Raven me llame «cariño», y menos en público y por los motivos que lo hace. Probablemente no hubiera dicho eso si Simon no estuviera delante. Quiere hacerse la simpática, eso es todo. Soy consciente de que no va a volver a decirlo hasta la próxima vez que la cojan y me necesite.

—Vamos. —Me giro hacia él—. Sácala. Es ella.

Simon se equivoca dos veces al ir a meter la llave en la cerradura de la celda. El barullo parece haberse calmado un poco. Las mujeres se ríen por lo bajo, y a mi espalda oigo comentarios tipo «qué adorable» y «mira el color de sus orejas, por favor». Una dice algo sobre sus hombros, sobre clavar las uñas en ellos o algo así, y supongo que lo oye porque sus orejas se ponen más rojas aún.

Por fin, abre la celda y mi hermana sale corriendo.

—Gracias, cielo. —Raven le sonríe y le pasa una mano por debajo de la barbilla de forma cariñosa. Eso me molesta, no sé por qué. Empieza a andar hacia la salida sin esperarme y yo fulmino con la mirada su espalda.

Es estúpida.

Simon me agarra del brazo cuando voy a seguirla.

—Eh... ¿Es tu madre?

—No. ¿Mi madre, en serio? ¿Mi MADRE? ¿Cómo va a ser mi madre? ¿Se ha parado a mirarla bien, o es que tiene las gafas demasiado empañadas de la emoción?

—¿Tu hermana?

—En serio, ¿qué coño te importa?

Aprieta los labios de nuevo, los abre como si fuera a decir algo y luego cierra la boca de nuevo.

—Bueno, vale, lo siento.

Otra vez. Es la enésima vez que este chico me dice que lo siente sin haber hecho nada especialmente malo. Me sorprende, porque, aunque no sé cómo, sé que lo dice de verdad. Lo veo en sus ojos verdes. Y me sorprende, también, porque hace tiempo que nadie me dice «lo siento» como si realmente lo sintiera.

Me retuerzo las manos, me muerdo el labio y luego salgo detrás de Raven por el pasillo. Ya está fuera, despidiéndose del poli con una sonrisita.

—Que no vuelva a verte —le dice él con un tono despectivo, aunque está mirándole las tetas de una forma totalmente descarada.

—Tranquilo, Dunkin'.[1] —Mi hermana se da la vuelta hacia la puerta.

—Es Duncan.

—Lo sé. —Y vuelve a sonreírle.

1. Como Dunkin' Donuts, cadena multinacional de franquicias de tipo cafetería especializada en dónuts.

Le echo una mirada breve al poli y me lo imagino atragantándose con uno de los dónuts que seguro que come a menudo por reírse de uno de los vídeos de YouTube que le he pillado viendo. Luego corro un poco más para alcanzar a Raven, pero, justo cuando voy a llegar a su altura, Simon me agarra el brazo otra vez.

—¿Qué pasa ahora? —Primero miro su mano agarrándome, luego levanto los ojos hasta los suyos. Son brillantes y oscuros. Me suelto de un tirón.

—Eh... yo... —Se rasca la nuca, guiña un poco un ojo—. Bueno. Supongo que ya nos veremos por el barrio, y eso.

¿«Supongo que ya nos veremos»? No entiendo nada. ¿Cómo que «nos veremos»? ¿Por qué iba a querer verlo? Y lo más importante: después de verme recoger a Raven de la cárcel con una multa que a fin de cuentas viene por prostitución, ¿por qué querría él verme a mí? No tiene sentido. Lo miro fijamente a los ojos sin contestar, y por la nuca siento una sensación extraña, como de plumas o frío. Es molesto y agradable al mismo tiempo, pero no dejo de mirarlo, ni siquiera pestañeo, como si al aguantar más tiempo la sensación fuera a durar para siempre y de repente pudiera entender ese comentario. ¿«Nos veremos»...?

—Corre, chica —dice el poli gordo, despertándome de repente—, o se te escapará y volverá aquí antes de que acabe el día.

Raven anda de forma tranquila por el borde de la acera. Se ha bajado la falda y ahora le llega por la mitad del muslo, lo que hace que su atuendo sea menos humillante que antes. Tiene los brazos extendidos a los lados y los pies le tiemblan un poco antes de apoyarlos bien en el bordillo roto. Su pelo vuela por el viento, y parece un ala de plumas blancas más que nunca; nadie diría que ha estado más de cinco minutos ahí dentro.

Parece una niña pequeña e, irónicamente, la viva imagen de la inocencia.

—¿No puedes correr con esos tacones, o qué pasa? —gruño, poniéndome a su altura.

—Nos han rodeado, ¿qué quieres que haga? Estaban por todas partes. Y además, nunca conviene correr. —Hace un movimiento con la mano—. ¿De cuánto es?

—Trescientos. Así que sí que podías haberlo intentado un poquito.

—Me han puesto multas más altas.

—No es gracioso.

—Ya lo sé, Valeria. Mañana iré al ayuntamiento a pagarla, ¿vale? No te agobies.

Siempre me siento mal cuando me enfado con ella, aunque esté en todo mi derecho de hacerlo. Raven siempre intenta quitarle importancia, como si no fuera con ella o no fuera grave, pero es que eso me pone furiosa, porque lo es. Es grave. Y va con ella. Debería pararlo —parar en general—, pero no lo hace.

A veces ni siquiera estoy segura de que sepa que debería parar.

Me meto las manos en los bolsillos. Raven se mete una en el sujetador y saca un paquete arrugado de tabaco con un mechero dentro. Me sorprendería si no la hubiera visto sacar tabaco de sitios más extravagantes que ese.

Hace frío.

—Ese chico, Val, ¿lo conocías? Porque parecía que sí.

—¿A quién? —Sé que habla de Simon.

—Al de la comisaría. El que te ha acompañado adentro. Te comportabas como si lo hubieras visto antes.

Me he comportado como si me avergonzara de ella, en realidad. Me encojo un poco, aunque no puede verme porque va delante de mí.

—Lo he visto un par de veces, pero no lo conozco de nada.

—Me viene muy bien que tengas un amiguito ahí dentro, ¿sabes? Siempre que se convierta en algún tipo de enchufe, puedes hacer lo que quieras con él. A lo mejor incluso podrían pasarme algunas «infracciones» —forma las comillas en el aire con los dedos— de vez en cuando. ¿Te imaginas? Eso sí que estaría bien.

Raven deja un camino de humo a su espalda cuando espira. Toso y me aparto. Lo ha hecho a propósito.

—No es mi amiguito. Y no va a ser un enchufe, Raven. Si quieres que no te pongan multas, vístete con más ropa.

—Ya, claro —dice ella, y se ríe—. Porque tú me lo mandes.

Se ríe de nuevo y echa a correr calle abajo a toda velocidad.

5. Dime tu secreto inconfesable

Llevo al menos cinco minutos mirándolo desde la carretera, ni en un lado ni en otro pero lo suficientemente lejos como para que no detecte mi presencia. Mis pies tocan las líneas blancas sobre el asfalto viejo, que ya empiezan a desgastarse pero que nadie se molestará en repintar. Hoy no pasan coches por aquí, pero, si lo hicieran, sería completamente vulnerable; y no me importaría. No hay un alma en la calle, salvo la mía. Y la suya, al otro lado de esa valla. A diferencia de los otros días, no se fija en la guitarra y sí en su alborotado público.

Yo también giro la cabeza hacia allí: prácticamente ninguna de las pequeñas figuras que corretean tiene menos de cuatro años. Los niños, a partir de esa edad, ya son demasiado mayores; ya han pasado demasiado tiempo ahí dentro, han perdido el encanto que puede conseguir que te adopten. Suena triste e incluso cruel, pero esto funciona igual que una perrera; si rescatan a algún perrito, es al cachorrito adorable, no al viejo pulgoso. Sé que muchas parejas vienen aquí, aunque sea un lugar tan apartado, y también sé que los bebés son los más populares entre las personas que quieren adoptar. Es normal. Eso es lo más escalofriante, supongo: saber que los gritos y los llantos vienen de niños mayores. Seis, siete, ocho, diez años. Llaman a sus madres y a sus padres, aunque muchas veces no los tienen, y quieren salir de allí, porque odian la soledad. Porque la crueldad humana los ha colocado enfrente de una fila de chalets de familias perfectas, y ellos no pueden evitar mirar. Y tienen envidia. Y duele.

Seguro que la hija de Rachel también grita y llora. ¿Estará aún aquí? Nunca la he visto, aunque no es como si verla fuera a cambiar algo, de todas formas. A veces pienso que, con toda seguridad, la adoptaron hace años. Rachel no quiso enseñármela cuando nació, pero me apuesto lo que sea a que era una niña preciosa, de esas que llaman la atención. Si tiene sus genes, probablemente lo fuera. Lo sea. Seguro que un matrimonio feliz se enamoró de ella y que ahora vive mejor de lo que podría haber vivido con nosotras. A lo mejor mi hermana tomó una buena decisión, al fin y al cabo.

A lo mejor hizo bien dejando que lo último bueno que quedaba de ella desapareciera.

Después de mirarlo un rato desde la carretera, decido dejar de pensar en esa niña sin nombre ni rostro y acercarme al chico. Ha vuelto a ponerse en el banco que está más cerca.

—¡Eh, tú! —grito para llamar su atención—. ¡Escucha! Quiero que sepas que sí que era mi hermana. Y también que ha estado en esa comisaría muchas veces. Bueno, también en otras, pero sobre todo en esa. Y a mí no me importa.

¿No me importa? Cuando las palabras salen por mi boca, no sabría decir si son verdad o mentira.

La canción que se detiene también la conocía. Es *Wish you were here*, de Pink Floyd. «*We're just two lost souls swimming a fish bowl year after year, running over the same old ground...*»[2] Simon levanta la cabeza, un par de segundos después, y me sobresalta que sus ojos se encuentren con los míos.

Parece realmente sorprendido al verme allí. Mira a los lados, hacia el edificio, pero nadie que supere el metro sesenta está allí vigilando su labor. Y todos los críos están a su bola. Deja la guitarra a un lado, apoyada en el suelo.

—Hola —dice tras unos segundos.

—Hola —contesto.

Sus ojos se mueven rápido sobre mí, como si quisiera memorizar mi imagen. Me pregunto qué impresión le daré. Me pregunto si hoy le pareceré como los otros días, así con la ropa de la última sesión puesta, o si lo que lleve no tiene nada que ver con lo que piense porque su opinión ya cambió radicalmente cuando nos encontramos el otro día... Espera, ¿por qué debería importarme lo que piense...?

—¿Adónde vas? —dice—. Estás muy... guapa.

Una parte de mi cerebro sigue cabreada y quiere contestar: «¿Qué más da adónde voy? ¿Quién te crees que eres, mi padre?», pero no es eso lo que digo. No digo nada, de hecho. Consigo mantenerme calmada, porque es el tío que dice «perdón» todo el rato y el que tiene las orejas más rojas que he visto nunca, y no debería dejar que explote toda mi mala leche en su cara. Sé cuándo una persona es buena y cuándo no, y la gente buena no debería tener que aguantar

2. «Somos solo dos almas perdidas nadando en una pecera año tras año, precipitándonos por los mismos caminos...»

a la gente enfadada. Por eso me controlo e intento tomármelo como un cumplido.

—Acabo de salir de trabajar —respondo.

Veo cómo su cabeza vuelve a inclinarse para mirarme. Esta vez parece examinar mi ropa con especial interés. Tanto, que yo también lo hago: falda corta, botas altas, hombro al aire. Y el maquillaje. Detesto el maquillaje, pero hoy no he podido quitármelo porque perdía el bus. Es horrible, en ese tipo de sesiones siempre me maquillan como a una fulana...

Y entonces me doy cuenta de por qué tiene esa cara entre incómoda y sorprendida.

—Oh, no. No, ni siquiera pienses eso. —Suelto los rombos de la valla y me aparto un poco, ofendida—. Yo no soy una puta, ¿eh? Sé que lo estabas pensando. Pero no soy, yo... yo tengo un trabajo de verdad.

Simon echa la cabeza hacia atrás.

—¿Qué?

—Sé que lo estabas pensando por la ropa que llevo. Por la ropa, y porque mi hermana sí lo es y fui a buscarla a la comisaría de tu padre la semana pasada.

—Yo no he...

—Sí, sí *has*. Lo has pensado.

Hay un silencio. Me subo el hombro de la camiseta y me cubro las piernas lo máximo que puedo. No sé por qué, me siento bastante más desnuda que hace un segundo. Desnuda y estúpidamente avergonzada.

—Vale, se me ha pasado un segundo por la cabeza. Lo siento.

—¿Te lo parezco?

—No. Ha sido solo un pensamiento fugaz.

—Ya.

Cuando él se levanta del banco, yo me dejo caer en el suelo. No de forma dramática ni nada de eso, simplemente me pongo de rodillas y abro mi mochila. Aunque estaba viniendo hacia mí, se para en seco, extrañado. Levanto los ojos un momento hacia él.

—¿Qué haces? —pregunta.

—Mira esto.

Enrollo en un tubo las fotografías que siempre llevo encima y se las paso por uno de los rombos. Mi «agente» me recomendó que siempre tuviera unas a mano, por si acaso. Sus argumentos para ello tenían sentido, pero, como ella no se dignó a proporcionarme tales fotografías, tuve que hacerme con ellas arrancándolas de una revista de la última peluquería a la que entré. Ya no me hace ilusión ver mi cara en anuncios entre cotilleos sobre famosos y test de «¿Cuánto conoces a tu pareja?». Cuando llegué a casa con las hojas escondidas debajo de la ropa, las alisé con la mano y luego les recorté bien los bordes para que no fueran demasiado cutres, pero aun así lo son.

Simon desenrolla mis fotos y las mira, una por una. Están un poco arrugadas, pero se me reconoce. Parece que se sorprende.

—¿Eres modelo?

—Sí.

Asiente y sigue pasándolas.

—Pareces mucho más mayor que en persona.

—Es el Photoshop. Supuestamente yo estoy en alguna parte debajo de todos los filtros y retoques.

Vuelve a asentir, como si supiera de qué estoy hablando, aunque dudo que lo haga. Después de unos segundos, me lanza una mirada rápida.

—Supongo que no podías ser otra cosa, en realidad. Quiero decir... que te pega. —¿Gracias?, pienso, pero no digo nada, solo sigo observándolo—. ¿Y te va bien en ese trabajo?

—Me va normal. A ver, no soy Kate Moss, así que mucho, lo que se dice mucho, no pagan. Suelen ser unos diez pavos la hora, aunque a veces son siete. No da para comprar un castillo, ¿sabes?

—Oye, pues tienes un aire a Kate Moss, si lo piensas. Cuando era joven y eso.

Simon vuelve a pasar las fotografías enrolladas por un agujero de la verja. Yo las guardo en mi cartera, donde estaban antes.

—No tenías que darme ninguna explicación —añade cuando vuelvo a ponerme de pie—. A mí me da igual.

—¿El qué te da igual?

—Lo que has dicho antes de tu hermana.

—Claro, porque no debería importarte. Pero no eran explicaciones, era una aclaración.

En realidad no sé a qué venía lo que le he soltado antes. Solo sentía que tenía que decírselo. Supongo que, en el fondo, no podía soportar que pensara que me avergonzaba de mi hermana por algo como eso. Lo haga o no es una cosa, pero que él lo piense es otra. El porqué me importa tanto no lo sé, eso sí.

Arg, pero qué me pasa ahora.

—Ah, y... hum... por cierto, también siento haberte hablado así el otro día. Fuiste bastante majo, pero es que estaba cabreada con ella.

—¿Por estar detenida?

—Sí. Por llevar esa ropa. Y por no haber corrido.

Eso provoca en él una carcajada suave, inesperada y natural, aunque yo lo decía en serio. Sacude la cabeza y me doy cuenta de que le falta algo. Un detalle importante que antes siempre tenía.

—¿Y tus gafas?

—¿Qué?

Ahí está otra vez. Pongo los ojos en blanco.

—¿Por qué dices siempre «¿Qué?»? No llevas gafas, y siempre que te he visto las llevabas, así que te he preguntado qué ha sido de ellas. No es tan difícil.

Se sonroja levemente y se encoge de hombros de forma tímida.

—Va a sonar algo tonto, pero la verdad es que se me rompieron el otro día. La patilla. Estaba haciendo el imbécil con ellas y se partió.

Arqueo una ceja.

—¿Y ves algo?

—¿Por qué todo el mundo me pregunta eso? No soy tan miope. No veo manchas de colores en movimiento o algo así. Solo lo veo todo un poco borroso, lo de llevar gafas es solo porque le dan a la vida HD.

—¿HD?

—HD.

Eso me hace sonreír inesperadamente. Intento hacer como que no, pero se ha dado cuenta.

—¿Y ves la guitarra sin gafas?

—Bastante bien. Y aunque no la viera, esa canción podría tocarla hasta de espaldas y con los pies.

Arqueo una ceja, pero no puedo evitar volver a sonreír un poco más. ¿De espaldas y con los pies? Anda ya.

—Modestia aparte, claro.

51

—Bueno, es una de las canciones con las que aprendí a tocar la guitarra, qué quieres.

—¿Y llevas tocando mucho tiempo?

—Desde los diez años.

A los diez años yo estaba sentada al lado de Rachel, en la acera junto a la cabina telefónica, escuchando cómo decía palabrotas cada vez que llamaba a alguien para ver si podía acogernos y obtenía una negativa. Recuerdo que hacía frío. Recuerdo, también, que me senté al lado de un charco y que me pasé toda la tarde mirando en el reflejo cómo se movían las nubes, al menos hasta que Rachel echó su última moneda y suspiró y luego le pegó una patada al cristal. Se hizo daño en el pie y gritó, pero luego se mordió el labio para intentar ocultarlo. Cuando la miré para ver qué pasaba, vi que estaba llorando, pero se limpió la cara y me sonrió. Fue una sonrisa rota y forzada, pero aun así una de las más sinceras que le he visto a mi hermana. Se creía que así no me daba cuenta de que seguía llorando. Luego me tomó de la mano, me alejó del charco y nos pusimos a andar hacia alguna parte.

Envidio a Simon por haber tenido esa vida tan normal. Seguro que sus padres, el señor jefe de policía y su esposa, llevaban al niño a un montón de extraescolares, como tenis, natación o inglés. Y también a que tocara la guitarra, claro. Estoy segura de que después de cada clase el pequeño Simon de diez años les enseñaba las cuatro notas que se había pasado una hora aprendiendo y ellos aplaudían, y luego él hacía todos los deberes y era un niño responsable al que ponían buenas notas en el cole y todo el mundo quería mucho.

—¿Tienes algún secreto inconfesable?

Sus ojos vuelven a examinarme detenidamente. Me gustan mucho esos ojos. Son del tipo que parece que tienen vida propia, con algo dentro, como los de los dibujos animados. Preciosos, tanto que seguro que él no sabe cuánto. Seguro que no es consciente de lo expresivos que son. Y verdes, también son extraordinariamente verdes, pero no como los que he visto antes, porque estos a la vez son oscuros y resaltan mucho. Tienen un brillo especial que desde aquí los hace parecer metálicos y muy inteligentes.

Me gustaría saber en qué está pensando. Simon no tiene ni idea de a qué ha venido eso, pero yo sí. Parece tan perfecto... No, su vida parece perfecta. Tiene un trabajo fácil en el que puede tocar la guitarra, algo que obviamente le gusta. Tiene un padre y una madre, y al menos un buen sueldo entrando en casa. ¡Enhorabuena, pequeño Simon! Toma una pegatina de carita sonriente, ¡te la mereces...! Pero... no, algo debe haber. Todo el mundo tiene uno de esos secretos. Algo que lo avergüenza, algo que jamás le diría a nadie en alto por miedo al rechazo y la humillación. Si yo tengo uno (más de uno, de hecho), él tiene que tenerlo también. No tiene que ser igual de grande, igual de grave, pero... Todo el mundo tiene algo. Él no va a ser diferente.

—Si tuviera un secreto inconfesable, ¿por qué iba a contártelo?

Su respuesta me deja unos segundos confundida. Tiene razón, pero aun así contesto:

—Porque tú ya sabes el mío. O uno de ellos, al menos. Sería lo justo.

—¿Tu secreto es en qué trabaja tu hermana?

—Bueno... Podríamos decir que es *qué es* mi hermana, más bien. No es solo un trabajo. No sé si me entiendes. Ser prostituta es diferente, no es como si pudieras deshacerte de ello al llegar a casa… —Me callo. Estoy hablando demasiado de esto. Intento quitarle un poco de importancia para que no note lo triste que me he puesto, y digo—: Además, fui yo quien la rescató el otro día, ¿no te pareció raro?

Tal vez «rescatar» no sea la palabra adecuada, sobre todo porque esto no es una película de caballeros, no hay ninguna torre, Raven no es una dama y, probablemente, si hubiera un malo, ella acabaría interpretando ese papel.

Simon tarda un poco en contestar. Cuando lo hace, no parece muy seguro.

—Las hermanas están para eso, supongo. Bueno, yo no tengo hermanas ni hermanos, pero creo que en eso consiste una relación típica.

—Ya, pero la adulta es ella. —Y, siendo tontísima e intentando un poco más que no note que me afecta tanto hablar de esto, suelto semejante burrada.

Va a contestarme cualquier cosa, pero entonces parece que entiende lo que significa lo que he dicho y, como si se quedara pillado, empieza a abrir y cerrar la boca muchas veces. Despacio. Intentando encontrar las palabras. Noto cómo yo tampoco sé qué decir. Mierda. Mierdamierdamierda.

—¿Cuántos años tienes?

—Hum. —Desvío la mirada y me paso una mano por el pelo. Luego me doy cuenta de que debo de parecer más tonta aún y paro. Él sigue mirándome con esos ojos tan grandes muy abiertos, esperando mi respuesta.

—¿Cuántos años tienes? —repite, acercándose un poco más.

—Diecisiete. Bueno, solo hasta dentro de dos meses. Uno y medio. Es poco tiempo.

—¿Diecisiete? Pero... entonces... Pero ¿entonces...?

Espero a que acabe él solo la frase. El daño ya está hecho. Ya le he contado un secreto inconfesable, total, ¿qué más da? Esto forma parte del *pack*. Lo de mentirle a las autoridades también es parte de lo que me da vergüenza.

—Pero el otro día te vi enseñarle el carnet a Duncan, y él no te hubiera dejado sacarla antes si tú...

Me quedo callada. Mis ojos están clavados en los suyos.

—Dios. —Frunce las cejas—. No me digas que...

No contesto, pero no hace falta. Se queda en silencio, observándome con la boca abierta (ahora, del todo), y lo entiende perfectamente. Luego arquea las cejas hasta el infinito y se pasa una mano por el pelo, echando todo el aire por la nariz.

No necesito seguir mirándolo para saber que la he cagado pero bien contándole eso al hijo del jefe de policía. No le quito ojo de encima, expectante, esperando —y casi necesitando— una reacción por su parte, y empiezo a repetir «tonta, tonta, tonta» al ritmo acelerado de los latidos de mi corazón. ¿Se chivará? ¿Cómo he podido hacer eso? Soy estúpida. Soy demasiado débil, me habla un chico un día y enseguida me confío y...

Ay, joder.

—Vaya faena...

Me mira con el ceño fruncido, se revuelve el flequillo de nuevo y luego deja caer el brazo bruscamente. Mira a los lados, nervioso. De repente, se agacha y se queda de cuclillas en el suelo.

Durante un momento me sorprendo tanto que no sé qué decir.

—¿Qué… haces…?

—Estoy pensando en qué hacer con lo que acabas de decirme.

—¿Cómo que «qué hacer»? ¿Es que tienes que hacer algo? Oye, ¿y por qué te pones así para pensar?

Él no contesta, así que me pongo de cuclillas como él. Noto cómo empiezo a ponerme histérica. Raven me va a matar. Me va a asesinar con sus propias manos y voy a convertirme en el fantasma más patético del universo. Ahora, en esta posición, la diferencia de altura entre Simon y yo es menor. Cuando levanta los ojos, los míos están al mismo nivel; él no tiene que mirar hacia abajo y yo no tengo que desnucarme, y por un minuto la sorpresa es tan grata que me olvido de lo que he hecho y de lo que él podría hacer.

Luego todas las posibilidades llegan a mi mente a la vez, y desvío la mirada.

—¿Simon?

—Me has metido en un aprieto contándome lo del carnet —dice.

—Se lo vas a decir a tu padre, ¿verdad?

—A ver, debería hacerlo.

Aguanto la respiración y espero a que continúe. Me late rápido el corazón, muy rápido. De alguna forma, sabía que esto pasaría algún día. El día que Raven vino con un carnet falso para mí y dijo «por si acaso», sabía que acabaría pasando algo parecido; que me pillarían usándolo, o que alguien se chivaría, y que terminaría con una condena de vete tú a saber, marcada de por vida… Aunque, claro, se suponía que quien me pillara tenía que descubrirlo por sí mismo, no que yo sería tan tonta como para contárselo al sabueso de turno.

Soy idiota. No conozco a este tío de nada. Y además soy increíblemente patética. Inconscientemente echo tanto de menos a otra gente que no sea mi hermana que, en el momento en que me encuentro con alguien que encaje en esa categoría, me abro como un libro. Como si no tuviera nada que perder, aunque no es así.

—¿Qué significa eso? —pregunto, aterrorizada.

—Mi cabeza me dice que tendría que llamarlo ahora mismo y decírselo, pero... hay algo que me pide que me calle. Que guarde el secreto.

—¿Tu corazón? —pregunto con un tono y una sonrisa sarcásticos, pero nerviosos. ¿En serio, te pones sarcástica ahora, Valeria? Sí, vale, mal momento para hacer bromas, pero no trabajo demasiado bien bajo presión.

—No. Es como un retortijón en la tripa.

¿Acaba de decir tripa?

—¿Acabas de decir tripa?

—¿Qué? Es una palabra como otra cualquiera... —Aunque creo que ya ha dejado de «pensar», sigue de cuclillas con los codos sobre las rodillas y la cabeza entre las manos. Es como *El pensador*, pero sin silla. O bueno, sin roca, o lo que sea que es eso donde está sentado.

—Es infantil. —Me echo hacia atrás y me dejo caer en el suelo.

—Puedo ignorar el retortijón y decírselo, si quieres... Pero tendrías que pasar por un juez de menores, y él probablemente te mandaría trabajos a la comunidad o algo así. Y tendrías suerte, porque aún no tienes dieciocho y no te caería ningún año de cárcel.

No sé cómo sabe todas esas cosas, pero no me parece que

ahora sea momento para preguntárselo. Me abrazo las rodillas y apoyo la cabeza sobre ellas.

—No se lo digas, por favor.

—Pero ¿por qué me lo has contado? Eso es lo que no entiendo... Quiero decir, tú sabías que mi padre es...

—Sí, y no sé por qué te lo he dicho. De todas formas, ya está hecho, así que no tiene mucho sentido darle más vueltas.

Simon se sienta también y aprovecha que aún seguimos a la misma altura para observarme fijamente. Estoy tan nerviosa que incluso puedo sentir lo fuerte que me late el corazón. Le he dado el poder de tener mi libertad en sus manos, así, porque sí, gratuitamente. No ha hecho nada por mí y se lo he soltado. Bien, Val. No entiendo qué me pasa. Él podría decírselo a alguien en cualquier momento, incluso si ahora me prometiera no abrir la boca. Dios, si me hubiera callado, el secreto habría seguido a salvo y podría haberme deshecho de la tarjetita con mi foto como si nunca hubiera existido, pero ahora... Él lo sabe. Lo sabe porque soy estúpida. Si hubiera estado callada y me hubiera ido rápido, como las otras veces...

—¿Sabes qué? No sé tu nombre aún.

Aparto la vista de la hierba de entre las grietas para clavar los ojos en otro tono de verde más especial. A medida que lo miro, entiendo un poco más por qué se me ha ocurrido contárselo. Puede que no sea tan tonta y que todo sea por culpa de un hechizo. Puede que solo sea porque está siendo amable y sonriendo de esa forma tan invisible. Hace siglos que nadie es amable conmigo. Hace meses que nadie me dedica la más mínima sonrisa. A lo mejor por eso he pensado, por un momento, que puede que él esté siendo esa persona que necesitaba para dejar de estar tan sola. Parece que se le ha olvidado todo lo que acaba de pasar. O bueno, al menos, parece que todo eso no le importa. Mi pulso se tranquiliza un poco y, de repente, pienso que a lo mejor debería intentar confiar en él. Solo por probar, para ver qué se siente.

—Valeria. Me llamo Valeria.

—Valeria —repite—. Es bonito. Valeria, creo que eres una buena persona, ¿sabes?

No dice nada más, solo agacha la cabeza y se pone a arrancar la hierba que tiene delante. Yo lo observo hacerlo, en silencio. Nadie pasa por la calle, nadie molesta; ni siquiera los coches. Los niños han desaparecido del patio. Pienso en lo bien que se está, en el chico que sabe uno de mis secretos y en la sonrisa casi invisible que le he visto antes de que apartara los ojos. Y me relajo un poco, aquí sentada en esta acera sucia, agrietada y llena de círculos oscuros que podrían ser saliva, chicles viejos o simples lágrimas de desesperación.

6. No es ropa de funeral

El director nos hace un gesto con la mano para que nos pongamos en fila a la entrada de la sala decorada. Es un hombre bajito, moreno y delgado, con gafas de pasta roja y una barbita de chivo que conjunta muy bien con su jersey de cuello alto a rayas y su boina roja. Parece sacado de una (mala) parodia de cualquier peli americana ambientada en París, solo le falta el periódico y la barra de pan debajo del brazo. Desde que lo he visto no dejo de pensar que por culpa de gente como él existen los estereotipos.

Se lo ve nervioso. Muy nervioso. O emocionado, no sé. Cuando habla, mueve mucho las manos, pero sin separar los brazos del cuerpo. Como si fuera un chihuahua en el cuerpo de un T-Rex o como si de verdad llevara una barra de pan invisible en plan termómetro.

—Bueno, a ver, chicas. El fotógrafo está esperando ahí dentro para sacaros las fotos con el decorado. Sois muchas, así que pasaréis de dos en dos. ¿Cuántas hemos contado? ¿Nueve? Oh, bueno, habrá un grupo de tres. ¡Vamos, no os salgáis de la fila! Vosotras dos, sois las primeras. —Agarra a dos chicas del brazo y las empuja—. Y vosotras, intentad no estropear la ropa.

Yo soy de las últimas. Me apoyo en la pared y me bajo un poco la falda para que mis muslos no rocen el muro frío. El hombre se lleva a las dos primeras chicas adentro y yo me pregunto por qué tengo que llevar esta ropa. Dudo mucho que alguien vaya a comprar algo de esto. Si soy sincera, ni siquiera pienso que a alguien que no sea el diseñador le guste una sola prenda.

«Tienes que creerte que te gusta, porque se trata de que convenzas a la gente de que pague por ello», me diría Lynda, como me dice siempre.

«Ya, pero no quiero engañar a nadie. Pudiendo ir a un mercadillo o a un sitio donde la ropa cueste la mitad, ¿por qué tendrían que comprar esto?», le contestaría yo.

«Porque lo vendes tú, y pareces feliz. Y pareces feliz porque te van a pagar setenta, y necesitas ese maldito dinero. ¿Lo entiendes?» Y con eso ella daría por finalizada la conversación.

Venderse por setenta pavos al día es una mierda.

Lynda no es exactamente mi agente. Al menos, yo no la llamaría así. Se encarga de mí y de mi trabajo desde hace tres años, cuando Raven me sacó del instituto y me dijo que ya era hora de que yo también hiciera algo, pero no hace nada más. No está volcada en ayudarme, no lo hace por gusto; lo hace porque le pagan. Ni siquiera le caigo bien.

Así la conocimos: provoqué a Raven y ella se comportó de forma impulsiva, como tanto hacía entonces. Tuvimos una pelea bastante tonta porque le pedí un móvil para poder hablar con las pocas amigas que tenía y ella me dijo

61

que no tenía dinero para comprármelo. Le contesté que si tenía dinero para fumar y beber a diario tenía que tenerlo para un maldito teléfono, y ella me dijo que si tanto lo quería que lo consiguiera con mi propio trabajo, igual que ella se compraba el tabaco con lo que ganaba. No podía ganar dinero porque era menor, le contesté, y ella era la que se encargaba de mí y la que tenía que cubrir mis necesidades. «¿Necesidades? —me preguntó, riéndose—. Eres estúpida.»

A la semana siguiente, uno de los últimos días del curso, me sacó de clase prácticamente a rastras, me metió en un taxi y cruzamos la ciudad para acabar frente a la agencia de modelos.

—Si te preguntan, di que tu sueño desde niña ha sido desfilar. Que piensas en los focos y la música y se te remueve algo por dentro. Que, cada vez que ves a una modelo en una revista, no puedes evitar... —Raven hablaba y hablaba, hablaba de cosas que yo tenía que decir, pero no sabía por qué o a quién tenía que decírselas.

No pillé de qué iba todo eso hasta que llegamos, vi el nombre escrito en un cartel gigante con la cara de una chica sonriente y, debajo, con letras en negro, leí: «La mejor agencia de modelos de la ciudad». Abrí mucho los ojos, ya consciente de lo que pretendía, y me giré hacia ella.

—Rachel, no quiero hacerlo.

—¿No querías un teléfono? Pues gánatelo.

—Rachel, de verdad, yo...

—Deja de lloriquear ya, Valeria.

Me metió en la agencia tirando de mí.

El taxista me miró con cara de pena desde el otro lado de la ventanilla.

Lynda fue la que salió a atendernos cuando mi hermana empezó a reclamar una entrevista para mí. Apareció en el pasillo con una sonrisa como la de la chica del cartel de la puerta y preguntó: «Rachel y Valeria Miles, ¿verdad? ¿Puedo ayudaros?». Raven se puso de pie y me agarró de la mano mientras sonreía y le decía que gracias por atendernos tan rápido. Como si no hubiera estado a punto de montar un numerito.

Le enseñó a Lynda un cuaderno con un montón de fotos mías. Eran fotos que yo no sabía que había sacado, pero que estaban ahí: yo haciendo los deberes en la mesa de la cocina, yo tumbada en mi cama y con los pies en la pared, leyendo, escuchando música con los ojos cerrados, girándome un momento antes de empezar a bajar las escaleras para irme del motel... Todas eran bastante bonitas, la verdad. En algunas podía parecer hasta que estaba posando, aunque no lo hiciera de verdad. «Tiene una naturalidad asombrosa», dijo Lynda.

Mi hermana sonrió.

—Sin embargo, me temo que no es un buen momento para buscar nuevas caras. —Lynda cerró el cuaderno de fotos y lo empujó por la mesa, de nuevo hacia Raven—. La situación económica general nos ha afectado incluso a nosotros, y me temo no poder contratar a Valeria próximamente, a pesar del gran talento que se ve que tiene... Una pena, la verdad. Lo siento.

La sonrisa de Raven se quebró.

—¿Una pena? ¿Que lo sientes? No, creo que no lo sientes. No aún. —Raven levantó el cuaderno y lo señaló—. Creo que lo que querías decir es que ahora mismo vas a ir a buscar a alguien que sepa apreciar mejor que tú el *gran talento que se ve que tiene* mi hermana.

La mujer se quedó sentada, mirando a Raven con los ojos abiertos y una ceja alzada. Ella le sonrió. Deseé por dentro que no la liara, pero, claro, mis catorce son los años más chungos de Raven. Por aquel entonces, hasta se emborrachaba muchos días.

—Toma, llévale esto de paso. —Empujó las fotos a lo largo de la mesa—. Date prisa, corre, vamos.

Pero Lynda seguía ahí, y su expresión amable había desaparecido. Tenía los labios apretados y las cejas fruncidas.

—Creo que es mejor que os vayáis. Lo siento, pero no estamos interesados en contratar a Valeria.

—No vamos a irnos. Quiero que otra persona vea las fotos de mi hermana ahora.

—Si no os vais ya, tendré que llamar a seguridad.

Y, obviamente… se lió.

Por supuesto que vinieron los de seguridad, y bastante rápido. Pero también vino más gente, ese tipo de gente que se aburre mucho y se pasa el día esperando a que ocurra algo para poder cotillear. Secretarias, becarios, personas que estaban esperando a que las atendieran… En cuestión de minutos, la salita donde nos habíamos entrevistado se llenó hasta los topes y no había forma de parar el follón que se había montado, fueras un segurata de dos metros diez o no. Mi hermana llamó a Lynda «vaca frígida» y creo que oí de la boca de la agente algo relacionado con el pelo de Raven, aunque no podía distinguir bien los gritos porque la gente me había empujado hasta un rincón de la habitación. Estaba luchando por intentar ver y, a la vez, que nadie me diera en la cabeza.

Al final incluso se presentó el director de la agencia. Nada más verlo, Raven saltó por encima de todo el mundo con las fotos en la mano y se las dio. Empezó a hablarle a toda velocidad sobre mí y mi supuesto talento. Pude verlo pestañear, confuso, desde la distancia.

Les pidió a las dos que lo acompañaran a su despacho, olvidándose de mí. Estuvieron reunidos un buen rato; cuando las oficinas volvieron a la normalidad, me deslicé por los pasillos hasta el despacho e intenté escuchar a través de la puerta. Se oían algunos gritos, pero no sabía qué decían.

Cuando se abrió la puerta, un buen rato después, Raven sonrió con malicia.

—Hala, ya tienes un móvil.

No le contesté, solo dejé que pasara de largo. Detrás de ella salía Lynda. Quería pedirle perdón por todo lo que había pasado, pero, antes de que pudiera abrir la boca, me lanzó una mirada fulminante y levantó mucho el labio superior, con asco.

—Aparta.

Y me aparté.

* * *

—Me da un poco de mal rollo, ¿a ti no? Está ahí, mirándonos... Es un poco escalofriante.

Levanto la cabeza. Las dos chicas que van delante de mí miran al fondo del pasillo. Giro la cabeza también. Hay un tío vestido con una chaqueta de deporte negra en la pared más alejada de nosotras. Está apoyado en el muro de hormigón, con una pierna cruzada sobre la otra y los brazos sobre el pecho. Tiene la capucha puesta y la cabeza gacha y, entre eso y la poca luz, no puedo verle la cara.

—¿Quién es? —pregunto.

—No lo sabemos, de eso precisamente estábamos hablando. No parece nadie del equipo. Simplemente ha entrado y… Yo qué sé, me he dado cuenta de que estaba ahí hace unos quince minutos.

Le echo otro vistazo al tío del fondo. No se mueve ni un ápice. Sin verlos, sé que sus ojos saltan entre nosotras. Y sí, la verdad es que es un poco raro.

—Arg, yo así no puedo concentrarme. No con un pervertido mirándome —dice una de las chicas.

—Tía, no sabes si es un pervertido…

—Pues entonces explícame tú qué hace en una sesión fotográfica llena de chicas adolescentes, maja. O es eso, o no sé qué será…

No dejo de mirarlo hasta que alguien me agarra del brazo, me dice: «Niña, te estaba llamando. ¡Vamos, vamos, vamos, te toca!» y me empuja al estudio.

La sesión de fotos es, en una palabra, agotadora. De cuatro grupos, me toca en el tercero. La chica con la que me han emparejado y yo hemos tenido que cambiarnos al menos tres veces ya, y las maquilladoras tenían tanta prisa que me escuecen los ojos porque la mía se ha equivocado dos veces con la sombra y ha tenido que frotarme los párpados para solucionarlo y evitar que el director se pusiera más histérico aún. El fotógrafo era un poco especialito también, me ha llamado «amargada» tres veces y me ha dicho que si no era capaz de sonreír en condiciones, que me fuera.

Sin embargo, por más que lo intentaba, no podía concentrarme, porque el tío del pasillo estaba ahí, aunque no sabía exactamente dónde. Lo sentía. Es extraño decirlo así, pero es verdad. Me había parecido verlo antes al lado de una de las muchas personas que están detrás de la cámara… Y, por un momento, pensé que habían sido imaginaciones mías, pero no; después de que me quitaran una de esas luces de la cara para decirme algo, lo vi otra vez, al fondo del todo. Con esa capucha que la chica de antes había calificado como «de pervertido».

—¡Va-lé-rie! ¡Con-cén-tra-te! —me gritaba el director forzando mucho su «acento».

—Es Valeria, no Valérie —lo corregí con un tono cortante.

El hombre se quedó un poco descuadrado al oírme hablarle así. Pestañeó despacio, como si no comprendiera bien, y después se puso increíblemente serio.

—Levanta los brazos y salta lo más alto que puedas para la siguiente —dijo luego, seco y serio, sin tono chillón ni pronunciaciones extrañas de la letra erre—. Y haz como que te lo estás pasando bien, ¿quieres? Es una línea de ropa juvenil, no de ropa para funerales.

La verdad es que eso es algo que me dicen mucho en las sesiones de fotos.

—Muchas gracias a todas por venir. Vuestra colaboración ha sido magnífica, y estoy seguro de que el anuncio quedará estupendo gracias al esfuer…

Me dirijo al vestuario antes de que el tío acabe de hablar. Tengo que quitarme todo el maquillaje y dejar colgada la ropa rápido, porque tardo una media hora en volver a casa desde aquí y ya es un poco tarde.

Me desnudo y me pongo rápidamente mis mallas de yoga y mi camiseta de tirantes, las deportivas y la sudadera. Me cepillo el pelo para que se me vaya un poco la laca y me acerco al primer tocador que veo en busca de toallitas desmaquillantes. Es curioso, porque en mi vida he comprado de esas, pero siempre me las ingenio para pillárselas a alguien descuidado que haya dejado el neceser abierto y que no vaya a notar la ausencia de una de esas toallitas milagrosas, la única arma infalible contra el rímel acartona-pestañas…

Las chicas empiezan a volver mientras yo quito de mi cara todos los productos anaranjados que las maquilladoras me habían echado para que no se me viera tan pálida. Ellas se entretienen hablando al desvestirse, preguntándose y riendo como si se conocieran de toda la vida, aunque no es así, y pienso que bien podía ser yo una de ellas. Ahora mismo, si no hubiera elegido el espejo más cercano a la puerta de salida y si hubiera esperado a ir al vestuario con todas, tal vez a mí también me habrían preguntado, esperando iniciar una conversación. Antes la gente lo hacía, lo de hablar conmigo porque sí. Solía hacer amigos pronto, o bueno, más bien solía recopilar nombres en mi lista de conocidos rápidamente. Sin embargo, ahora… Ya se me ha olvidado cómo se hacía eso de socializar, desgraciadamente. Ya no me sale acercarme a nadie, me siento inútil, y si alguna vez lo consigo me cuesta demasiado ser agradable con la gente. El fotógrafo tenía razón: en el fondo, creo que estoy un poco amargada.

Intento no pensar más en eso y sigo limpiándome la cara, ahora pasando a mis ojos con una toallita nueva. Espero que a quien sea que se las estoy robando no le importe que le falten dos.

Cuando acabo, me echo un poco hacia atrás para mirarme mejor. Esta sí soy yo, o al menos un poco más. Me hago una coleta para apartarme el pelo de la frente y le sonrío un poco a mi reflejo. Quién diría ahora que mi cara va a salir en una revista y que cientos de chicas me utilizarán como modelo a seguir durante la próxima temporada. Modelo de alguien, yo. Es ridículo.

Me despido vagamente de las otras antes de volver a atravesar los cutres pasillos de hormigón del estudio y empujar la puerta para salir. Justo cuando voy a llegar a la acera, alguien que va a entrar en el edificio choca conmigo. Me da en el hombro y se aparta rápidamente, y cuando levanto la vista se me forma un nudo en el estómago. Solo me da tiempo a verle los ojos antes de que se aparte rápidamente y gire la cara. Lleva la capucha negra. Es el tío de antes. Un escalofrío me recorre la espalda.

El encuentro no dura ni dos segundos. Después del choque y de ese leve titubeo, baja la cabeza y continúa su camino. Yo me quedo observando la puerta por donde ha desaparecido un poco más. ¿Quién es? ¿Por qué ha estado mirando la sesión?

El sonido de mi móvil me espabila.

—¿Sí?

—Estoy de camino, Valeria. No te muevas.

Es Lynda.

—Lynda, no voy a esperarte. Tengo que hacer cosas. Cosas muy importantes.

Es mentira, no tengo que hacer nada, solamente llegar a casa y tumbarme boca abajo en la cama tarareando canciones hasta caer inconsciente, pero ahora no me apetece verla. Bueno, en realidad nunca me apetece ver a Lynda, para qué engañarnos.

—Mira, niña —su voz siempre suena igual de irritada—, tengo que hablar contigo y tiene que ser cara a cara. Espérame en ese estudio, ¿vale? No seas tan estúpida.

Pongo los ojos en blanco.

—Siempre es un placer hablar contigo, Lynda...

—No me cuelgues, Valeria. Sé que vas a colgarme. No. Me. Cuelgues.

—Tengo cosas que hacer...

—¡Valeria! ¡Ni se te ocurra colg...! —Clic.

Si lo piensas, a veces es normal que se cabree tanto conmigo.

7. Hamlet y Gertrudis

Vuelvo a casa en autobús. Me siento detrás del todo, en el sitio del medio. Desde aquí puedo ver perfectamente todos los movimientos de la poca gente que ha decidido subirse hoy conmigo; si levanto los brazos justo cuando ellos se mueven, incluso puedo fingir que los muevo yo y que por fin controlo algo. Eso me hace sonreír, porque es como si tuviera poderes, ¿no? Aunque sea la vida de otros y no la mía, por un segundo es suficiente para hacerme sentir bien. Es lo único que me gusta del transporte público.

Me bajo poco después. La parada está justo en la otra punta de la calle 118, la calle Bion, y para llegar al motel tengo que atravesarla de un extremo a otro. Cuando llego al punto exacto, mis anillos empiezan a chocar inconscientemente contra la valla metálica de rombos; son como pequeñas campanitas que hacen ti, ti, ti, ti, ti, ti y que me recuerdan a unos móviles que mamá colgaba por casa y que sonaban igual.

Pero algo hace que pare ese ti, ti, ti; el silencio. Porque no se oye nada más que las risas de los niños que juegan y el sonido de la autopista que corta perpendicularmente esta carretera. Nada de música. Ningún otro ritmo. Solo silencio. Rápidamente encuentro al autor de ese silencio en medio del barullo. Simon está de pie entre los niños, persiguiéndolos. Solo después de unos segundos me doy cuenta de que no está jugando y de que realmente intenta atrapar a unos críos de unos diez u once años que juegan a dispararle agua con unas botellas rotas por el culo a otra niña más pequeña. Cuando consigue quitarles las botellas de plástico, ellos salen corriendo, se unen a la niña y los tres le sacan la lengua a Simon y vuelven a jugar. Él se queda con los ojos como platos y luego se pasa la mano libre por el pelo con las cejas muy alzadas. Lo llamo.

Se gira hacia mí con un saltito y este provoca que pise mal y que se le doble el pie. Se tambalea, a punto de caerse, pero extiende los brazos y consigue recomponerse antes de hacer mucho más el ridículo. Miro al cielo un momento, preguntándome cómo es posible que un ser humano tan grande sea tan torpe.

—Valeria —dice, lo suficientemente alto como para que lo oiga desde aquí.

Mira a los niños un momento antes de acercarse a mí con pasos largos e inseguros, como si no supiera si debe acercarse pero haciéndolo de todas formas. Yo lo espero con los dedos enganchados a los rombos de la verja.

—Has vuelto —dice, en voz algo más baja. Examina rápidamente mi cara antes de esbozar una leve sonrisa.

—¿Por qué pareces tan sorprendido?

—Me preguntaba si lo harías. Ya sabes, si al final habrías huido del país, o algo así.

Lo dice por lo del carnet falso. Sonrío de forma irónica.

—Dijiste que era buena persona, así que si huyera te habría dejado como un mentiroso. De todas formas, me debes un secreto, ¿te acuerdas? —Señalo el patio con la barbilla—. ¿Por qué hoy no estás tocando?

—Mi madre me ha confiscado la guitarra.

—¿Va en serio?

Su madre debe de ser enorme para poder quitarle a un chico tan alto su posesión más preciada. Simon se encoge de hombros; en él parece un gesto fácil, pero es tan alto que da la sensación de que ese movimiento provoca una onda que le recorre todo el cuerpo de arriba abajo como si un temblor sísmico hubiera atravesado toda su anatomía. Como si bailara de repente.

—¿Y por qué te la ha quitado?

—Por quedarme el otro día hablando contigo y descuidando mis obligaciones. —Parece incómodo—. Aunque eso es lo que dijo ella, no yo, ¿eh?

Pestañeo, bastante sorprendida. Debe de estar vacilándome.

—Y… ¿va a devolvértela, o…?

—Sí, al final siempre me la devuelve. Aunque no sé cuándo lo hará.

Miro detrás de él otra vez, a la puerta, como si su madre estuviera a punto de aparecer para regañarlo como un monstruo inmenso o una bruja de las de los cuentos. Luego clavo los ojos en él de nuevo, porque allí no hay nadie.

—¿Quieres que deje de pasar por aquí? Bueno, no de pasar, porque tengo que hacerlo sí o sí para ir a mi casa, pero de entretenerte. No tengo por qué pararme a hablar contigo.

—¿Vives en los chalets?

—No.

Empiezo a pensar «no lo preguntes, no lo preguntes, no lo preguntes», pero, como el otro día, Simon abre la boca y pregunta.

—¿Entonces? Porque al final de esta calle lo único que hay es la autopista. O, bueno...

—Vivo en el motel, Simon.

—Ah. Oh.

Agacho la cabeza, incómoda. No sé cómo lo hace, pero al final, por su culpa, siempre acabo hablando más de la cuenta. Cuando vuelvo a mirarlo, esta vez intento parecer enfadada, aunque no lo estoy de verdad. Sinceramente, me parecería muy raro que alguien pudiera estar enfadado con él de verdad, porque tiene una cara que inspira bastante ternura.

Aun así, hago el esfuerzo de mantenerme seria.

—Ya sabes dos cosas de mí. Ahora quiero que tú me cuentes algo. Ya es hora, ¿no?

Aprieta los labios y sus cejas se inclinan un poco hacia los lados.

—No puedo. O sea, no ahora. Es que mi madre... Se supone que estoy trabajando ahora mismo, ¿sabes? Además, parece un poco estúpido, lo sé, pero no me apetece que mi madre me eche la bronca otra vez. Se pone hecha un basilisco.

—Pero ¿cómo iba a saber tu madre que estás aquí hablando conmigo?

—Mi madre trabaja aquí también.

Uy. Vale, eso no me lo esperaba.

—¿Es tu jefa?

—Sí, más o menos. Pero aunque no lo fuera. Ella… es que se pone un poco histérica.

Hay algo que me desconcierta en el aspecto de Simon. Aparentemente todo es normal: pelo despeinado, ojos verdes, nariz puntiaguda, boca fina. No es especialmente guapo ni atractivo. Tiene una cara corriente, supongo. Sin embargo, luego vuelvo a fijarme en esos ojos y… me quedo allí más de lo necesario. Porque son anormalmente grandes. Y cuando me doy cuenta de que llevo mirándolos más tiempo del que estaría bien, aparto la mirada.

—Espero que sepas que no voy a irme. No sin que me digas algo. Ley del Talión: ojo por ojo, diente por diente… secreto por secreto. Tienes que decirme algo, Simon.

—No voy a contarle a nadie lo de tu carnet, de verdad.

—¿Quién me lo asegura?

—Yo. Te lo prometo. Aunque debe de ser ilegal guardar una información así, te juro que no voy a abrir la boca.

Me cruzo de brazos, analizando su tono. «Te lo prometo.» Creo que nunca antes me habían prometido nada. No así, al menos; de una forma que me da la seguridad de que esa promesa será cumplida (obviamente, «te lo prometo» se lo he oído a Raven como mil millones de veces, pero nunca me lo ha dicho así). El tono de Simon es tan serio que casi parece un lamento. Como si me suplicara que lo creyese.

—Vale. —Doy dos pasos hacia atrás y Simon deja escapar el aire que estaba conteniendo—. Pero soy capaz de esperarte aquí fuera, que lo sepas. Hasta que salgas.

—No sé a qué hora podré salir hoy.

–No me importa. No tengo nada que hacer.

Se pasa una mano por el pelo otra vez. Espero a que diga algo. Mira de nuevo hacia atrás, luego hacia mí, y deja caer los brazos a los lados. Asiente y suspira. Se da la vuelta y sale corriendo, porque el timbre que señala el fin del recreo está sonando y tiene que llevar a los niños adentro en fila y con un poquito de orden.

Desaparece. Espero hasta que el timbre ha dejado de sonar. Luego me pongo a andar de nuevo, con la mochila sobre un hombro y los anillos haciendo ruido contra la valla.

* * *

–¿Qué lees?

Cierro el libro y levanto los ojos hacia él. No le había oído salir.

Me gustaría contestarle que es un libro que tomé prestado de la biblioteca hace una semana y que he empezado solo para no devolverlo sin abrir, aunque la verdad es que me ha encantado. Me gustaría decirle el título y explicarle que no suelo leer teatro, pero que este ha hecho que me replantee empezar con el género en serio. Sin embargo, al principio no contesto, porque necesito pensar. Me molesta que me haya interrumpido, aunque lo he acabado hace rato y, en realidad, si aún lo tengo abierto es porque todavía no he sido capaz de procesarlo todo. Es genial cuando un libro te impresiona así, ¿verdad? Genial, pero muy doloroso. No sé cuánto tiempo he estado aquí sentada, pero tengo las manos y la nariz frías. Incluso la tercera vez que he leído la última escena esperaba que esta cambiara mágicamente, que el desenlace fuera distinto, pero obviamente Shakespeare no va a levantarse de la tumba para contentarme.

Eso último solo hace que mi pensamiento de «la vida es una mierda» aumente.

—Lo ha matado —digo al final, unos segundos después, con la mirada puesta en la casa que tengo delante—. Ese calzonazos del hermano lo ha matado. Así, sin más.

Simon baja las escaleras de la entrada del orfanato, donde me he sentado para esperarlo, y se agacha para ver el título del libro que tengo entre las manos. Sigo sin moverme.

—Ah, *Hamlet*. Sí, en esa obra muere hasta el apuntador. ¿No lo sabías?

—No. —Pestañeo, confundida, pensando que es una pregunta bastante tonta, la verdad. ¿Cómo iba a saberlo?—. Es la primera vez que la leo —añado, como aclaración.

—Pero hicieron esa versión en *Los Simpsons*. Ya sabes... Bart era Hamlet, y eso.

—No veo mucho la tele.

No tenemos tele, para empezar.

—Ah, pues está genial. Puedes buscarla en YouTube si sientes curiosidad. —Simon se sienta a mi lado, un escalón más abajo, con las manos sobre las rodillas y un suspiro. Aun ahí y estando sentado es más alto que yo.

Ignoro su comentario y subo las rodillas un escalón para apoyar la barbilla en ellas. Creo que las manos han adoptado esa forma para siempre y que nunca soltaré el libro. No me importaría, la verdad. Me centro de nuevo en lo que acabo de leer, pasando la mirada por las líneas finales («¡Tantos príncipes derribados de un golpe! ¿Qué festín, Muerte, has preparado en tu profunda caverna? Buen montón de cadáveres has recolectado, ¡Muerte soberbia!»), y sin poder dejar de pensar en ese final.

—Pero ¿por qué tiene que morir? —Sé que Simon no es William Shakespeare y que probablemente tampoco es la persona viva más indicada para responder a mis preguntas sobre la injusticia de la vida y el destino de los personajes literarios, pero es a quien tengo más cerca en estos momentos y necesito una respuesta—. Quiero decir, Hamlet es el jefe. Es el verdadero rey. Sabe lo que quiere en todo momento, y lo controla todo a la perfección.

—No todo, ¿no? —Simon se encoge de hombros. Creo que está algo confundido por este debate improvisado, pero no parece que le moleste—. Si no, Laertes no la habría matado porque la espada de Claudio no habría estado envenenada. Si lo hubiera controlado todo, y más «a la perfección», como has dicho, lo habría sabido. Así que tampoco le sirve de mucho lo que sí que controla. El final es el final.

Miro a Simon. Su tono casi ha sido resignado al decir eso último. «El final es el final.» Al final, por mucho que controles, incluso aunque seas el príncipe de Dinamarca, siempre se acabará todo.

—No hay escapatoria, ¿no?

Niega levemente con la cabeza y luego mira hacia arriba. Una bandada de pájaros vuela sobre nuestras cabezas justo en ese momento, y algunos graznidos y el sonido de todas esas alas rellena el silencio entre nosotros por unos instantes. Es una sensación agradable. Como de tranquilidad y alivio instantáneo, pero efímero. Durante el silencio, todo es perfecto e infinito hasta que, enseguida, termina.

Cuando se van, él aún sigue mirando el lugar por donde han desaparecido los pájaros un poco más, y parece que hay cierta melancolía en su expresión.

—Yo tengo miedo de ese final, ¿sabes? —reconoce en voz baja.

Espero a que siga hablando, y lo hace, pero antes se toma unos segundos para respirar.

—Creo que es porque puede llegar sin avisar.

—¿Lo que te da miedo es que no avise? —pregunto.

—Sí.

—¿Por qué?

—Tengo planes —responde, sincero—. Planes para el futuro. Mi abuelo dice que ni siquiera lograré salir de la ciudad si sigo así de empanado, pero… Algún día completaré la lista. Porque tengo una lista, ¿sabes? Con todas las cosas que quiero hacer.

—¿Por ejemplo?

—Tocar en un escenario. Con mucha gente delante. Algo que haya escrito yo, no una versión. Y que a la gente le guste.

Sonrío levemente. Es un sueño muy bonito, y bastante fácil de alcanzar.

—También me gustaría conducir un camión monstruo —sigue—. Y tirarme por una tirolina gigante. Pero eso son cosas más tontas. —Levanta los ojos hacia mí y parece que verme interesada le gusta—. ¿Y tú? ¿No hay nada que querrías hacer antes de morir?

—No creo que me gustara tirarme por ninguna tirolina, la verdad.

—No me refiero a eso. Simplemente… No lo sé, algo que piensas que deberías hacer o haber hecho ya. Como algo que no quieres perderte.

Mis Cosas Pendientes. Tengo un par de esas, sí. Una vez me las apunté en el brazo, pero me di cuenta de que no quería que Raven las supiera, así que creé una habitación en mi cerebro solo para guardarlas ahí. Fue el sitio más secreto que se me ocurrió que podría tener y que sería solo mío, un lugar donde no tendría que darle explicaciones a nadie. Poco a poco, la habitación se ha ido llenando, como un trastero enorme, desordenado y entrópico. Está lleno de polvo y porquería.

—Sí. Pero no es una lista. Ni son planes. Son cosas que tengo que solucionar.

—¿Por ejemplo?

Enarco una ceja en su dirección.

—¿Te crees que soy tonta? Son cosas que no sabe nadie, y casualmente esta es la definición que tiene el término «secreto». No voy a volver a caer.

—Te contaré otra cosa a cambio, te lo prometo. Confía un poco en mí.

—Ya tienes que contarme muchas cosas a cambio.

—Confía en mí, Valeria —repite.

No me gusta que haga eso. No me gusta que diga cosas así y me haga sentir rara. Aparto la vista y me pongo a pensar en algo de mi habitación de las Cosas Pendientes que no sea demasiado importante y que pueda contarle.

—Una vez, cuando tenía doce años, una niña me llamó hija de puta. Le pegué un puñetazo y casi le rompo la nariz.

Sube las cejas. Esa es una de las primeras cosas que supe que debía arreglar (aunque no me arrepiento de ello, simplemente me di cuenta de que había estado mal).

—¿Le pegaste?

—Sí. Es que me cabreó. Aunque sé que ella no sabía lo de Raven, porque no lo sabía nadie, me sentó como una patada en el estómago. Lo más gracioso es que seguro que ella ni siquiera sabía qué significaba la palabra «puta»... Pero bueno, yo le pegué de todas formas. Y creo que debería pedirle perdón por dejarle la nariz un poco torcida.

Me quedo callada.

—¿Qué pasó luego?

—Me echaron tres días y llamaron a mi hermana para que me recogiese. Cuando me gritó y me preguntó por qué (coño) lo había hecho, no dije nada. Ni siquiera se lo conté cuando me dio una bofetada. Me lo guardé para mí y nos fuimos.

Siento un sabor amargo en el paladar. Ese día pensé que había hecho algo realmente heroico por Rachel, cuando creía que aún quedaba algo de ella. Pensé que la había salvado, aunque fuera de la opinión de esa niña que en realidad ni siquiera se había referido a ella. No se lo conté para no herir sus sentimientos, pero ella no lo entendió y me abofeteó. Y después, en el camino de vuelta, me llamó desagradecida y me preguntó si no entendía lo que el director del instituto había hecho por mí al admitirme en ese sitio. Me llamó insensata y niñata. Entonces lloré, porque yo no quería que me gritara y porque solo lo había hecho por ella.

Como si hubiese estado siguiendo mis pensamientos, Simon habla:

—No lo entendió. Tu hermana.

—No —contesto en voz baja.

—Pero tampoco se lo explicaste...

—¿Qué iba a explicarle? En realidad, fue estúpido. Digno de una salvaje. No había sabido agradecer el favor que nos

81

había hecho el director. —Citar a Raven hace que sienta que me doy la espalda a mí misma.

—A veces no sabemos apreciar lo que otros hacen por nosotros.

—Ya.

Me quito una pelusilla de un calcetín y apoyo la cabeza sobre las rodillas. Suspiro. Sopla un poco de viento, me mueve el pelo. También mueve su flequillo, tan revuelto que estoy segura de que sería imposible meter un peine en ese caos.

—Me apuesto lo que quieras a que a ti nunca te han pegado en público —murmuro, aún mirándolo y con la mejilla apretada contra mi pierna izquierda.

—¿En serio? —Se ríe, nervioso; sacude la cabeza—. Pues perderías la apuesta, porque mi madre pega unas bofetadas preciosas. En plan película en blanco y negro, ¿sabes? Espectaculares. La gente sale al balcón solo para verlas y la aplauden.

Arqueo una ceja.

—¿Tu madre te pega?

—No es que me pegue, sino que era un poco revoltoso de pequeño, aunque luego pasó. Si lo piensas, al ser hijo único, no le quedaba nadie más a quien regañar...

—Qué suerte.

—¿Perdón?

—Por ser hijo único.

Realmente no sé si pienso eso en serio, porque no sé qué habría sido de mí si Raven no hubiera cuidado de mí todo este tiempo. Si mamá hubiera hecho lo mismo que hizo y hubiera estado yo sola, no habría podido sobrevivir. De hecho, y aunque no lo admitiría en voz alta, ahora mismo ni siquiera me atrevo a pensar en el futuro sin ella.

Pero todo podría ser tan diferente… Ella podría no fumar y no beber. Podría haber acabado de estudiar. Podría haber encontrado un trabajo de verdad. Podría quererme un poco.

—Bueno, no creas. Es aburrido —contesta él—. Y ya te digo, todas las broncas me caen a mí…

—Simon, ¿se te ha ocurrido pedirme salir antes de trabajar para quedarte de charleta en la puerta? No me lo puedo creer.

Simon se gira de un salto y casi se cae a la acera. Yo solo muevo la cabeza: ante mí hay una señora delgada y muy bajita, con los brazos en jarras y el ceño tan fruncido que sus cejas parecen una uve igual que la de la bandada que acaba de pasar por aquí. Tiene el pelo castaño por los hombros, la piel morena y los ojos marrones. Creo que lo único que tiene en común con Simon es que los dos poseen dos orejas, una nariz y una boca, pero nada más.

La mujer no me dirige ni un vistazo; sus ojos encendidos y enfadados lo miran a él.

—Mamá, qué susto. —Se pone de pie y se sacude la tierra. Su voz y sus gestos parecen mucho más torpes que hace treinta segundos, cuando estábamos hablando de una forma tan normal—. Iba ya para casa, pero me he encontrado con Va…

—¿Es esta la chica con la que hablabas el otro día? ¿Es que habías quedado aquí con ella? —Por fin soy digna de su atención: me da un repaso rápido, de la cabeza a los pies, y pienso que menos mal que hoy no llevo la ropa del otro día. Intento abrir la boca para decir algo, pero mi momento se acaba y gira la cabeza de nuevo antes de que me dé tiempo a hablar.

—No he quedado con ella, mamá… —Cuando vuelvo a mirar a Simon, tiene las orejas más rojas que el día de las prostitutas, cuando se pusieron a lanzarle piropos a través de los barrotes—. Solo es que…

—Levanta, vamos, ve adentro. —Da un paso a un lado y señala con un dedo la puerta.

Simon sube las escaleras con la cabeza gacha. Lo miro como miraría a alguien a quien están a punto de colgar. Ella pasa antes que él y la puerta se cierra.

Me pongo de pie para irme. Simon, antes de entrar, se da la vuelta. «Qué ojos», pienso. Nos miramos, sin decir nada, durante unos segundos.

—¡Simon!

—¡Voy!

Y desaparece.

8. Mi madre se fue a por tabaco hace siete años

Mi madre se fue a por tabaco hace siete años. Supongo que ni siquiera resulta una noticia sorprendente, ya. Si él me hubiera preguntado a mí, si me hubiera exigido como yo le exigí que confesara, sé que no habría sido capaz de decirlo, porque es lo que más me avergüenza de mi vida —más que el hecho de que Raven sea prostituta, más que haber dejado a medias el instituto, más que no tener una casa de verdad y vivir en una habitación donde solo cabe una cama y un armario muy pequeño—. Que mi madre nos abandonara, que se fuera porque ya no nos quería, y que encima se lo demostrara al mundo de esa manera… Cada vez soy mejor en eso de no pensar en ello. En ella.

No es que antes hubiera mucho amor en mi casa. No durante los últimos cinco años de nuestra estancia allí, al menos. Es algo triste reconocer que nosotras no tuvimos el amor materno que no se le debería negar a ningún ser humano, pero claro, la decisión de quitárnoslo fue de ella, así que fue ella quien nos convirtió en una excepción.

Aunque, sinceramente, hasta los diez años fui bastante feliz. Era porque no me enteraba de nada –porque Rachel se encargaba de que no lo hiciera–. Sé que mamá lloraba mucho y que iban mucho al médico las dos juntas, pero poco más. Eran buenos tiempos para mí, ahora que lo pienso; ojalá pudiera volver a ser una niña pequeña. Ojalá Rachel volviera a llamarse Rachel y fuéramos niñas las dos, en aquella época en la que yo leía muchos cuentos y me gustaba hacer dibujos con rotuladores y ella aún no tenía que ocuparse de hacer cosas de adulta, como si la madre en realidad fuera ella.

Recuerdo que aquel día llovió. Llovió tanto que no pudimos salir a jugar al patio durante el recreo, y cuando volví a casa andando, después de estar esperando a Rachel más de quince minutos en la puerta sin que ella apareciera, pisé todos los charcos de la acera con mis botas de agua con estampado de flores. La mochila de ruedas que arrastraba a todas partes se mojó, y también los libros y cuadernos que llevaba. Incluso había un gran charco delante de nuestra casa, justo delante de donde encontré a Rachel. Estaba sentada encima de dos maletas que había en el suelo, y lo que me pareció más extraño de verla allí fue que las hubiera tumbado así teniendo en cuenta que todo seguía mojado.

No pensé que fuera raro que hubiera dos maletas delante de nuestra casa. Solo le pregunté: «¿Por qué no has venido a por mí, Rachel?», y entonces fue cuando ella levantó la cabeza muy rápido, alarmada, y tenía los ojos rojos de haber estado llorando.

Recuerdo que ver que había estado llorando me sorprendió mucho, y miré hacia la puerta de casa para llamar a mamá y decírselo. Pero la puerta estaba cerrada y nadie respondía al timbre, aunque estuve tocándolo durante más de un minuto entero.

Rachel no tenía la llave y el teléfono de mamá estaba apagado o fuera de cobertura cuando la llamé desde el móvil de mi hermana. No podíamos entrar. La vecina de al lado no sabía nada de ningún cerrajero ni de ninguna madre cuando fui a preguntarle, y recuerdo que eso enfadó a mi hermana e hizo que se pusiera de pie y empezara a darle puñetazos y patadas a la puerta para que mamá saliera a abrirnos. No salió, ni siquiera después de eso. Supongo que es porque por aquel entonces ya se había ido.

Rachel no paraba de decir palabrotas, algo que mamá nunca le habría permitido. Estaba llorando otra vez. Miré hacia la gente que pasaba por la calle y se giraba con curiosidad y disgusto. No quería que nos miraran así, y corrí hacia donde estaba Rachel, de nuevo, y empecé a tirarle del brazo. «Rachel, la gente nos está mirando», le dije. También le dije que tenía hambre y pis y que fuéramos a dar una vuelta porque a lo mejor mamá se había ido a la compra, y entonces ella paró. Me miró como si fuera tonta, como si fuera tan inocente que eso le hiciera sentir pena por mí —y, en parte, creo que así era—, y entonces me tomó de la mano y me dijo que nos íbamos. Me pidió que agarrara la maleta menos grande. Farfullaba algo, no recuerdo el qué; su cara era extraña, diferente, horriblemente triste y furiosa al mismo tiempo, pero sabía que yo no había hecho nada por lo que tuviera que estar enfadada conmigo. La solté, porque también tenía que llevar la mochila del colegio, y al final acabó arrastrando las dos maletas ella sola.

En esas maletas había muchas cosas que Rachel acabó vendiendo para conseguir dinero, como su portátil, su iPad y su teléfono. También algunos libros, a esas pocas tiendas de segunda mano que los querían, e incluso esos zapatos que antes habían sido sus favoritos. La ropa que se nos fue quedando pequeña, sobre todo a mí, acabó en su mayoría en contenedores, porque nadie quería pagar por tela vieja y llena de manchas y recuerdos imposibles de limpiar.

A veces intento acordarme de cuál fue la última vez que vi a mi madre. Pienso mucho en qué debió de pasarle para hacernos eso, para dejarnos en la calle deliberadamente, pero soy incapaz de evocar la imagen de una madre malvada que nos maltratara o algo así. Supongo que es porque no es lo que pasó. En realidad, lo único que me viene a la cabeza es la imagen de ella tomando café por la mañana, con la mirada baja y distraída, como si no viera nada a su alrededor, o como si la mesa y la silla donde se sentaba y la habitación y sus hijas formaran parte de un sueño o de la visión de una dimensión diferente, y ella estuviera ignorando esas imágenes a propósito para centrarse en lo único verdaderamente real: su taza. Aquel día, el último, como todos los días, se tomó la pastilla con los últimos sorbos del café, los que tienen los posos instantáneos más concentrados y saben más fuerte. Luego le dio un mordisco diminuto a una galleta y se levantó, sin decir nada, en dirección al salón para ver su programa de debate favorito. No es que lo recuerde, no realmente —tendemos a olvidar las cosas más sencillas de nuestra rutina diaria, porque el cerebro siempre decide quedarse con lo más relevante—, pero supongo que fue eso lo que pasó porque es lo que pasaba todos y cada uno de los días.

Por aquel entonces, habían transcurrido ya cinco años desde que murió papá y estaba acostumbrada a que ella ni siquiera se molestara en mirarme.

No puedo dejar de pensar en la diminuta figura de la madre de Simon. No puedo imaginarme sus ojos verdes intentando buscar los de su madre y, pese a tenerlos delante, no encontrar nada en absoluto. No puedo imaginar a Simon en ningún escenario que haya pisado yo.

Abro la puerta. Aunque apesta a colonia, no veo a Raven por ninguna parte. Dejo la mochila en la cocina y me pongo a buscar algo de comer. Sonrío cuando veo un plato de espaguetis fríos en el horno. A veces, a Raven le da por cocinar y guarda algo para mí en lugar de comérselo todo. Caliento el plato, mirando por la ventanita mientras este da vueltas y la capa de queso que le he puesto se funde lentamente.

Oigo la puerta de fuera.

—¿Val?

—Estoy en la cocina.

Ruidos en su habitación. Algo se arrastra. Escucho cómo abre la caja rosa de debajo de la cama. La cierra. Me pongo a buscar servilletas y unos cubiertos limpios y lo coloco todo en la mesa, junto a mi plato de espaguetis.

—¿Dónde estabas? —pregunto—. La luz se ha quedado encendida.

—Solo he salido un momento a comprar tabaco. ¿Eso que huelo es pasta?

Raven se cuela en la cocina mientras cojo un vaso y lo lleno de agua. Cuando me vuelvo hacia la mesa, ella está sentada en mi sitio y tiene el tenedor en la boca.

—Hum, qué buenos... Aunque todo este queso de más es una bomba.

Aprieto la mano que sujeta el vaso y la veo llevarse más comida a la boca. Intento contar hasta diez para no cabrearme, pero no llego ni al cuatro.

—Pues a ver si explotas.

Dejo el agua a su lado con un golpe. Me grita cuando doy un portazo y le hago un corte de mangas aunque no pueda verme. El estómago me ruge como respuesta, pero lo ignoro y me tumbo en la cama.

Antes las cosas no eran así. Definitivamente, no. Antes comíamos los cuatro juntos, Rachel hablaba del colegio, papá del trabajo y mamá del último libro que había leído. Le gustaba mucho leer, y creo que es por eso que a mí también me gusta tanto. Creo que inconscientemente siempre me ha recordado a los buenos tiempos. Hasta que cumplí cinco años y papá murió en ese accidente de coche, siempre me regalaba cuentos, y solía leérmelos hasta que yo también quise participar y cada una hacíamos una voz diferente. Luego, claro, eso paró, pero yo seguí interpretando, solo que sin compañía. Cuando nos instalamos de nuevo con el poco dinero que habíamos conseguido reunir, aunque ya era un poco mayor, le pedí a Rachel que leyera algo conmigo, pero me respondió que no estaba para tonterías. Con once años, me hice el carnet de la biblioteca.

Con Raven fue todo tan distinto... Siempre habíamos estado bastante unidas, pese a los siete años que nos llevamos, y por eso nunca llegué a entender qué nos pasó. De todas formas, aquello fue como un rayo. Nos distanció muchísimo. Acabó con ella. Pum.

Rachel se quedó en casa con mamá. La verdadera Rachel, quiero decir. Cuando me cogió de la mano y nos fuimos a la otra punta de la ciudad, tan lejos como pudimos, Rachel se quedó atrás. Cuando apenas un mes después de habernos ido empezó a desnudarse y cortó aquella falda para ponerse en una esquina por primera vez, Rachel siguió vestida. Y luego desapareció. Se quedó sepultada bajo todo lo que pasaba, demasiado rápido para que ella pudiera detenerlo.

Yo no podía ayudarla y, cuando lo intenté, ya era tarde. Porque entonces solo quedaba Raven.

Suelo pensar en mi madre. En que ella habría sacado tiempo para leer conmigo, en que no se habría acabado mi comida, en que no habría dejado que pasara esto. Sin embargo, sigo sin saber dónde está o por qué no lo arregla todo, por qué no cura a Raven. Sin embargo, sigo sin saber si precisamente fue ella quien la empujó al vacío.

El techo de mi cuarto fue en su momento blanco, pero ahora está lleno de arreglos y aún conserva alguna que otra mancha de humedad. Subo las manos, tumbada en la cama, y muevo los dedos despacio, como si hubiera ahí un piano o un arpa o una guitarra que, solo con tocarla, se estremeciera hasta el mástil. De alguna forma, esos sonidos se hacen reales ahora, y por toda la habitación puedo escuchar el ti, ti, ti, ti, ti que me recuerda tanto a mamá. Paro la mano, y los sonidos se detienen. En alguna parte huele a café con poca leche.

9. Ultramarinos y coches

Sé que es la espalda de Simon antes de ver la guitarra y el final de las patillas de sus gafas por detrás de sus orejas. Dejo un pie en el aire y lo observo desde arriba, sorprendida; está sentado en el tercer o cuarto escalón, grande y encorvado como siempre.

Está afinando la guitarra. Ajusta las clavijas y toca con delicadeza, como si estuviera intentando convencer al instrumento de que tiene que sonar bien de forma sutil. Es cordial hasta con eso. Durante unos segundos me quedo embobada observando esa espalda que parece más ancha por culpa del abrigo, el movimiento de sus músculos y de su cabeza, que se balancea casi imperceptiblemente. Solo una vez despega las manos de las cuerdas para subirse las gafas.

De repente, después de un par de minutos mirándolo, me acuerdo de que he salido de casa con prisa porque supuestamente Lynda tiene una emergencia en la que se requiere mi presencia inmediata y tengo que estar allí en media hora. Y, ¡oh, sorpresa!, ya voy con retraso.

Bajo saltando tan rápido que hasta parece que toda la escalera tiembla. Para cuando Simon para y se dispone a girar la cabeza, ya he saltado delante de él, esquivando los últimos escalones.

—¿Qué haces aquí, Simon?

—¡Valeria! —Parece casi contento, incluso esboza media sonrisa. Se sube las gafas de nuevo y me fijo en que tiene la patilla izquierda pegada con celo. Qué desastre, madre mía.

—Hola.

—Hola, ¿qué t...?

—¿Qué haces aquí? —repito—. Tu madre te ha devuelto la guitarra.

La mira como si de repente se le hubiera olvidado que la tiene en las manos.

—Sí, esta mañana. Y había venido a verte y a hablar.

—¿Hablar de qué?

—No sé. De nada en particular. Solo se me ha ocurrido pasar por aquí.

«Raro», pienso.

Lo observo un poco más ahora que lo tengo más cerca. Debajo del abrigo lleva una camisa con todos los botones abrochados menos el último, y su pelo parece menos revuelto de lo normal. Además, se ha echado un montón de colonia... Bueno, a ver, la colonia es agradable —huele como a uno de esos arbustos que te encuentras si vas a una excursión a la montaña, como las que a veces hacíamos en el instituto—, pero ese no es el caso.

—¿Vas a algún sitio? —pregunto, entrecerrando un poco los ojos.

—Hum, no, ¿por?

—¿Y vienes de alguna parte?

—De mi casa, ¿por qué?

Oh. Ay.

—No, por nada. —Ojalá no se haya peinado por mí.

La verdad es que está guapo. Bueno, a ver, no está mal. Sobre todo comparado conmigo, que ahora mismo voy sin arreglar, con un jersey grande y un moño mal hecho que supuestamente debería quedar bien pero, en mi caso, no lo hace.

—Lo siento mucho, pero tengo que irme a trabajar. De hecho, cuando he salido ya iba un poquillo tarde.

—Ah. Oh, ah, claro. Lo siento, yo… —Se levanta torpemente, sujetando la guitarra por el mástil con una mano y agarrándose a la barandilla con la otra—. Tenía que haberte preguntado si ibas a estar ocupada.

—Mi jefa me ha llamado para hacer algo que no ha querido especificarme, y… En realidad, no sé por qué te estoy dando explicaciones.

—No te preocupes —dice—, si ya me voy. —Agarra la correa y, con un movimiento ágil, se coloca la guitarra a la espalda—. No quería molestarte, solo verte.

Da un par de pasos hacia la salida, y entonces yo me adelanto a él con un movimiento rápido y absolutamente reflejo. Me quedo unos segundos mirando al suelo, como si de verdad mi cuerpo hubiera hecho eso sin mi permiso, pero luego alzo la cabeza intentando no parecer confundida.

—¿Qué querías decirme? —le pregunto.

—¿Eh?

—Te has preparado algo, ¿a que sí? Es por lo del otro día. ¿Me equivoco?

Tarda un instante en contestar, dubitativo.

—Bueno... Tal vez.

—Oye, no tenía que haber sido tan pesada con lo del secreto y eso. Perdona si te hice sentir mal. El caso es que me he dado cuenta de que ya da igual que sepas sobre Raven y sobre este sitio y sobre... bueno, lo otro. No tienes que «pagarme» por lo que te conté, no importa.

La verdad es que sería bastante sorprendente que este chico tuviera una historia triste como la mía. Ojalá lo más triste que le pase es que se le partan las gafas, de verdad.

Después de unos segundos en silencio, en los que él parece estar meditando algo, sacude la cabeza y pregunta:

—¿No tienes que ir a trabajar?

Subo las cejas, pero, como tiene razón, miro el reloj por si aún hay esperanza. Ups.

—Ya llego tarde, así que no importa.

Justo en ese momento, suena mi teléfono y lo cuelgo rápidamente antes de que llegue al segundo tono.

Le sonrío inocentemente cuando pone cara de extrañeza.

—Eh... entonces, ¿no vas a ir?

—Seguro que no me echan de menos.

—¿Y si te echan del trabajo?

Me quedo pensándolo durante unos instantes, pero luego cambio de tema porque ponerme a explicarle a Simon cómo funcionan las cosas en la agencia es demasiado tedioso para una tarde como esta.

—¿Qué me decías de hablar?

Me mira algo vacilante.

—¿Estás segura?

Para demostrarle que sí lo estoy, vuelvo a las escaleras

y me dejo arrastrar por la gravedad hasta que estoy cómodamente sentada sobre el frío metal de cuadros pequeños.

—Cuéntame.

Pasan unos pocos segundos más hasta que se mueve. No me mira a mí, sino al final de las escaleras, aunque el sitio está completamente vacío. El viento mueve su abrigo y me pregunto si no le dará un poco de calor.

Otra vez me llega esa colonia tan agradable.

—Entonces... vives en el piso de arriba —comenta.

—Sí, puerta 36. Pásate si alguna vez tienes curiosidad por el oficio de mi hermana, en el fondo es muy simpática y cuidadosa.

Me muerdo la lengua. Arg, no sé por qué digo ese tipo de cosas si luego me da tanto repelús pensarlas.

—Ya. Qué graciosa.

Bien, parece incómodo. «Olé, Valeria, te luces.» Soy experta en cagarla.

—No está mal el sitio, en realidad —digo para cortar el silencio—. Si no fuera por el ruido de la carretera.

—Y porque huele un poco a alcantarilla —añade él. Luego dice—: Sin ofender.

Sonrío de medio lado. Respiro hondo. Yo no lo noto tanto.

—Pero se está bien.

—Sí.

Otro silencio. Simon se acerca un poco.

—En realidad quería... Estuve pensando en que lo de tocar delante de un montón de gente era una tontería, así que...

—No es una tontería.

Mi móvil suena y doy un pequeño bote. Cuelgo de nuevo, antes de que llegue al tercer tono esta vez, y de paso miro la hora: las seis y cuarto pasadas. Simon también mira hacia mi mano.

—¿Es tu hermana?

—¿Qué más da?

Él se queda callado y me arrepiento de verdad por haber sido tan brusca.

—Siempre respondes con preguntas bordes cuando sientes que te atacan.

—No es verdad. Y no he sentido que me atacaras.

—Sí lo es. Cuando pregunto algo que podría derivar en una cosa personal, te cierras en banda. Pero luego sueltas secretos como si nada, eso es lo que no entiendo...

Enarco una ceja.

—Será que soy algo extraña.

—O tal vez solo quieras alguien con quien hablar, aunque puede que te dé miedo que la gente se asuste o sepa demasiado de ti.

El teléfono suena por tercera vez y no lo tiro contra el asfalto porque una vez hice algo parecido y me hicieron pagar a mí el nuevo terminal.

Bajo la cabeza a la pantalla. Delante de mí tengo dos opciones, botón verde o botón rojo. Podría darle al verde e irme corriendo, porque aún me daría tiempo a llegar tarde pero no tantísimo... Aunque también podría darle al botón rojo, colgar a Lynda y demostrarle a Simon que se equivoca.

Clic.

—No tengo miedo de ti —contesto.

—No es de mí. Creo que es en general. Aunque no te he visto hablar con más gente, claro… Pero podría ser una opción.

—No es así. No tengo miedo.

Se encoge de hombros. Miro mi móvil en silencio. Lynda debe de estar maldiciendo a toda mi familia, pero no me importa. Lo único que me preocupa ahora mismo es que Simon no tenga esa imagen de mí.

—¿Por qué vives con ella si es…? —No termina la frase.

No dejo de mirar mi teléfono, pero sonrío de medio lado.

—¿Rubia?

—No. Una prosti… tuta.

A veces no sé qué es peor, si hacer eso, decirlo así como con miedo de herir mis sentimientos o de que se vuelva más real, o soltar directamente un rotundo «puta». Me lo he planteado a veces, cuando estoy sola y digo la palabra en voz alta: puta, puta, *putain*. Suena mal, tanto como prostituta, pero es más rápido y acabas antes.

De todas formas, Simon es demasiado educado como para pronunciar esa palabra delante de mí.

—Circunstancias de la vida, qué quieres que te diga.

Lo miro de reojo. Ha apretado los labios. Me doy cuenta de que he hecho exactamente lo que él ha dicho que haría —cerrarme en banda— y reparo en lo diferentes que somos, porque él no me insiste como yo le insistí a él.

—Supongo que sí que me da igual quién te llame —susurra, al final.

—¿Te quitó algo más tu madre el otro día? —pregunto, cambiando de tema.

—No siempre es así. En serio. Pero últimamente está un

poco nerviosa por mi abuelo y por eso se irrita tanto. O sea, más de lo normal. Pero nada más.

—¿Qué le pasa a tu abuelo?

Puede sonar raro, pero me gustan los abuelos. Me interesan. Yo no conozco a los míos ni sé nada de ellos, así que por eso siempre les preguntaba a mis amigas del colegio cómo estaban los suyos. Sobre todo, después de que perdiéramos todo el contacto con la realidad. Creo que hasta me preocupaba más por ellos que sus verdaderas nietas y que por eso pensaban que era un poco rara, pero no me importaba. Los abuelos son fuentes de conocimiento y me fascinan todas las cosas que han podido vivir y cómo han visto pasar el tiempo de una forma que yo aún no puedo ni imaginarme.

La cara de Simon al ir a hablar de su abuelo parece algo resignada.

—Está un poco mayor, en realidad no es nada raro. Con los años que tiene, lo anormal sería que no le pasara nada... El problema es que es muy cascarrabias y se niega a guardar reposo y en vez de eso se pasa todo el día trabajando en su tienda. El médico le ha dicho que si sigue a este ritmo acabará arrepintiéndose.

—¿De qué es la tienda de tu abuelo?

—De todo. Es como un supermercado en miniatura. Tiene fruta, kétchup, papel higiénico... Lo que sea.

—Una buena idea, vaya.

—Sí. Eran los antiguos ultramarinos de sus padres... Pero ahora mi madre está pensando en venderla, y él no quiere y es imposible hacerlo entrar en razón.

—Es su tienda. No creo que tu madre pueda venderla si él no quiere.

—Ya, pero estamos hablando de su salud. No le conviene.

—¿Y por qué no contrata a alguien que lo ayude?

El tono de mi móvil vuelve a la carga. Esta vez, pongo los ojos en blanco y lo cojo, cabreada.

—¡¿Qué quieres?!

—¡¡Te he llamado ya quince veces, Valeria!! ¡¿Se puede saber dónde demonios estás, mocosa desgraciada?!

—Me ha surgido algo. —Aparto los ojos de Simon al decir eso, aunque noto que él sigue con los suyos clavados en mí. Seguro que puede oír los gritos de la loca de Lynda desde donde está.

—¡Ya, pues cancélalo, porque te necesito aquí ahora! Llevo esperándote un buen rato, ¡¿dónde se supone que estás?!

—Estás histérica, Lynda, te va a dar un patatús.

—¡Tú sí que me vas a dar un patatús! Para colmo, el hombre este se ha adelantado, y no podemos hacerlo esperar más… —Habla más alto cuando dice «más»—. ¿No habíamos quedado? ¡Tendrías que estar ya aquí! Tenemos que hablar sobre el futuro de tu trabajo, y tiene que ser AHORA.

«El futuro de mi trabajo.» Suena tan mal dicho por ella que de repente me pregunto si habré hecho algo para cagarla tanto. ¿Es eso? ¿Van a echarme, como ha dicho Simon?

—¿Qué pasa con mi trabajo? —pregunto, frunciendo el ceño.

—Cinco minutos. Quiero que estés aquí en cinco minutos, Valeria.

—No me daría tiempo a llegar en cinco minutos ni aunque me teletransportara.

—Pues búscate la vida. —Clic.

Pero será bruja…

—Vale. —Suspiro—. Cinco minutos. Claro que sí.

—¿Era tu jefa?

—Mi agente, más bien.

—Es decir, que al final sí tienes que ir.

—Eso es básicamente lo que me ha sugerido que haga —respondo, sonriendo.

—Oh. Mierda, tenía que haberte insistido para que te fueras. Me voy.

—¿Qué?

Me pongo de pie cuando se da la vuelta y empiezo a caminar detrás de él.

—Me voy —repite—. Para empezar, no tenía que haber venido. Ha sido una estupidez… Quería hablar contigo y… no pensé que pudieras estar ocupada…

—Estate quieto, Simon. —Intento agarrarlo del brazo, pero se aparta—. Eh. Ya he llegado tarde. Dos veces. Ahora mismo, en este instante, sigo llegando tarde, ¿entiendes? Mi agente ha dicho que esté allí en cuatro minutos, y como es imposible, ya da igual.

—¿Ni siquiera si vas en bus?

—Parece que no estás muy familiarizado con el servicio de transporte público de esta ciudad.

La cara de Simon es la misma que pondría para desatar el nudo más difícil del mundo. Me mira y se muerde el labio un momento. Como tiene la cabeza inclinada hacia abajo, la piel del cuello se le repliega un poco y es una imagen un tanto graciosa.

—¿Y si te llevo yo? Puedo pedirle el coche a mi padre… No creo que le importe.

101

—¿Es que sabes conducir? —Ni siquiera me esfuerzo en ocultar mi asombro.

—Claro.

—Pero ¿cuántos años tienes?

La verdad es que, aunque es mucho más alto y grande que yo, nunca me había planteado que también fuera mayor en edad. Mayor de edad. En realidad, como soy bastante poca cosa y estoy acostumbrada a ser pequeñita, a pesar de que no soy demasiado baja (suerte que en algunas agencias también aceptan a modelos que llegan al metro setenta raspado), la mayoría de la gente con la que hablo suele superarme independientemente de los años que tengan, por lo que siempre asumo que todo el mundo tiene más o menos mi edad y sigo con mi vida sin hacerme muchas preguntas al respecto.

—Diecinueve. Desde hace un mes.

—¿Y conduces?

—Aprendí el año pasado. Y soy de fiar, en serio. Aunque no cojo mucho el coche, porque todos los sitios a los que tengo que ir me pillan cerca, no lo hago mal. Pero bueno, ¿quieres que te lleve? Llegarías antes que andando.

10. Alejandro Be

Antes, Rachel y yo, con mamá (y papá), vivíamos en un chalet —no como los amarillos de la acera de la izquierda, más pequeño, de ladrillos y con la puerta de fuera roja— en una calle parecida a la 115 donde vive Simon. Esta no es la calle Bion, la del motel y el orfanato, pero queda muy cerca andando. Aquí, todas las casas tienen garaje y buhardilla.

Mi intención era quedarme fuera esperando, pero Simon prácticamente me ha arrastrado adentro. Quería decirle, como última estrategia escapista, que total ya habían pasado cinco minutos y por tanto no valía la pena, pero al entrar se me ha formado un nudo en la garganta que pensaba que no me dejaría respirar. El pasillo, la primera habitación a la izquierda que juraría que es una cocina, el salón al fondo justo después de unas escaleras que suben al primer piso...

La distribución es la misma que la de mi antigua casa.

—Espérame aquí un segundo, voy a por las llaves.

Me quedo mirando fijamente el mueble de la entrada, que tiene un espejo y un par de cajones. Es lo que me parece más seguro para ahuyentar cualquier posible recuerdo que haya sobrevivido a todo este tiempo; alguno queda, todavía. La superficie está llena de marcos de fotos de Simon y su familia, llaves (al parecer, todas menos las del coche) y otros cachivaches de los que llenan los bolsos del mundo, como limpiagafas y paquetes de clínex a la mitad.

Apenas un minuto después, levanto la cabeza al oír un ruido, y la primera puerta que he visto antes se abre y de ella sale una enorme masa vestida de rojo, rosa o un color parecido.

No me da tiempo a identificarlo correctamente porque me acorrala contra un armario, el que queda detrás de la puerta cuando esta se abre, y solo sé que sea quien sea no es Simon.

Delante de mí veo una cabeza gorda sin cuello que me examina de cerca.

—¡Hombre, rubita! ¡Si yo a ti te he visto antes, ¿no es así?!

Es Duncan, el poli gordo de la comisaría B.

Simon viene corriendo desde donde quiera que ha estado este tiempo, como un caballero andante con retraso. Su cara al darse cuenta de que llega algo tarde es una mezcla de culpabilidad y fastidio. Mira a Duncan, el hombre le devuelve la mirada... y se le ilumina la mente.

—Oh, pero si ya sé de qué te conozco. Estabas en la comisaría la noche de las putas, ¿no es así? Te fuiste con este para adentro... Vaya, mocoso, no sabes cuándo parar de ligar, ¿eh? Cualquier momento es bueno para ti, granujilla...

¿Ligar? ¿Me estás tomando el pelo?

—No he... No he ligado con ella —susurra Simon en voz muy baja, aunque, si yo apenas lo he escuchado, no creo que Duncan lo haya oído.

—¿Qué noche de las putas? ¿Esta chica estaba allí? —pregunta el otro hombre que también ha salido de la cocina y que no había visto.

—La última que hubo, ¿recuerdas? Pues esta vino a sacar a una.

—Eh, espera, yo no...

—Debemos irnos ya, papá —murmura Simon—. Tenemos un poco de prisa... ¿Tienes las llaves del coche?

¿Este es el padre de Simon? ¿Este es el jefe de policía? Lo miro de arriba abajo rápidamente. Es bajito, más o menos como yo, y bastante musculoso para un hombre de ¿cincuenta años? Él, aunque se gira hacia Simon, tarda un par de segundos en apartar sus ojos pequeños y azules de mí, y, aunque no pone ningún gesto despectivo como los de Duncan, por un momento me siento bastante ridícula y fuera de lugar.

Solo cuando se pone a buscar las malditas llaves dejo de sentirme tan rara. No se parece nada a Simon; no solo por el aspecto físico, sino por lo que impone con una simple mirada. Ni en un siglo habría adivinado que pudieran ser familiares. Lo único que tienen en común debe de ser la sangre, vaya.

—¿Vas a conducir? —Duncan empieza a reírse. El movimiento de su papada es completa y absolutamente indescriptible—. Pues cuidado con ella, porque como sea como la hermana...

—Cállate.

No sé si lo he dicho yo o lo ha dicho Simon, lo único que sé es que todo el mundo se ha quedado callado después de eso y que, al segundo siguiente, Simon está agarrándome de la mano y tira de mí hacia la calle. Ni siquiera soy consciente de salir por la puerta y bajar las escaleras. Miro un momento hacia atrás: Duncan grita no sé qué sobre la falta de respeto y el padre de Simon le pone una mano en el pecho y niega con la cabeza.

El coche es uno de los muchos aparcados en la acera. Simon abre con el control remoto y subimos. Se queda unos segundos quieto antes de arrancar y ponerlo en marcha.

No hablamos durante un rato, solo le indico que tiene que girar la primera a la derecha y, después, la tercera salida en la tercera rotonda.

—Tienes que ir todo recto. Cuando llegues a ese cartel con la cara de Robin Williams, gira a la izquierda.

Llegamos. Lo hace.

—¿Te dirá algo tu padre cuando llegues a casa? —le pregunto.

—No creo. Él no es como mi madre, por si te lo estabas preguntando.

—Pero eso da igual. Mi hermana sigue siendo puta, y no creo que a ningún padre, por muy permisivo que sea, le haga gracia…

—Bueno, a mí eso no me importa. No eres tu hermana. No la veo a ella cuando te miro, te veo a ti.

Cuando conduce sí que parece adulto. Es como si hasta su voz hubiera cambiado y fuera aún más grande. Está serio y concentrado, pero de una forma distinta a cuando toca, porque ahora desprende tranquilidad y confianza. Me gusta, aunque de repente tengo un nudo en la garganta por lo que ha dicho.

—No todo el mundo piensa así… Ahora, cuando puedas, gira a la derecha. Espera, después de esa óptica.

—Bueno, a lo mejor deberías evitar a quien no lo haga.

—Gira el volante.

—Sí. A lo mejor. Ya es ahí, al final, donde está ese cartel.

—Vale.

Simon para frente a los escalones de la agencia. La chica del cartel de la entrada nos sonríe sin pestañear —porque no puede, claro— y me parece un chiste. Miro el reloj: es bastante tarde, pero bueno, no está mal.

Él también está mirando el cartel con cara rara.

—Gracias por traerme. —Le sonrío levemente de la forma más educada que sé.

—De nada. Si necesitas también que venga a buscarte, y me avisas...

—No —interrumpo—, está bien así. Pero... gracias de todas formas. —Abro la puerta y salgo—. Adiós, Simon.

—Adiós, Valeria.

* * *

Entro en el despacho de Lynda con una exhalación. La recepcionista me ha dicho que estaba echando humo por las orejas, y lo peor es que una vez vi cómo eso pasaba literalmente.

—¡Lo siento! He tenido un par de... eh... problemas para llegar.

Delante del escritorio de Lynda siempre ha habido dos butacas, una roja y una blanca. Supongo que son para las modelos y sus madres cuando pide las entrevistas iniciales; yo nunca he visto a Raven sentada ahí, y la butaca roja siempre ha estado vacía a mi lado. Pero ahora... ahora hay un hombre. Un hombre desconocido que se gira para mirarme. Lleva un jersey negro de cuello alto, gomina con brillos y creo que, o tiene mucho calor, o eso es colorete naranja intenso. Me mira de arriba abajo y luego sonríe.

—¿Esta es la chica?

—Sí. —Lynda suspira y se recoloca un poco el pelo—. Niña, pasa. Llegas tarde.

—¿Quién es? —No tengo reparo en observar descaradamente al personajillo que está en mi sitio. A él parece que le hace gracia mi presencia. Lynda, sin embargo, pone cara de haber chupado un limón y luego carraspea.

—Siéntate ya, por favor, Valeria.

Oh, parece verdaderamente avergonzada. Es como si estuviera intentando hacerse la maja pero estuviera tan enfadada que la actuación no le sale bien.

La obedezco porque creo que estoy empezando a (lo que ella llamaría) «pasarme con mi comportamiento».

—Te presento a Alejandro Be, Valeria. Seguro que sabes quién es.

¿De verdad debería saberlo? Lo examino detenidamente con los ojos entrecerrados. Él sube una ceja, como si empezara a molestarlo que lo hiciera.

Entonces, de repente, caigo: Alejandro Be es el conocido fundador de la famosa marca ABe, de ropa y cosméticos. Sus diseños son bastante conocidos en el país y un poco menos en el mundo. Lynda encontró un *casting* para un anuncio de la temporada pasada y me apunté, pero me dijeron que no tenía la actitud adecuada y me despidieron con un «pero te tendremos en cuenta para futuras colaboraciones». La verdad es que no creía que lo hubieran dicho en serio, pensaba que había sido uno de esos «ya la llamaremos» que nunca se cumplen.

—Sí, claro que lo conozco. ABe, el diseñador y eso.

—Exacto.

—El señor Be ha estado pendiente de ti un tiempo. Se infiltró en un par de sesiones, miró tus fichas y le hemos enseñado tu *book*. —Lynda mete el turbo y empieza a hablar a toda pastilla mientras agarra un montón de papeles y empieza a colocarlos perfectamente sobre su mesa. Intenta hacer como que es normal y no está loca, pero no sé yo si cuela—. Ya hemos tenido un par de entrevistas con él —dice—, y tras revisar tu currículum, ha decidido que le interesas para su compañía. Lo único que falta es que superes un par de pruebas de cámara que ya hemos programado, y todo listo.

—Espera, espera. ¿Quieres que entre en ABe? —Hago una pausa, analizando la información. Algo no encaja—. ¿Por qué quieres que entre en una empresa tan importante?

Ella se ríe de forma un poco histérica.

—¿Por qué no iba a querer que tuvieras una oportunidad como esta, Valeria? No seas tonta. Aquí solo queremos lo mejor para ti.

Veo en sus ojos un brillo nervioso. Mentalmente intenta decirme: «Cállate, estúpida, si la cagas te quedarás aquí para siempre y yo seré la que tenga que ocuparse de ti». Al final, a Lynda le da igual dónde acabe mientras sea lejos de ella. Aunque el futuro que me está preparando sea mejor de lo que le gustaría, por lo menos va a perderme de vista (y yo a ella, así que la alegría es mutua, supongo).

—¿Y cuándo dices que son esas pruebas? —le pregunto a

Be, girando la cabeza hacia él para no tener que ver la cara congestionada de Lynda.

—El viernes, dentro de dos semanas. A las seis. Un coche pasará por aquí para recogerte.

—¿Y las entrevistas? ¿No tendría que haber estado yo presente?

—Esas serán después. Todo a su debido tiempo, Valeria; antes de emocionarnos tienes que aceptar.

Lo miro a él, luego miro a Lynda. Se la ve tan impaciente… Parece que tiene ganas de gritar o de saltar sobre mí para que acepte. Necesita que diga que sí desesperadamente, porque es la única oportunidad que ha tenido en tres años de despedirme para siempre.

La posibilidad de hacer que sufra un poco más me parece demasiado tentadora.

—¿No puedo pensármelo? ¿Tengo que decidirlo ahora?

—Valeria —dice Lynda de forma cortante.

—¿Tienes que pensarte una oportunidad como esta? ¿Estás loca?

El tono de Alejandro Be hace que mis cejas suban solas antes de que pueda controlarlas. «Es un diseñador famoso —pienso—. No pierdas los nervios con él, y menos si va a ser tu nuevo jefe.» Aun así, no puedo evitar pensar que qué se ha creído. Por muy famoso que sea, no me mola que le conteste así a la gente. Pienso que si es ese tipo de persona que actúa así y sigue consiguiendo todo lo que quiere, probablemente no me apetezca formar parte de su compañía, lo cual sería un buen golpe para él…

Pero entonces la imagen de mi hermana se cruza con la escena que tengo delante, como si de repente se materializara detrás de Lynda, y tiene los ojos muy abiertos y la cara pálida. «No seas gilipollas, Val», me diría. «¿Por qué tienes que ser tan tiquismiquis? Yo no lo soy por ti», estaría pensando. Y entiendo que, por muy idiota que sea este hombre, esto supone un sacrificio, igual que los que hace ella. No, no como los suyos; esto es un esfuerzo mínimo y encima va a mejorar mi carrera y todo eso.

–Vale. Acepto. –Lynda suelta todo el aire que lleva aguantando como cinco minutos y Alejandro Be sonríe con prepotencia–. ¿Qué es lo que tengo que hacer ahora?

11. Desde la raíz

Últimamente he estado pensando en lo cómoda que me siento con Simon. Es extraño porque, aunque siempre tuve alguna que otra amiga en el colegio e instituto, esto no tiene nada que ver. Sobre todo, porque con ellas siempre tenía que haber un tema interesante sobre la mesa, y la definición que tenían de *interesante* solía ser «me he comprado ropa nueva y de mayor» o «hagamos una lista de los chicos más guapos de clase», y no me sentía cómoda aunque fingiera que sí, así que al final siempre me quedaba algo apartada del grupo.

Pero ahora ya no. No sé qué ha cambiado desde el día que me llevó en coche, pero algo ha sido, porque me he dado cuenta de que con él todo es diferente y no tengo que fingir.

Porque Simon no ve a Raven, me ve a mí. Eso dijo.

No puedo dejar de pensar en ese momento, cuando lo soltó como si fuera algo lógico —sonó así cuando lo dijo—. Es muy probable que haya sido eso lo que me ha animado a seguir yendo a verlo al orfanato. Pensar en ello me hace sentir mejor cada vez que paso por delante de algún escaparate y me parece ver el reflejo de mi hermana en vez del mío.

Los días con Simon avanzan de una forma tan rápida y fácil que llega un momento en el que no sé qué hacía antes de hablar con él todas las tardes. Bueno, leer, sí, y pasar mucho tiempo en la biblioteca vagabundeando como un alma en pena; pero esto también lo hago ahora, porque, desde que firmé el contrato, Lynda está tan aliviada por librarse de mí que no me llama para nada.

Ya es viernes. Simon me ha traído a la puerta de la agencia y estamos sentados en los escalones del edificio, debajo de la cara de la chica sonriente. Desde cerca se ve cómo los bordes del cartel empiezan a despegarse, gastados después de tanto tiempo de sonrisa forzada. Hemos venido en coche y ha insistido en quedarse aquí conmigo hasta que pasen a buscarme, aunque no había sitio para aparcar y hemos tenido que dejar el coche un poco lejos y luego venir andando hasta aquí.

—Estás contenta, ¿no? Por todo esto que está pasando con el diseñador. Es un sueldo fijo, no está nada mal.

—Ya. No lo sé, supongo que sí. La verdad es que ese tío no me cayó demasiado bien.

—Bueno, si es el jefe es probable que no tengas que tratar mucho con él. Si tienes suerte, y es como el resto de los jefes del mundo, se quedará en su oficina haciendo sus cosas y apenas lo verás. Intenta ver las cosas por el lado bueno.

—Si lo estoy viendo por el lado bueno: ya no tendré que ir a un *casting* otra vez, ni tendré que soportar las llamadas histéricas de la bruja de Lynda... —La ventana del despacho de Lynda, en el segundo piso, da a la calle en donde estamos.

Espero que la tenga abierta y me haya oído. Miro a Simon con una media sonrisa, pero él no dice nada.

No puedo recordar ni una sola vez en que haya hecho un comentario mordaz sobre alguien y Simon me haya respondido apoyándolo o reforzándolo de alguna forma; no es capaz ni de una carcajada. No lo veo como algo malo, obviamente, pero no me gusta nada que sea así porque solo me hace darme cuenta de lo mala que soy yo. Él es bueno por naturaleza, incapaz de tener sentimientos crueles, y mis vasos siempre están medio vacíos y rotos. Me siento incómoda al darme cuenta de todas las formas en las que no soy como él. Me compensa, está claro, porque encuentra siempre resquicios de luz y es calor contra mi frío, porque no da el perfil de juguete roto como yo y así logra equilibrar esa balanza invisible que siento tirante entre los dos.

Siempre consigue sonreír. Ahora lo hace. Se encoge de hombros y levanta levemente las comisuras de los labios de forma algo tirante, aunque obviamente no por lo que he dicho. Luego mira hacia delante, un poco arriba, y me fijo en el nuevo cartel que han pegado enfrente sobre un viaje en Navidades a la nieve donde una familia entera parece ser increíblemente feliz.

—Yo creo que tienes suerte, Valeria. Esto va a ser una nueva experiencia, que no está nada mal. Además, conocerás a mucha gente… No es como si trabajaras con tu madre o con tu abuelo.

—¿Tu abuelo? —Me giro hacia él y tira un poco más de su sonrisa—. Espera, ¿es que ahora también trabajas en la tienda?

—Sí. La verdad es que fue por tu idea. Se lo comenté a mi madre y enseguida le pareció que el candidato perfecto para ayudarlo era yo, ya que no tengo otra cosa que hacer, así que me llevó a rastras hasta él e insistió hasta que aceptó, aunque sé que solo lo hizo para que se callara.

—Oye, ¿y ahora, dónde tendrías que estar? Tienes dos trabajos. Si estás faltando…

—Aquí. Ahora solo tengo que estar aquí contigo. Hablando. Te dije que iba a acompañarte, ¿no?

Después de mirarlo durante unos segundos, dirijo la vista a la familia de esquiadores con monos a juego.

—Vale —susurro, intentando evitar una sonrisa.

—Vale.

Un coche negro y grande entra en la calle y estiro la espalda para intentar verlo mejor, pero cuando llega a nuestra altura pasa de largo y vuelvo a relajarme.

—Me parece una pasada que tengas dos trabajos, la verdad —admito, volviendo la vista al principio de la calle por si hubiera suerte la próxima vez—. ¿Cómo encontraste el del orfanato? ¿Por enchufe?

—Algo así. —Oigo una risa leve—. En realidad, al principio iba solo algunas tardes a ayudar a mi madre vigilando a los críos. Algunos eran lo suficientemente mayores como para acordarse de mí, y molaba verlos otra vez y eso, así que me lo pasaba bien. Como iba tantas veces y ayudaba tanto, al final la directora me ofreció un puesto de auxiliar o no sé cómo lo llamó, pero más que nada es una excusa.

—¿Algunos se acordaban de ti? ¿Has dicho eso? —Aparta la mirada cuando me giro hacia él—. ¿Has dicho que los más mayores se acordaban de ti?

—Sí, aunque ahora casi todos se han ido ya porque tienen dieciocho años.

Simon lleva un rato mirando al suelo y jugando con un palito con la arenilla que hay sobre los escalones. Ahora parece más concentrado en hacer eso que antes. Me fijo en su expresión forzadamente distraída, en sus labios apretados, e intento pensar mientras lo observo hacerlo y, entonces, se me ocurre una idea.

—Simon, ¿vivías en el orfanato?

Se encoge de hombros, aún sin mirarme.

Después de unos segundos en los que yo no digo nada, solo espero a que hable, oigo de nuevo su voz:

—Eso es lo que quería contarte la otra vez, pero no me dejaste.

Se me encoge el estómago, pero me mantengo callada. Tengo que esperar a que sea él el que hable de ello. Los segundos pasan despacio y muy pesados, y al final, después de un minuto o así, Simon levanta la cabeza y parece diferente.

—¿No te extraña que yo mida más de uno noventa y que mis padres sean un par de *hobbits*? Y no me digas que no te has dado cuenta de que no me parezco en nada a ninguno de los dos.

De repente, como enfadado, deja de mover el palo y lo tira a la carretera. Es tan pequeño que ni siquiera vuela muy lejos, y el viento lo une a su carrera y se lo lleva. Después de eso él se queda quieto, como uno de los hombres-estatua que se pasan las tardes posando pacientemente en ese parque tan grande del centro de la ciudad, y solo sé que no es de piedra por el baile de los mechones de su flequillo y el subir y bajar de su pecho, que, aunque leve, es evidente.

—Ellos dos son morenos, bajitos y con ojos azules. Yo soy

pálido y mira mi pelo y... bueno, está lo de la altura. Les saco tres cabezas. Eso marca la diferencia. Además, los dos tienen un carácter muy fuerte, mientras que yo... Ya lo dice mi abuelo: estoy empanado, me falta la chispa de la familia. No es muy agradable saber que...

—Simon —lo interrumpo—, no me digas que pareces así de triste porque eres adoptado.

Creo que no es exactamente la reacción que se esperaba.

—¿Qué?

—Ya me has oído.

—¿Es que tú estarías contenta? —Parece casi ofendido.

Me echo un poco hacia delante con la cabeza inclinada, mirándolo.

—¿No deberías estarlo porque te hayan dado una segunda oportunidad? No ellos, sino el universo en general. —Frunce el ceño, extrañado, como si no me entendiera bien, así que sigo hablando—. No sé por qué te veo triste o decepcionado. Como si esto debiera avergonzarte. Sé que no te avergüenzas de tu familia, porque, que yo vea, no hay motivos, así que tiene que ser por lo otro. Pero es una tontería...

Un brillo en el fondo de ese verde y un ligero tirón de sus cejas me indican que he dado en el clavo, pero por su cara diría que a lo mejor me he pasado un poco. Intento añadir algo más, pero aparta la mirada y así corta de lleno cualquier palabra que yo pudiera haber dicho.

Dios, realmente no tengo ni idea de tratar con otros seres humanos.

—Oye, mira, yo no...

Mi mano derecha cae de mis rodillas al suelo y, sin querer, acaba muy cerca de la suya. Es completamente fortuito que

117

yo estire los dedos en ese momento y que acabe tocándolo, porque ni siquiera estoy mirando y no me había dado cuenta de la distancia, pero cuando pasa él se aparta rápidamente, como si lo hubiera quemado o algo así, y me sobresalta. Es normal, si lo piensas, porque no creo que nos hayamos tocado antes, pero eso, junto a lo que le he dicho sin pensar, hace que se me revuelva el estómago, como si de repente me sintiera asquerosa y esa fuera la razón por la que se ha apartado al rozarme. Me mira con los ojos muy abiertos un segundo y al final vuelve a poner la mano en el suelo porque es muy educado, aunque lejos de la mía.

Me muerdo el labio e intento arreglarlo:

—Me refería... Quería decir que no quería me lo contases como si fuera algo malo, nada más. —Bajo la vista al suelo—. La verdad es que pienso que ojalá muchos chicos hubieran tenido la suerte de conseguir una familia como la tuya.

«Ojalá muchos chicos hubieran tenido la opción de empezar de cero y hacerlo bien —quiero añadir—. Ojalá yo la hubiera tenido.»

—Pero me abandonaron —contesta él—. Cuando era pequeño. Ni siquiera soy capaz de imaginarme cómo eran mis verdaderos padres, porque no guardo ni un solo recuerdo de ellos, y nadie... Nadie querría eso.

—Tus verdaderos padres te quieren. Tus nuevos padres son los de verdad, no los otros, ¿entiendes? En eso consiste. Te eligieron, y te quieren. ¿No es suficiente?

Parece que sus ojos son mucho más grandes a través del cristal de sus gafas. Tienen el aspecto que tendrían si un japonés amante del anime se los hubiera dibujado en la cara. Solo me mira a mí, examinándome con cuidado, y entonces me digo que, si me mira así ahora, ¿por qué no ha querido que lo tocase sin querer antes?

Pero no se lo pregunto porque se echa un poco hacia atrás e interrumpe ese contacto.

—Creo que en el fondo estaba esperando que dijeras algo así —murmura.

—Eso no significa que no te entienda, solo es que no me parece...

—Tranquila, sé que lo has entendido. Está bien, me ha gustado contártelo.

Sonríe de medio lado de forma dulce y yo le sonrío también, algo insegura.

Siento que la boca me arde como si fuera a explotar, como si tuviera un dragón y, cuando la abro para que el aire frío entre y me alivie, las palabras salen sin querer.

—Mi madre también se fue —digo, aclarándome la garganta—. Yo tenía diez años, así que creo que más o menos sé cómo te sientes respecto a lo del abandono. Aun así, de todas formas... Tú tienes esa familia. Y si te consuela, te diré que, aunque no sé demasiado sobre el total de madres que abandonan a sus hijos en orfanatos o similares, puedo decirte que no todas lo hacen porque no los quieran. Algunas simplemente no quieren que tengan la misma vida que ellas y quieren darles alguna posibilidad de escapar. —Le propino un leve golpe en el brazo con mi hombro, y sonrío levemente para animarlo—. Estoy segura de que nadie te abandonaría a propósito, Simon.

—¿Cómo puedes saber eso?

—Mi hermana. —¿Quiero contárselo? ¿Sí, no? Hablar de mí parece difícil, porque lo es, pero hablar de otra persona...—. Se quedó embarazada hace cuatro o cinco años, no podía trabajar y yo era muy pequeña todavía, así que no teníamos dinero. Dos semanas después de tener al bebé, lo llevó al orfanato. —Esas son las coletitas que siempre buscaba antes de conocerlo; por un momento me siento mal por haber dejado de hacerlo—. Se sentó conmigo y me explicó que no quería que la niña creciera como nosotras y que deseaba que alguien mejor se quedara con ella. Por eso te lo digo. A lo mejor tus padres o con quien estuvieras antes pensó lo mismo que Raven... y tomó una buena decisión.

Por dentro solo puedo esperar con todas mis fuerzas que me crea, porque hace mucho que no digo algo tan en serio y es muy importante que sepa que lo pienso de verdad. Recuerdo ese momento en el que mi hermana, con su bebé en brazos envuelto en una toalla que olía a detergente barato, me dijo lo que iba a hacer. Recuerdo que le dije que yo cuidaría de ella, que le daría de comer e iría yo todas las veces a la tienda a por potitos y le cambiaría el pañal. Raven me dijo que no teníamos dinero para potitos ni pañales y que teníamos un retraso con el alquiler enorme que solo nos habían perdonado porque la mujer del casero se había apiadado del bombo. «Suficiente que tú vivas con una puta. No pienso condenarla a ella también», dijo, y todavía me acuerdo de eso.

Sin darme cuenta he cerrado los ojos muy fuerte, pero ni aun así puedo volver a esconder todos esos malos recuerdos en el fondo de mi memoria. Intento pensar en otras cosas. Intento pensar en tonterías, como una sesión de fotos cualquiera, o las entrevistas que me van a hacer ahora, o la expresión sorprendida de antes cuando Simon se ha apartado...

Y entonces abro los ojos de golpe porque algo me está tocando, y cuando bajo la mirada al suelo es él, que ha puesto deliberadamente sus dedos encima de los míos y me mira a la cara como si quisiera asegurarse de que sé que no lo ha hecho sin querer.

—Gracias, Val.

Un claxon pita delante de nosotros. Me sobresalto. Aparcada encima de la acera hay una limusina negra que está bajando las ventanillas en ese momento. Mi atención la acapara un tío enorme con gafas de sol que aparece en el asiento del conductor.

—¿Valeria Miles? —pregunta, alzando la voz.

Me pongo de pie de un salto y al hacerlo suelto a Simon. Me giro un momento para mirarlo a los ojos, y hace un gesto con la cabeza para que baje y vaya.

—Luego me cuentas.

—Sí. A… adiós, Simon.

Me subo en la parte de atrás de la limusina sin volver a mirarlo. La puerta está dura y tengo que tirar con fuerza para cerrarla y sumergirme en la oscuridad más absoluta. El vehículo arranca un microsegundo después, empujando mi cuerpo hacia atrás con una sacudida y metiéndose en la carretera como si tuviera prisa o algo así. Tengo que esperar un poco para acostumbrarme a la escasa luz que hay aquí: parpadeo y muevo la cabeza hasta que empiezo a distinguir cosas, como una mesita delante de mí, un televisor a mi izquierda, un equipo de música… Y otra persona.

A él tardo menos en distinguirlo porque dudo que haya alguien más en el mundo que vaya con esas pintas por la vida: Alejandro Be está frente a mí, con las piernas cruzadas, el móvil en una mano y una copa de vino tinto en la otra. Ni siquiera me saluda, solo sigue tecleando rápidamente con el pulgar libre. La luz de la pantalla del móvil le ilumina muy levemente la cara, pero, eso sí, se ve desde aquí que tiene el pelo tan lleno de purpurina que parece una bola de discoteca. ¿Adónde va así? ¿Dónde podría considerarse ese pelo normal, en el Capitolio? Además, esa ropa que lleva es horrible, no pega nada: ¿pantalones estampados con cosas étnicas rojas y naranjas, camiseta de tirantes verde fosforito y sudadera negra? ¿Qué clase de diseñador de prestigio saldría así a la calle, por muy tintados que estén los cristales del coche? Además, en serio, esa sudadera… Estoy segura de que es de terciopelo. No sabía que se seguían haciendo cosas de terciopelo, sin contar sillas elegantes y tal vez…

Mientras pienso todo eso, se me ocurre algo que puede sonar estúpido pero que me arriesgo a preguntar.

—¿De verdad eres Alejandro Be?

Levanta la cabeza hacia mí y por un segundo parece que de verdad no se había dado cuenta de que yo estaba allí. Luego alza una ceja con una maestría excelente.

—¿Por qué dices eso?

Hay algo en él que no me cuadra —aparte de todos los detalles estilísticos que acabo de describir, claro— y, ahora que me fijo bien, uno de ellos es su edad. No creo que este tío tenga más de veinticinco años o así. No me suena que el nombre de Be fuera acompañado por cosas como «joven talento» o «uno de los diseñadores más jóvenes de la industria» en las revistas, que es lo que sería normal con alguien de su edad. Además, he reconocido su tipo de modelito: no es algo que te pondrías para salir, es algo que usarías antes o después de arreglarte más, como ropa de estar por casa.

Luego está, además, que esa chaqueta sigue mosqueándome. Juraría que la he visto en alguna parte...

Oh. Oh, ya sé.

Venga ya, no.

—No eres Be. Tú eres el que estaba espiando la sesión de esa revista la semana pasada. El pervertido.

—¡¿Cómo que pervertido, niña?!

—Sí, bueno, una chica te llamó eso. Y la verdad es que lo parecías, con esa chaqueta y la capucha puesta, ahí mirando desde el fondo... —Guardo silencio, esperando su reacción. Seguro que es él. Espero que lo sea, porque si no significaría que acabo de llamar pervertido a mi nuevo jefe.

Después de unos segundos interminables aguantándonos la mirada, baja del todo el móvil y sonríe.

—Vaya, pensé que no te darías cuenta. Tu jefa no se ha enterado, eso está claro.

Aunque tenía razón y debería estar orgullosa por haberme dado cuenta, una sensación muy agobiante me sube desde el estómago.

—¿Quién eres? ¿Me estás secuestrando, o de verdad trabajas para Alejandro Be?

—¿Para qué querría secuestrarte? Estoy seguro de que solo eres una de esas niñas de clase media que cree que siendo modelo va a saltar a la fama y de repente va a convertirse en Miranda Kerr o en una Cara Delevingne de la vida. —Pone los ojos en blanco—. Como tú hay miles. Solo vengo de su parte, ¿sabes?, en plan mensajero. Alejandro está demasiado liado como para hacer recaditos.

Mon dieu, que alguien deje que lo mate. Respiro hondo y miro hacia la ventana, mordiéndome la lengua y con una paciencia que no sabía que tenía.

Tras unos minutos en silencio, el tío extravagante comenta:

—Oye, tampoco es para que pongas esa cara, niña. Deberías estar contentísima porque se haya interesado por ti hasta el punto de contratarte.

—Lo que tú digas. Y no vuelvas a llamarme «niña».

Sonríe y vuelve al móvil. Me dedico a mirar por la ventana durante los siguientes cinco o diez minutos, aunque no conozco esta parte de la ciudad. Algo en mí sigue temiendo que este idiota con complejo de lentejuela andante me rapte, pero también siento curiosidad. No sé qué leches firmé el otro día, pero tiene pinta de ser interesante.

—Y, si no eres Be, ¿quién eres?

—Ya te lo he dicho, un mensajero.

—Que cómo te llamas.

—Ah. Soy Eric. —No se molesta en volver a mirarme—. Espero que te acostumbres a mi presencia, porque tú y yo vamos a vernos bastante durante un tiempo.

Echo la cabeza hacia atrás con un suspiro.

—Pues qué estupendo.

—Oh, así que tú eres de las sarcásticas. Puedo tratar perfectamente con vosotras, no te preocupes. —Sonríe mientras escribe—. Curiosamente, Alejandro siempre me encasqueta a mí a mocosas como tú.

—Probablemente sea porque no te soporta y no sabe cómo decírtelo.

—Claro que sí, niña.

—¿Por qué lo llamas Alejandro como si fuera tu colega de toda la vida?

Eric sonríe de nuevo como el chulito deslumbrante que es. No porque sea brillante en sí, sino por el maquillaje y los complementos. Si me llegara el brazo hasta donde está, me plantearía pegarle un puñetazo en la cara.

—Querida, me da que nunca has conocido un sitio igual.

12. El ritual de alisar los billetes

Literalmente, estar en *ABe: moda y cosméticos* es como llamarse Alicia y decidir que es buena idea seguir a un conejo que habla con un reloj por una madriguera hacia un mundo donde parece que todo el mundo va drogado y encima quieren que te drogues tú también. Ha pasado ya más de una semana, tengo que ir todos los días (sábados, domingos y festivos incluidos) y aún no conozco al gran-y-maravilloso jefazo que todo el mundo adora. Lo único que sé de él es que todos lo llaman solo Alejandro, que las sesiones de prueba (no era una, sino muchas) las montó él y que también escribió las preguntas de mi entrevista de acceso, aunque me quedó claro que haría muchas más.

Llevo una semana acostándome tarde y durmiendo hasta las doce o la una, porque en las sesiones dan muchísima caña y acaban muy tarde. Cada día que tengo que recorrerla, la calle 118 se me hace más larga; cada día me pesan más las piernas y pierdo varios minutos mirando las escaleras y planteándome nuevas posibilidades para no tener que subirlas, aunque al final debo hacerlo y siempre tardo en atinar con la llave en la cerradura torcida y, cuando por fin llego a la cocina, suelo quedarme medio dormida en la mesa mientras ceno. El otro día, por ejemplo, me desperté porque se me cayó la cabeza contra el pecho y casi me rompo el cuello yo sola, así a lo tonto.

Pero bueno, supongo que todo este cansancio vale la pena, porque se traduce en algo genial: t-e-n-g-o t-r-a-b-a-j-o. Tengo un trabajo real. ¡Tengo un trabajo real, dioses! Mientras consigo subir los últimos escalones y recorro los metros que quedan hasta mi casa, mientras hago ridículos esfuerzos por mantener los ojos abiertos y me obligo a quitarme la ropa de calle para ponerme el pijama, caigo en lo importante que es todo esto: aunque aún queden un par de firmas y tenga que conocer al verdadero Be —perdón, Alejandro—, he conseguido un trabajo lo suficientemente bueno como para que Raven deje de currar. No de golpe, por supuesto, porque no soy una «niña de clase media que cree que va a saltar de golpe a la fama», como dijo Eric, pero sí paulatinamente. En unos meses podría pasar de todo, y lo bueno es que sé que cualquier cambio, por pequeño que sea, va a suponer una mejoría respecto a mi situación actual. A lo mejor, de aquí a seis meses o un año, Raven podría dedicar su tiempo libre a volver a estudiar o, qué sé yo, buscar un trabajo sencillo en una tienda de ropa o algo así. Podría dejar todo esto encerrado en una caja como la del dinero que hay debajo de su cama… pero con un cerrojo de verdad, uno que no pueda abrir nadie, ni siquiera ella; una caja sin cerradura. Para que, con el tiempo, volviese a ser Rachel.

Hoy, la llave entra al tercer intento y se atasca un poco al girarla, como siempre. Cuando la puerta se abre, chirría.

Me doy cuenta enseguida de que no huele a colonia como todos los días, y casi estoy a punto de ponerme a fantasear con que podré estar un rato a solas en casa con mis libros y mi música y mis pensamientos, cuando veo una figura diminuta debajo de las sábanas y paro el baile de la alegría antes de haberlo empezado.

Es Raven, bocabajo y con la cabeza escondida por la almohada. Si no te fijas, casi parece que la cama solo está vacía y deshecha. Fría como si no hubiera nadie tumbado. El pelo de Raven es del mismo tono sucio que las sábanas, y está tan quieta que ni siquiera parece respirar.

Cierro la puerta despacio y la habitación se queda a oscuras.

En la cama, allí donde debía estar un acompañante que ocupara el espacio vacío, hay un par de billetes tan nuevos que resulta insultante. Creo que son cuarenta pavos, puede que treinta, en billetes rojizos y grisáceos. Suspiro y los cojo.

Me acuerdo de la primera vez que recogí el dinero de la cama de Rachel. Fue al principio, cuando dejó de buscar trabajo por todas partes —al parecer, no hay muchos lugares que quieran contratar a adolescentes sin el título de bachillerato— y salió a la calle con unos pantalones cortos que más bien parecían bragas vaqueras y una camisa tan abierta que se le veía todo el sujetador. Adquirí entonces la costumbre de procurar no estar en casa mientras ella trabajaba; me quedaba en el aparcamiento del motel hasta que veía salir al personajillo de turno, sin querer pararme a mirarlo demasiado —era pequeña, pero sabía qué tipo de cosas pasaban ahí dentro—, y cuando lo hacía yo volvía y abría con mi copia de la llave.

Siempre me encontraba a Rachel llorando, a veces incluso hipaba, normalmente tan cansada que no podía ni levantarse. La encontraba desnuda y tapada como hoy: con una sábana alrededor de su cuerpo pequeño y con los pies al aire. Yo tomaba los billetes que le dejaban, los alisaba despacio y los colocaba sobre la mesilla de noche. Luego daba la vuelta, la tapaba como podía hasta los hombros y le daba un beso en la frente. Lo hacía todos los días, fuera verano o invierno, porque supongo que entonces ya intuía que todo lo que sucedía la estaba congelando desde dentro. Solía irme a dormir temprano para poder levantarme yo sola a la hora de ir a clase y así no tener que despertarla, me preparaba sola los sándwiches que constituían mi comida, merienda y cena, limpiaba mi habitación, le daba a la mujer del casero mi ropa para que me la planchara... Y Rachel, mientras, parecía una autómata: nunca hablaba, nunca comía y se pasaba el tiempo llorando en silencio con la mirada perdida en un punto muerto del espacio que yo nunca podía ver.

Me recordaba mucho a mamá en los últimos días.

Pero de repente, un día, no sé por qué, no había dinero sobre la cama cuando llegué de clase, toda la habitación olía a colonia de mora como las que usaban algunas chicas en el instituto y se oían ruidos en el baño. Rachel se había levantado sola. Cuando salió de la ducha, media hora después, no tenía pinta de haber llorado allí dentro. Lo único que parecía era enfadada; enfadada conmigo, con cómo estaba plantada en el centro de la habitación mirándolo todo sin saber qué hacer, con cómo se me abrió la boca cuando vi su cara maquillada. Levantó una ceja, me dijo que me apartara y quitó las sábanas con un tirón antes de ordenarme de forma cortante que las bajara a la lavandería.

Ese día me mandó a mi habitación con un gruñido, como si hubiera hecho algo malo.

La oí llorar por la noche, y desde ese día todas las noches durante años, pero no lo hizo otra vez delante de mí.

Yo entonces no lo sabía, pero ahora, con la perspectiva del tiempo, sé que en esa época la cosa comenzó a torcerse del todo y ella empezó a convertirse en pájaro.

Ahora, mientras estiro los billetes uno por uno muy despacio, no aparto la vista de sus omóplatos como alas y de su cuello fino, frágil y con las marcas rojas de alguien que no hace mucho ha querido romperlo.

El cuento de la lechera que me he montado se cae desde mi imaginativa cabeza y todo el futuro se derrama, blanco como el pelo de mi hermana o como la leche, a mis pies. Estamos de nuevo en la línea de salida y estoy extremadamente enfadada porque no hayamos conseguido avanzar ni un paso.

No beso a Raven esta vez. Cuando me alejo, gimotea desde debajo de la almohada y se remueve, como si supiera que me voy, pero aun así no paro. Le viene bien descansar lo que pueda. Quería contarle todo lo que había pasado estos últimos días que no la he visto, hablarle sobre el contrato e incluso, si se terciara, cotillear un poco sobre la gente y lo guay que es el sitio... pero no importa. Son tonterías. Raven no prestaría atención aunque le contara que un oso se comió a todos los modelos de la sesión de ayer.

Me he preguntado tantas veces por qué sigo intentando reconciliarme con Raven que ya se me han olvidado todas las respuestas que antes me inventaba. Para empezar, ahora a ella ni siquiera le caigo bien; nos vemos muy poco, no hablamos más de lo necesario y, cuando lo hacemos, la cosa no suele acabar muy bien. No voy a forzar la situación, así que siempre que no me quiere en casa, bien porque está de mal humor o bien porque no lo está y no le apetece compartir ese momentáneo rayito de luz conmigo, me voy. A ver, no puedes forzar a nadie a que te coja cariño, y las calles de esta ciudad son eternas y perfectas para dar paseos.

La piel desnuda de mi hermana estaba erizada por el frío, pero no me he molestado en cubrirla. Me siento increíblemente mal por ello.

Necesito pensar en otra cosa. Voy a llamar a Simon.

Entro en mi habitación y me quito la ropa de yoga. No tengo cuidado al cerrar las puertas o abrir los cajones y Raven protesta por el ruido que estoy haciendo. Mi respuesta es cerrar el armario con fuerza. Al final consigo que se despierte del todo, que salga de la cama y que se arrastre hasta el baño, pero llego yo antes, colándome por un espacio muy pequeño entre la puerta y su cuerpo, y echo el cerrojo. Me llama idiota y da puñetazos en la madera sin fuerza para que abra. Dentro del baño estamos el espejo y yo, y sonrío —o es mi reflejo quien lo hace— a pesar de las quejas. *Eyeliner*, pintalabios... La laca no me ha dejado el pelo demasiado limpio, pero no quiero quedarme aquí más tiempo del necesario, así que salgo, empujando a Raven con el hombro, y busco un gorro en mi habitación. Ella, en vez de entrar en el baño, alza una ceja con expresión somnolienta y se asoma por la puerta.

—¿Es que te vas?

—Sí, he quedado. —Camino hacia la cocina y ella me sigue.

—¿Con quién, si no tienes amigos? —Le lanzo una mirada fulminante y ella, después de unos segundos, sonríe—. ¿Tienes? ¿En serio? Guau, enhorabuena.

—¿Por qué siempre tienes que ser tan desagradable? Métete en tus asuntos.

—Oh, perdona, chica simpática.

Miro en derredor buscando un poco de dinero que juraría que dejé el otro día en alguna parte, aunque no veo nada. Raven sigue hablando.

—El último chico de tu edad con el que te he visto últimamente, y con últimamente quiero decir en siglos, es ese cuatro ojos de la comisaría. El mes pasado. ¿Te acuerdas de él? Se le caía la baba contigo, pero literalmente. —Giro la cabeza bruscamente hacia ella, quizá demasiado bruscamente. Arquea las cejas, sorprendida, y luego sonríe—. Oooh. Venga ya, no me jodas, ¿es él? ¿Has quedado con esa jirafa? No, lo que es peor: ¿te has maquillado así para él?

Le oculto la cara, repentinamente avergonzada del maquillaje.

—¿Qué has hecho con el dinero suelto que dejé aquí? —pregunto—. Lo necesito.

—Se me acabó el tabaco. Otra vez. Así que tuve que tomarlo, como una emergencia… Menos mal que fumar no engorda, porque si no me pondría como una foca.

Se ríe y yo me quedo mirándola fijamente. ¿Dónde está la gracia, exactamente? Debe de pensar que soy imbécil. Claro que sí, se le acabó el tabaco y como una emergencia tuvo que tomar todo mi dinero, ¿no? Que te den, Raven.

—Bueno, pues entonces me quedo esto. —Voy hasta la mesilla y le quito diez de los treinta o cuarenta pavos que acaba de ganar. Soy una persona horrible, pero aun así lo hago. Cuando va a protestar con toda la razón, la interrumpo con un tono cortante—. Te los devuelvo cuando aparezcan los veinte que me han desaparecido. Me voy ya.

Raven, como buena emperatriz blanca y etérea, no puede dejar que una campesina cualquiera le plante cara en su propio castillo, y por eso dice:

—Oye, tú, mocosa, ¿crees que puedes salir de aquí cuando te dé la gana sin pedirme permiso? ¿Qué son esas libertades? Ni siquiera eres mayor de edad, te recuerdo que aquí la que manda soy yo, y si no me da la gana que te vayas por ahí...

Cierro la puerta de la calle de un portazo. Raven se calla, porque se ha quedado dentro, pero aguardo un par de segundos inmóvil esperando algún tipo de respuesta por su parte.

Fuera hay silencio absoluto durante unos segundos, luego empiezo a oír la carretera del norte. Miro hacia arriba y veo que las esquinas entre la pared y el tejado están llenas de nidos de golondrinas. Las oigo piar desde aquí, y es agradable... Hasta que la imagen de Raven con forma de pájaro cruza mi mente.

Me aparto de la puerta. No ha vuelto a aparecer. Tengo que irme de aquí.

Cuando ya he bajado las escaleras, saco el móvil y marco.

—¿Hola?

—¿Simon? Hola, soy Valeria. ¿Puedes quedar ahora, o te pillo muy mal?

—Hola, eh, sí. Es decir, no. Es decir, no puedo. Estoy trabajando, ha habido un cambio en el orfanato y mi madre me ha mandado a la tienda, y de aquí seguro que no puedo escaparme... ¿Pasa algo?

—No. Era solo por… vernos. —Me muerdo el labio y cierro los ojos con un suspiro. Si es que soy tonta. Claro que Simon no puede quedar, me digo, él tiene una vida ajetreada. No puedo llamarle sin más cuando me dé la gana—. En realidad es que me aburro, nada más. No es que quiera por algo importante ni nada. —«Porque ahogarme en esa habitación es algo que me pasa muy a menudo y ya no tiene importancia.» No le digo eso. Por supuesto que no lo digo—. Solo dar una vuelta y eso…

—Puedes venir a la tienda —corta él, al otro lado de la línea—. Bueno, si te apetece. Queda un poco lejos de tu casa, pero puedes tomar el 22, que te deja casi en la puerta. Está por donde la biblioteca Jane Austen, ¿sabes la calle de atrás que tiene una cafetería que hace esquina? Al lado, a la izquierda.

—Pero has dicho que estabas trabajando. ¿No voy a molestarte?

—No, no. No molestas. Ven, te espero.

13. No se parece en nada al de Heidi, ¿eh?

La verdad es que tardo bastante en llegar a la tienda. De Oliver, se llama. No es solo porque se me haya ido un bus en la cara o porque me haya confundido al bajarme en una calle que no era; para colmo, es un sitio bastante pequeño y es fácil pasar por delante sin verlo.

Cuando abro la puerta, unas campanitas se ponen a sonar encima de mí. Me quedo un segundo petrificada y levanto la cabeza; es un móvil de mariposas de metal que han perdido todos sus colores. Tiene pinta de llevar años ahí colgado, avisando de cada persona que entra. Está lleno de polvo. Aparto la vista e intento centrarla en la oscuridad del local, aunque hay algo en lo que no puedo parar de pensar: mi madre. Mi madre colgaba ese tipo de móviles en todas partes, cuando aún estaba bien. Los colgaba en puertas y ventanas, y los hacía sonar cada vez que abría para que entrara un poco de aire, cuando se asomaba para tender o incluso si quería llamarnos para cenar. Tiro un poco de los bordes de mi gorro hacia abajo y doy un paso hacia delante.

Esta iluminación no te da muchas ganas de ponerte a comprar como un loco, la verdad. La tienda está llena de estanterías que forman pequeños pasillos perpendiculares al central, el más grande, aunque no distingo bien qué hay en cada uno de ellos. Avanzo despacio por el pasillo hacia un mostrador al fondo, pero no hay nadie detrás de él. ¿Me habré equivocado de sitio?

—¿Valeria?

—¡Dios! —Pego un salto que casi me manda contra una estantería, lo que hubiera sido desastroso porque probablemente habría causado su caída y el consecuente efecto dominó por toda la tienda. Tengo el corazón en la garganta—. ¡Simon! ¡Qué susto, joder!

—Lo… lo siento. Creía que ya no ibas a venir, han pasado casi cuarenta minutos.

Levanto la cabeza hacia él, pero la poca luz que hay y las sombras no me dejan verle los ojos. Su tono de voz tiene algo raro que no consigo identificar.

—He tenido un par de problemas con el bus y he venido andando la mitad del camino. Además, creo que me he perdido un poco. ¿Eso que tienes son lentejas?

—Las estaba colocando.

Miro mejor a Simon. Lleva un delantal. Se da cuenta de que lo he visto y de que estoy mirándolo con una sonrisita y, pese a la oscuridad, veo cómo se sonroja. Eso me hace sonreír.

—¿Necesitas que te eche una mano?

—No sabes dónde va cada cosa. —Simon tira de un carrito que yo no había visto y cambia de estantería para seguir colocando—. ¿Qué tal todo?

Aunque lo pregunta, su voz vuelve a ser rara. No me mira para esperar mi respuesta, como hace siempre.

—Bien. Estoy agotada por el trabajo, pero la verdad es que bien. ¿Tú qué tal?

—Cansado, pero supongo que es lo que toca. Lo que peor llevo es salir a la calle después de pasarme toda la tarde aquí, es como si se me derritieran los ojos. La diferencia de luz es mortal.

—¿Has probado a poner alguna que otra lámpara que no sea ese fluorescente agonizante del techo? Todo se vería mucho más claro. O podrías subir las persianas.

—Ya, tal vez lo haga.

—Oye, ¿va todo bien?

Lo digo con una sonrisa, pretendiendo parecer amable, pero cuando él me observa parece algo incómodo y luego simplemente sigue colocando. Extrañada, cojo unos paquetes de palomitas del carrito y los pongo donde veo que hay más iguales. Luego coloco unos palitos de galleta recubiertos de chocolate blanco al lado. Sin decir nada, él los agarra, los cambia de sitio y rellena el hueco vacío con unas pipas peladas con sal.

No estoy muy segura de que sea buena idea insistir, pero de repente tengo muchas ganas de hacerlo.

—¿Simon? —Lo miro fijamente, pero evita mi mirada—. Oye, ¿he hecho algo?

—¿Tú? —Ahora coloca las pipas con sal sin pelar—. No, no. No has hecho nada.

—Entonces, ¿qué pasa? —Hago una pausa. Quiero que me lo cuente—. ¿Qué pasa, Simon? Venga, di lo que sea.

Simon cambia de pasillo, y voy detrás de él. Se centra en los estantes de arriba del todo y me apoyo en el lado contrario esperando a que le dé por hablar.

—Solo quería ayudarte, eso es todo —dice, aún dándome la espalda.

—¿A mí? —Eso no me lo esperaba. Él se encoge de hombros.

—Sí. Tiene que ver con lo que hablamos el otro día.

Lo único que recuerdo del otro día es él abriéndose a mí por primera vez.

—¿Qué de todo, exactamente?

—Lo de la hija de tu hermana en el orfanato por su bien.

—¿Aún sigues preocupado por ese tema?

—No por mí, Valeria. —Se gira para mirarme, serio, y aguanta un segundo antes de añadir—: Estuve pensando en la niña.

—¿Por qué? ¿Qué pasa con ella?

Vuelve a moverse y yo a seguirlo. Esta vez avanza hasta el fondo. Aparca el carro a un lado, coloca unos papeles y, sobre todo, no me mira cuando habla.

—No quería meterme en tu vida, solo… ayudarte. Cuando me contaste lo de tu sobrina, di por supuesto que la niña acabó en el orfanato de la calle Bion y… Pensé en que parecías triste al hablar de ella, aunque fingieras que no lo estabas. No lo ocultas tan bien como crees.

Lo miro fijamente, seria.

—¿Y?

—Se me ocurrió que dejarías de estarlo si encontraras a esa niña… Tal vez.

Se calla. Me echa un vistazo, luego vuelve a bajar la mirada. De repente, tengo los ojos muy muy abiertos. ¿Qué?

—¿Qué?

—Podría echarte una mano con eso, porque conozco a quien se encarga de esos informes y, aunque es algo muy confidencial, podría intentarlo. Localizarla, tal vez, porque estoy seguro de que ya no sigue allí… Y demostrarte que ahora está en una buena familia y que aquello valió la pena.

En la tienda, al callarnos, se oye el sonido lejano del sistema de ventilación, el zumbido del fluorescente y el eco de algunas campanitas que aún se mueven en la puerta. Entre nosotros, sin embargo, no hay nada. Ni un jadeo. A nuestro alrededor, por un segundo, se forma una burbuja en el tiempo que tardo un momento en reventar.

—¿Es una broma?

Todos los músculos de mi cara están tirantes cuando lo pregunto, formando una mueca que debe de ser desagradable. Por fin me mira a la cara. Si se me hubiera olvidado que estoy hablando con Simon, si por un momento no supiera que él no bromea así y que nunca se atrevería a jugar con una mentira como esa, solo tendría que mirarlo a los ojos; son tan transparentes y sinceros que eso los hace, también, incapaces de mentir.

—Es una broma. Es una broma —repito en un susurro.

Simon, con una expresión un tanto angustiada, niega con la cabeza muy despacio.

—No lo es. Pero es una propuesta. Quiero decir, si te afecta así…

—¡No! Quiero decir, no, no. Sí. Estoy bien. Quiero… Vale.

Me quito el gorro y me paso los dedos por el pelo. Tengo bastante calor. Le doy la espalda y con un salto me siento en la encimera de madera, con la cabeza gacha y los ojos cerrados. Pasan unos segundos sin que pueda decir nada. Tengo que pensar.

—No estás bien, ¿verdad? –pregunta.

—Es más importante de lo que tú crees. Lo que has dicho.

—Al abrir los ojos veo los pies de Simon, mucho más grandes que los míos, y cuando levanto la cabeza el resto de él está ahí. No lo había oído moverse. Nos miramos a los ojos durante unos minutos–. ¿Estás seguro de que puedes hacer eso? –pregunto.

—Como una excepción. Sería bastante lioso y, en realidad, ilegal… Pero podríamos intentarlo.

El corazón se me sube a la garganta. Casi no soy consciente de que he empezado a asentir y, poco a poco, a ese movimiento nervioso lo acompaña una sonrisa. Delante de él, sonrío. Sonrío por su «podríamos intentarlo». Sonrío porque me alegra mirarlo y también pensar en la niña, en su nombre, en si se parecerá a nosotras de verdad, en cómo será su familia, en si serán agradables, en si nos invitarían a cenar…

Espera, Valeria, para el carro.

—¿Estás seguro de que quieres hacer algo ilegal por mí? Ese es un punto importante, Simon.

Él parece seguro cuando asiente un par de veces.

—No es como si fueras a hacerle daño a alguien.

La puerta de la calle se abre y la luz de fuera nos apunta y nos sobresalta. Una figura aparece recortada, pero no soy capaz de abrir los ojos hasta que ha cerrado la puerta y todo se queda oscuro de nuevo.

—Tú, baja de ahí. –Sorprendida por el tono seco y autoritario, bajo de un salto y me echo a un lado–. ¿Qué haces aquí de charleta? ¿No tienes trabajo, chico? Mueve el culo, hombre, que para algo te pago.

Simon suelta un leve suspiro resignado.

—Hola, abuelo.

El hombre que acaba de entrar es bajito, encorvado, tiene poco pelo en la cabeza y la cara llena de manchas oscuras. Parece un pájaro, puede que un buitre viejo y maltratado. Anda despacio, como si llevara mil kilómetros sin parar con una mochila enorme a la espalda, y la verdad es que es gracioso verlo con los pantalones tan subidos y la camisa por dentro. Me pregunto cómo alguien con ese aspecto puede tener una voz tan potente como la que acabo de oír.

También me pregunto por qué no ha corrido Simon a abrazarlo, o al menos por qué no lo ha saludado de una forma algo más entusiasta. ¿No es así como se reacciona ante los abuelos, dándoles besitos y dejando que te engañen haciendo como que sacan caramelos de tu oreja?

El hombre se acerca, levanta la cabeza hacia mí y, arrugando mucho la cara, me mira. Uno de los cristales de sus gafas es más grueso que el otro —tanto que, de hecho, se sale de la montura por ambos lados y tiene pegamento en exceso en los bordes para que no se caiga—. Eso hace que uno de sus ojos parezca mucho más grande desde mi posición y, entre eso y la cara que pone al examinarme, tengo que morderme el labio para no reír.

—Hola —digo.

—¿Tú quién eres? ¿Por qué estás distrayendo al muchacho?

—Yo no lo estoy distra…

—Es amiga mía, abuelo. Me estaba ayudando a colocar algunas cosas.

—¿Necesitas que una mujer te ayude a colocar dos tonterías? —Luego se gira hacia mí—. Y tú, mira que seguirle la corriente a este patán…

—Abuelo, para ya, por favor.

El tono de Simon es incómodo, como si lo avergonzase de alguna forma la intervención. Espero que no se sienta así por mí. Excepto por el comentario sobre las mujeres, la aparición del hombre me ha parecido divertida. Cuando se da una vuelta para supervisar lo que ha hecho Simon, yo me giro hacia él para hablarle en voz baja.

—¿Quieres que me vaya? Parece que está de mala leche. Si molesto...

—Qué vas a molestar, niña. —Pego un respingo y al girarme veo que el abuelo está en una estantería cercana, sin prestarnos atención—. Estaré medio ciego, pero no sordo —añade, leyéndome la mente—. Quédate aquí lo que te dé la gana, moza, porque el palurdo ha trabajado como solo lo hacen los hombres que están siendo observados por una chica bonita. En la vida se ha merecido tanto lo poco que le pago.

Por segunda vez en lo que llevo aquí, Simon se sonroja bastante. Esta vez sonrío de verdad. Este hombre tiene carácter, y ya sabemos cómo es Simon para estas cosas. Es como cuando está delante de su madre y, a pesar del metro noventa y pico que mide, parece que se encoge. Es gracioso, porque este señor que está frente a mí es la mitad que él.

—Por Dios, no te sonrojes, muchacho. Las mujeres se sonrojan. Los hombres sacan pecho y las conquistan. En mis tiempos, les llevabas unas flores y a bailar, y ya las tenías a todas como amapolas y pestañeando como si se abanicaran las unas a las otras.

—Lo de las flores está un poco pasado de moda, en mi opinión —suelto, al rescate de Simon—. Ahora a las chicas nos gustan más otras cosas.

El hombre me examina otra vez de arriba abajo con esas gafas tan especiales. Luego arruga la boca y niega con la cabeza.

—Y qué vas a saber tú, niña, si eres una mocosa y, además, pareces un muchacho de esos que se creen que cantan pero solo hablan y blasfeman con ritmo.

«¿Un rapero?», pienso, pero no lo digo. Solo sonrío otra vez, porque este hombre me hace mucha gracia. Simon no parece compartir mi opinión, sin embargo, y empieza a desabrocharse el nudo del delantal mientras se mete por una puerta que tiene detrás.

—Me voy ya, abuelo. Es tarde y tengo que llegar a casa pronto. Si pierdo el autobús, mamá me va a echar la bronca...

—La bronca, la bronca —contesta el hombre chasqueando la lengua—. A ver si aprendes a contestarle a tu madre. Esa mala pécora es una controladora y tiene que tocarlo siempre todo, aunque no sean sus asuntos.

—Abuelo, es mi madre. Intenta no insultarla mientras esté yo aquí, ¿vale? Además, ni siquiera creo que esté bien que digas «mala pécora» a tu edad.

—Tengo edad como para decir lo que me dé la gana, chico. Largo de aquí.

Al salir, como había dicho Simon, ambos necesitamos un par de minutos para acostumbrarnos a la luz, y eso que está atardeciendo.

—¿Dónde tomas el autobús? —le pregunto—. ¿En la parada de la biblioteca o en la de más abajo?

—En realidad, tenía pensado volver andando. Contigo —añade tímidamente—. Está algo lejos, pero así podemos hablar sin que nos interrumpan...

143

—Pero ¿no iba a echarte la bronca tu madre por perder el bus?

—Qué va, solo lo he dicho para irnos pronto.

14. Si no te gusta, ignóralo

Creo que, si los pensamientos se pudieran desgastar, yo definitivamente ya habría desgastado este.

Simon me mandó un mensaje el otro día diciéndome que la encargada del papeleo del orfanato había aceptado hacerle ese favor, siempre que no le pidiera las direcciones de sus padres, números de teléfono y cosas por el estilo. Por supuesto, el asunto tendría que quedar entre ellos dos. Para que la mujer pueda encontrar algo necesita que le proporcione todos los datos que me parezcan relevantes acerca de una niña que no he visto nunca y de la que no sé ni el nombre. No es una misión fácil, eso seguro. Después de pensarlo mucho, decidimos que tal vez con la fecha de nacimiento e ingreso en el orfanato valdría para empezar.

Si tan solo recordara esos datos…

Sé que fue en 2008, cuando yo estaba en segundo curso y tenía que colarme detrás de la gente en los tornos de la estación para tomar el tren e ir a clase. Como era tan pequeña, casi nunca se daban cuenta, y si lo hacían solo me miraban con disgusto pero sin decir nada. Hacía eso porque, como

Raven se había quedado embarazada, había dejado de trabajar, así que no había dinero. Se pasaba las tardes tumbada en la cama mirando al techo y parecía que no se movía ni para ir al váter, pero lo cierto es que su tripa fue creciendo mes a mes mientras ella seguía postrada y que el baño siempre olía a vómito.

Respecto al mes en que dio a luz, sé que hacía frío. Eso lo recuerdo porque cuando fuimos al hospital tuve que quedarme mucho tiempo en la sala de espera y se me había olvidado la chaqueta en casa, así que una enfermera muy amable llamada Mar me dejó la suya y me trajo un chocolate caliente de la máquina del pasillo. Habíamos llegado allí en autobús mientras Raven gritaba por las contracciones y todo el mundo la miraba sin ayudar.

—¿Cómo se supone que voy a conseguir que me cuente qué día nació la hija que dejó en el orfanato, Simon? Es una locura. Nosotras no hablamos de eso. —«Nosotras no hablamos de nada», habría debido añadir.

Desde la esquina de la cama de Raven se ve la cocina, y estoy ahí sentada mientras la observo. Está sentada en la encimera, dándome la espalda y fumando. Llevo aquí un buen rato pensando en cómo ir y, así sin más, sacarle el tema; tengo claro que eso de acercarme e ir directa al grano no parece muy buena idea.

—Seguro que sabes hacerlo sin herir sus sentimientos —me dijo Simon antes de que nos despidiéramos el otro día.

«Ni siquiera sé si mi hermana tiene de eso.» Suspiro y me pongo de pie. Que comience el espectáculo.

Raven apaga el cigarro contra el alféizar cuando me oye entrar. La colilla vuela por la ventana hasta perderse en la tenue llama que es el atardecer, y me imagino a un coche anónimo saliendo en ese momento y chafando la colilla con sus ruedas sin compasión.

—Eh, Val.

—¿Cómo es que estás aquí tan temprano?

—Hoy he madrugado y me ha cundido bastante, así que me he tomado un descanso. Un tío hasta me ha dado una propina de dos euros. ¿Te lo puedes creer? —Se ríe irónicamente y grita—: ¡Dos euros! —Tiro de mi sonrisa, pero ella está tan concentrada poniendo los ojos en blanco y hablando que no se da cuenta de lo incómoda que es la situación—. Ha sido como para decirle: «Oh, qué generoso, gracias; ¡con este plus me puedo comprar como tres cigarrillos más o algo así!». La gente a veces me da asco, en serio; cuando cumpla los veinticinco, pienso retirarme.

—Ya, te entiendo.

Vale, lo último que quiero hacer ahora mismo es estar aquí escuchando cómo un tío le ha dado dos putos euros de propina por sus servicios. Que alguien me diga por dónde empezar.

—Ah, por cierto. —Raven balancea los pies y esboza una pequeña sonrisa—. Quería contarte algo que me pasó ayer… —Sus labios se estiran algo más y es una imagen tan extraña que, por un momento, me alarmo. Hacía mucho que no la veía con esa expresión y no sé si interpretarlo como algo bueno o malo.

—¿El qué?

—Si alguien te dice alguna vez que trabajar el doble no sirve para nada, definitivamente se equivoca. —Puedo notar que está emocionada porque no se está quieta: ahora cruza las piernas sobre la encimera y se muerde el labio—. Verás, ayer estaba animada, ¿sabes? Tenía ganas de marcha y tal. Así que traje a un segundo tío, hacia la tarde-noche, porque sabía que no ibas a llegar hasta las diez. Era más amable de lo que parecía, y cuando acabamos con lo nuestro, ¿a que no sabes qué?

—Eh... Raven, no quiero saber...

—No voy a contarte ninguna cochinada, no seas tonta, por favor. —Pone los ojos en blanco otra vez, pero, a pesar de eso, no parece que su repentino buen humor decaiga ni un poco—. La cosa que tienes que saber es que, después de pagarme lo acordado, el tío me preguntó por qué hacía esto, ya sabes, lo de follar y tal, y me dijo si no me gustaría más un empleo fijo, como, por ejemplo, en su bar.

Me quedo mirándola fijamente unos segundos.

—Creo que no te pillo.

—Un trabajo, Valeria. Ese tío me ofreció un puto trabajo. ¡Y le he dicho que sí! Y a ver, tengo que hablar con él aún y eso, pero podríamos decir que tengo trabajo nuevo.

Un segundo después, sin que sepa muy bien cómo lo ha hecho, mi hermana está de pie en la encimera y mueve los brazos y las rodillas como si estuviera intentando una especie de baile de la victoria. Miro sus pies y veo que la madera se comba un poco, y pienso: «¿Y si se rompen las tablas, qué haremos? ¿Nos echará el casero por romperlas, o simplemente nos hará pagarlas? ¿Y si nos hace pagarlas y nos echa? Vaya tontería, acabar en la calle justo después de conseguir las dos mejores trabajos...».

—Oye, ¿qué mosca te ha picado? ¿Por qué no parece que te alegres ni un poquitín?

Raven para de moverse y me mira frunciendo el ceño con gesto de disgusto.

—¿Eh?

—Tienes cara de estar completamente empanada. ¿Por qué no te alegras, joder?

—Me… me alegro. Es solo que… guau, Raven. Fe… felicidades.

Entonces es cuando por fin mi cerebro parece centrarse en lo que ha dicho Raven y, muy despacio, como si le costara, disecciona cuidadosamente la palabra que ha pronunciado: tra-ba-jo. En ese momento empiezo a entender por qué la he felicitado, y las emociones me vienen todas de golpe.

Para empezar, ¿qué clase de persona decidiría que contratar a Raven es una buena idea? Debería sentirme mal por pensar algo como eso, pero no lo hago.

—Y… bueno, ¿dónde es el sitio?

—Es un bar del oeste. —La cara de Raven vuelve a la ilusión de hace un segundo, y la verdad es que realmente hacía mucho que no la veía tan contenta—. Bueno, en realidad es más bien un *pub*, tiene toda la pinta de ser uno de esos sitios de mala muerte que solo sirven cervezas de un litro, ya sabes a lo que me refiero. Pero no me importa, porque me van a pagar por servir mesas… ¡Estoy flipando!

De un salto, Raven aparece en el suelo y me sobresalto.

—¿Cuándo… cuándo empiezas?

—Este sábado. Es decir, en dos días. Me ha dicho que me pase a eso de las diez y media, así que no me esperes. ¡Ah, sí, por cierto!; necesito ir de compras, que quiero una falda bonita para la ocasión.

—Yo puedo dejarte una…

—No, que no quiero parecer una colegiala. Si voy a pasarme la noche recorriendo un local, quiero enseñar piernas. Incluso estoy segura de que podría ganar más de una propina dejando que me toquen el culo. Quiero decir, una propina de más de dos pavos.

—¿Es el uniforme oficial, o te has ofrecido voluntaria para aumentar su clientela de forma muy sutil?

Cuando Raven hace eso, cuando pone los ojos en blanco con expresión infinitamente resignada y luego chasquea la lengua antes de hablar, juro que me pone de los nervios hasta el punto de que me gustaría tirarle el vaso de agua que se está bebiendo ahora por toda la cara.

—Mira, Valeria, el culo y las tetas son lo mejor que tenemos, y punto. Qué quieres que te diga; *c'est la vie*. A veces, de verdad, me encantaría que dejaras de ser tan ñoña… rezo por el día en que te des cuenta de que las camisetas tan cerradas solo te hacen parecer una monja, y das vergüenza.

Tengo los ojos tan abiertos que las pestañas casi me tocan las cejas. ¿«Das vergüenza»? ¿Que yo doy vergüenza? Las mejillas se me encienden y aprieto los puños, mordiéndome la lengua para no responder. Estoy enfadada, me importa una mierda lo contenta que esté por el trabajo y ya sé qué hago aquí.

Lo mejor de todo, ya sé por dónde empezar.

—Bueno, haz lo que te dé la gana. —Me encojo de hombros con la mayor despreocupación que soy capaz de reunir—. Total, por lo menos este trabajo es más seguro, ¿no? Quiero decir, difícilmente provocará accidentes «inesperados» —hago especial hincapié en la palabra— sirviendo cervezas, estoy segura.

Y así, sin más, la llama que mantenía caliente la ilusión de Raven se apaga porque yo la he soplado.

Y por un segundo ha sido tan tan maravilloso hacerlo…

Sé que si hay algo que no se esperaba era eso, porque sus ojos se abren como si hubiera blasfemado de la manera más cruel antes de volverse dos rendijas negras cuando consigue recobrar el control. Aprieta tanto los labios que se le ponen blancos. Ya había visto antes esa expresión furiosa, mil veces, pero nunca había sido yo el objetivo de esa mirada letal.

—Eres una hija de puta.

Aunque estaba esperando algo así, porque no podía haberme contestado nada diferente, oír de ella esas palabras es irónico y como sentir que una bola de cañón me vuela la cabeza al mismo tiempo.

La satisfacción de haber tenido las riendas un momento desaparece para ser sustituida por un sentimiento de culpa mortal. Tiene razón al llamarme eso, porque ciertamente me siento como una auténtica zorra. Aparto la mirada, clavándola en el suelo, y me pregunto si hay alguna manera de rebobinar y evitar que diga lo que acabo de decir. Intento convencerme de que esto es necesario, de algún modo, y que al final va a valer la pena porque, al fin y al cabo, es por Raven. Porque esto valdrá la pena, en algún momento.

¿De verdad lo hará? ¿De verdad es por Raven? Necesitaría más tiempo para contestar a esas preguntas. Necesitaría un tiempo del que no dispongo porque, en el mundo real, el reloj sigue girando y ahora me toca a mí hablar.

—Lo dices como si te avergonzaras de tu noble oficio. Si es así, sabes que está en tu mano parar.

—No tienes ni puta idea de lo que estás diciendo. Ni puta idea.

Tiene la cabeza agachada y el pelo le tapa el rostro. Cuando habla, su tono es suave, lento y calmado, porque sé que está intentando elegir las palabras justas para no explotar.

—No me arrepiento de nada de lo que he hecho hasta ahora. Espero que te quede claro. De absolutamente nada. Ni una sola cosa.

—¿En serio? ¿Ni una sola cosa? ¿Ni siquiera… —«no lo digas, no lo digas, no lo digas»— de abandonar a tu hija en ese orfanato, en pleno abril? Porque, llámame loca, pero no creo que eso sea como para que te den la medallita de persona del año.

—Fue en marzo, zorra. Cierra la puta boca ya. ¡Ni siquiera…! —Se calla, espera a calmarse y respira hondo—. Ni siquiera tienes ni idea de qué coño estás diciendo. ¿Por qué tienes que ser tan hija de puta? ¿Por qué tenías que joderme el primer puto día bueno que tengo en todo el mes? No, no podías dejarme tranquila, ¿verdad?

Parece que la cocina es cada vez más pequeña y por eso salgo, dándome la vuelta y dejándola atrás. Sin embargo, aquí dentro no hay ningún sitio adonde huir: la cama ocupa toda la habitación principal y a la izquierda están las puertas del baño y mi cuarto.

—¡No tienes ni idea! ¡Ni idea! —sigue diciendo ella desde la cocina, su voz alzándose más y más. Sabe que se oye, por supuesto, porque aquí no hay nada que pase desapercibido.

Una lágrima rueda por mi mejilla y la limpio rápidamente, por si todavía es capaz de seguir mirándome a la cara para escupirme un poco de desprecio y hacerme sentir pequeña, tonta e insignificante.

—¡Solo eres una niñata estúpida y con suerte, ¿entiendes?! —añade—. Pero no sabes nada. Absolutamente nada. Tú, de todas las personas en el mundo, Valeria, eres la que menos derecho tiene de decir nada sobre lo que he hecho o he dejado de hacer, ¿comprendes? ¡No tienes ningún derecho, así que no vuelvas a abrir tu puta bocaza!

Quiero llorar. Quiero poder tumbarme en la cama y abrazar algo o a alguien, muy fuerte, tan fuerte que esa cosa desaparezca y me lleve consigo. Quiero estar en cualquier lugar menos aquí. No sé qué estoy haciendo. No sé por qué algo así podría valer la pena si la voz de Raven suena tan extremadamente rota.

Me giro para mirarla. No puedo decirle que tiene razón porque no puedo hablar. Ya lo sé. Ya lo sé todo. Aunque me queme, aunque grite por dentro, a pesar del nudo en la garganta y de lo que duele ver lo que ha hecho durante todo este tiempo, lo que se ha hecho y cómo ha dejado que todo a nuestro alrededor se desmoronara igual que ella, nunca podría odiar a Raven. Ni puedo reprocharle nada, ni una sola cosa. En el fondo, y esto lo sé, le estoy demasiado agradecida por habernos mantenido a flote a pesar de todo.

Si quiero a Raven, que la quiero, ¿hasta qué punto está bien sacrificar lo poco que nos queda por un posible futuro que nadie me asegura que vaya a ser mejor? No debería estar pasando esto. Debería haberme limitado a felicitarla y a sonreír, sin más... Y, sin embargo, ahora me arde la boca porque tengo muchas preguntas. Porque jamás hemos hablado de esto, porque estaba prohibido entre nosotras, y tengo tantas ganas de llorar que estoy segura de que en algún momento, pronto, va a estallar algo.

—¿Por qué no se quedó con nosotras?

—¿Qué?

—Ella. El... bebé. Podría haberse quedado. La hubiésemos cuidado. Nos las hubiéramos apañado...

Es como volver al principio. Son los mismos argumentos que di aquella primera y última vez.

—No lo hubiéramos hecho —contesta, y otra vez es la que, de las dos, está más calmada—. No teníamos dinero. No teníamos nada. —Sus ojos se quedan perdidos en algún punto infinito en la pared antes de mirarme. Le tiembla el labio—. No tenemos nada. No puedes darle «nada» a alguien, ¿comprendes?

—Pero... mamá... nosotras...

—Deja a mamá en paz —me corta rápidamente—. Déjalo todo ya, ¿vale? Se acabó. —Se pasa las manos por la cara y, cuando habla de nuevo, su voz suena seria y profunda, casi como si no estuviera llorando—. No importa lo que ocurrió hace cinco años, Valeria. No podemos cambiar lo que ha pasado. Solo podemos seguir adelante; si no te gusta, ignóralo. Pero no lo desentierres.

15. Las cosas que son más importantes

Fue entonces cuando supe que se había desgastado del todo.

Ni siquiera recuerdo cómo salgo de casa o qué dirección tomo cuando voy a encontrarme con Simon; solo sé que llego tarde, porque está anocheciendo y algunas farolas se van encendiendo cuando paso por debajo de ellas. Me esperaba a las ocho, en la puerta de su casa. Me pregunto si seguirá allí; me imagino su espalda ancha y siempre algo encorvada yéndose justo cuando yo llego, no viéndome, marchándose y tan lejos que no me oye cuando lo llamo.

«Pero tampoco podía aparecer así sin más», me repito. No podía enseñarle cómo soy cuando tengo el corazón estrujado y no puedo hablar ni respirar por culpa de este horrible nudo en la garganta. Literalmente no podía hacerlo, respirar; me estaba ahogando.

Hacía mucho tiempo que no lloraba. Que no lloraba en serio, quiero decir: con hipidos, sollozos y esa sensación de estar debajo del agua y no poder escapar. Escondida detrás de la parada de autobús de la carretera, uno de los únicos lugares que sé que la reina de hielo no puede controlar desde la torre, ha pasado un buen rato hasta que he conseguido calmarme. Una señora incluso se me ha acercado para preguntarme qué me pasaba, pero no he podido contestar y al final se ha ido.

Creo que se ha marchado porque, aunque mis ojos suplicaban que me ayudara a pararlo, ella solo ha podido interpretar el miedo.

Por la cara que pone Simon cuando por fin me ve llegar, encendiendo luces a mi paso, debe de notárseme más de lo que me gustaría. Eso es bueno, porque así no tengo que explicarle que ha ido horriblemente mal, aunque me incomoda que me vea con los ojos tan hinchados. No es necesario que sepa que Raven se ha encerrado en el baño, ni que me ha mirado como si me odiara, ni que he estado a punto de vomitar detrás de esa parada. Está sentado en la acera, con las piernas dobladas, pero se levanta de un salto cuando se me cae la sonrisa que había intentado preparar para él. No llega a tiempo para impedir que esta se haga añicos contra el suelo, pero aun así extiende los brazos hacia mí como si no quisiera que yo fuera la siguiente en hundirse.

Aunque me aparto antes de que llegue a tocarme.

—Marzo de 2008 —murmuro, bajando la vista al suelo.

Deja caer los brazos a ambos lados de su cuerpo. Las farolas siguen encendiéndose, aunque yo ya no camine bajo ellas. Ni siquiera está oscuro del todo, el cielo aún es morado, rojo y naranja. Pasan unos segundos hasta que oigo su respuesta.

—¿Tan mal ha ido?

—Sí.

Aprieta los labios y después los abre para hablar. Soy muy consciente de lo que va a hacer y no estoy preparada para ello, así que lo interrumpo antes de que empiece.

—No te disculpes, porque no sirve para nada. Ya está hecho. —Pestañeo para no ponerme a llorar de nuevo.

—Vale.

—Iba a valer la pena —murmuro, intentando que suene convincente. Para él o para mí, no lo sé, pero intentando que alguien se lo crea.

Ojalá funcionara.

¿Cuál es el sentido de intentar algo una y otra vez y arruinar las cosas cada vez más? Estoy exhausta. Agotada. Estoy cansada de que cada una de las ilusiones que he tenido a lo largo de los años se haya torcido hasta convertirse en sombras dantescas y se haya ido almacenando en los rincones más oscuros. Simon me mira con esos ojos brillantes e intenta esbozar una sonrisa dulce, y me da pena, porque ignora que no va a funcionar. Por eso estoy tan cansada, frustrada, enfadada, ofendida, harta, irritada, exasperada, insultada, apenada, confundida, molesta y abatida.

—Va a valer la pena —dice—. Ya verás. Algún día te lo agradecerá. No sé qué ha pasado, pero esto está bien. Si vuelve a saber de la niña...

«Ese bebé es parte de mi pasado, Valeria. Si vuelves a mencionarlo, asegúrate de tener preparado un alojamiento, porque puedes considerarte fuera de aquí.»

—No. Eso ya da igual.

No sé si me escuecen los ojos de haber llorado o de haber visto a Raven llorar.

—¿Cómo?

—Nada. Tú no… Es que tú no lo entiendes. —Alzo la barbilla, clavando la mirada en él—. Siento haberte hecho esperar solo para esto, pero no va a funcionar. La verdad es que era un poco un cuento de hadas, ¿no crees? Las cosas nunca son tan idílicas.

—Valeria…

—La tarde de hoy me ha abierto los ojos. Raven y yo estamos bien como estamos. Te agradezco tu amabilidad y la oferta, pero no quiero que investigues, o lo que fuera que tuvieras pensado hacer…

—Valeria, ahora mismo hablas en caliente, lo sabes, ¿verdad?

Extiende un brazo hacia mí, pero doy un paso hacia atrás, apartándome de nuevo. Parece dolido y preocupado a partes iguales, y me molesta que se lo vea preocupado porque me hace sentir muy pequeña e insegura.

—Esto no iba a hacer que las cosas dejaran de ser como son —respondo.

Me mira fijamente y luego asiente, serio.

—Vale. Como quieras.

—Creo que me voy ya. Tengo que buscar un supermercado abierto para comprar algo que se pueda hacer en el microondas.

—Mi madre está cocinando. —Desvía un momento los ojos hasta su casa, que está en la acera contraria y tiene todas las luces de la planta baja encendidas, pero luego vuelve a centrarse en mí—. ¿Quieres quedarte a cenar? No le importará poner un plato más…

La escena se proyecta en mi cabeza: la familia sentada alrededor de la mesa del comedor, puede que en la cocina, con montones de comida dispuestos para ser devorados. Sopa, carne, ensalada, vino, pan caliente. Todo perfecto. Una buena cena. Y hablan entre ellos cordialmente, escuchan lo que cada uno ha hecho a lo largo del día y después, quién sabe, tal vez incluso una de esas historias acabe en un debate sobre literatura o política o el calentamiento global que yo seguramente no podría seguir.

No necesito ese tipo de empujoncitos para sentirme peor, soy bastante buena consiguiéndolo por mi cuenta. Eso queda demostrado de sobra hoy, vaya.

—A lo mejor otro día —contesto.

—Vale —me responde, aun sabiendo que he mentido.

Ambos asentimos, como si estuviéramos de repente en una obra de teatro y yo ya no tuviera los ojos completamente hinchados de llorar.

—Adiós, Simon.

—Llámame cuando quieras.

Asiento, me doy la vuelta y me voy esperando que ahora las bombillas se fundan con mi lento regreso a las sombras.

16. Vallleria

Eric da una palmada delante de mi cara que consigue asustarme y hacerme echar la cabeza bruscamente hacia atrás. Justo en ese momento salta el *flash* y me giro para fulminarlo intensamente con la mirada por estropear la foto, pero un foco me da en la cara y tengo que apartarme.

—¡Eh, Valeria! ¡Que te duermes! —dice, riendo.

Estamos en el estudio, y es mi primera sesión fuera de pruebas en ABe. En la sala hay mucha gente: el fotógrafo, algunos técnicos, tres maquilladoras y los modelos: Eric, Naomi y yo. Cuando quitan esa luz de mi cara y por fin localizo al idiota de Eric, le dedico un mohín molesto y él suelta una carcajada.

—A ver, chicos, centraos —dice el fotógrafo con paciencia.

Levanto el pañuelo gigante que conjunta con las gafas de sol, el sombrero y el vestido que llevo. El aire de un ventilador gigante me golpea en la cara y le da un efecto como de capa de superhéroe.

Nada más lejos de la realidad, cómo no.

No estoy al cien por cien. No soy la única que se ha dado cuenta de eso; creo que todo el mundo es consciente de ello y que, aun así, deciden trabajar a una velocidad que yo difícilmente soy capaz de seguir. Estamos con una colección para el año que viene que intenta captar el espíritu del invierno sin repetir escenas de familia con árboles de Navidad o esquimales, para lo que han escogido globos blancos, confeti que cae poco a poco del techo y detalles brillantes en plateado y azul para nuestro pelo y maquillaje.

La otra chica que está en la sesión corre hacia mí desde la otra punta del decorado. Da saltos gráciles como los de una bailarina, y su piel oscura y brillante destaca con la ropa que viste. Cuando llega me sonríe, hundiendo un poco la cara en la bufanda que lleva al cuello, y es tan bonita y *sexy* que por un momento se me olvida que seguimos en plena sesión y me quedo mirándola embobada. ¿Qué aspecto debo de tener yo a su lado? Me pregunto si quizá solo me han llamado para que ella parezca más guapa aún.

—Valeria, cariño, levanta. Ponte de pie en el bordillo e inclínate como si fueras a darle un beso a Naomi. —Obedezco rápidamente. Me resulta un poco raro que todos me traten con cercanía aunque no me conozcan de nada—. Así, bien, dobla un poco más las rodillas… El culo más en pompa… Perfecto. Naomi, ponte un poco de puntillas… Así, quietas, perfecto. Ahora sonreíd… ¿Podéis juntar las narices?

«¿Podéis juntar las narices? Ahora salta del bordillo con las piernas dobladas.» «No, así no, pareces una vieja»; «Repetimos, se te ven las bragas»; «Esta no ha salido bien, sube otra vez.» «Vale, abrázate a Eric y míralo como si fuera el amor de tu vida.» «Por favor, Valeria, ¿serías capaz de no poner esa cara de asco? Eric no te ha hecho nada... Y tú no te rías, chico.» «Ahora tómala en brazos, vamos, y tú estira la pierna.» (Yo: «Si me tocas el culo te juro que te rompo la mano, Eric». Eric: «SOOO».) Cambio de traje, cambio de maquillaje; «Échale un poco más de sombra a Valeria que se le han emborronado los ojos, Dora, por favor.» (Dora: «¿No estás hoy más pálida de lo normal, querida?») Las sesiones aquí son un no parar de ropa, maquillaje y actividad en general, como si todos fueran partículas de gas excitadas chocando contra las paredes del recipiente que las contiene, mientras yo, por mi parte, sigo siendo un sólido peso muerto que no consigue reaccionar.

En un momento de fotos con una gran pelota blanca como de pilates, estoy tan atontada que Naomi me la tira y me da en toda la cara sin querer.

—¿Qué te pasa hoy? —gruñe Eric entre dientes sin dejar de sonreírle al fotógrafo.

—Dora, querida, ¿puedes retocarle los labios a la rubita? Le ha dado un buen beso al globo. Repetimos.

«Oh, si fuera un globo no me dolería así la nariz, te lo aseguro.»

Cuando acabamos, soy la primera en salir de allí. Eric y la otra chica se quedan un momento hablando con el fotógrafo, que les está comentando un par de cosas sobre las fotos, pero yo prefiero desaparecer. En los vestuarios, escojo la ducha del fondo, dejo que el agua ardiendo me queme los hombros y me limpie la cara y me paso más tiempo debajo del chorro del que en realidad necesito para lavarme el pelo. Hace bastante que no me doy un lujo como una ducha así de caliente. Cuando salgo, Naomi ya ha vuelto, y de hecho tiene el pelo mojado y una toalla alrededor del cuerpo igual que yo, por lo que he debido de pasarme ahí dentro más rato del que yo pensaba. Me sonríe al verme y yo la imito, aunque solo por ser cortés. Nos damos la espalda al vestirnos y me pregunta si quiero usar su secador, porque fuera empieza a hacer frío y podría pillar un resfriado. Mientras se mira en el espejo y saca su bolsa de maquillaje, yo me seco el pelo y pienso que no debería maquillarse, porque está perfecta como está.

Y eso, por alguna razón, me lleva al momento en que la lié e hice imposible volver a cuando las cosas estaban perfectas como estaban.

Cierro los ojos y, como un castigo, dejo que el aire me queme el cuero cabelludo y la cara.

Salgo de allí murmurando un minúsculo «adiós, gracias» que seguramente no ha oído y avanzo rápido por los pasillos con la cabeza baja.

Una voz me llama y levanto la cabeza justo para encontrarme con la cara de Eric.

—¡Eh, Valeria! Te estaba buscando... Qué cara tienes, ¿estás mala?

Miro a su espalda, donde está la puerta. Es bastante difícil huir desde aquí sin hacerle un placaje, y ya que soy mucho más pequeña que él y es probable que acabe recibiendo un buen golpe cuando me gane, decido que puedo hacer el esfuerzo de prestarle un poco de atención.

—Voy sin maquillar —contesto, simplemente—. Eso es todo.

Él, con los ojos pintados de negro y el pelo en punta como si fuera un erizo, pone cara de que lo siente por mí.

—Oh. Bueno, no importa. Venía a contarte que hace un rato ha llamado Alejandro diciendo que quiere conocerte.

—¿Ahora?

—No, obviamente. No está aquí. Pero en los próximos días te avisará de cuándo puede ser el encuentro, así que ya puedes ir preparándote. —Sonríe—. Yo iré contigo, de acompañante.

—¿Qué quiere decir que tengo que prepararme? ¿Necesito mis mejores galas, o qué pasa? —pregunto, sarcástica.

—Hombre, no pensarás ir con esas pintas. —Señala mis nuevas mallas étnicas con una sonrisa de medio lado y yo resoplo.

«Podrías mirarte en el espejo, majo, porque mira quién fue a hablar.»

—Vale, lo que digas. Algo buscaré.

—Eh, tómatelo en serio. Es importante causar una buena impresión cuando vayamos a su casa.

Espera.

—¿Cómo que a su casa? ¿A su casa-casa? ¿Al lugar donde vive?

—Sí, al lugar donde vive. Las presentaciones suelen ser aquí, pero ahora está inspirado para un desfile y no va a salir hasta que acabe. Se le rompería el ambiente. Por eso me ha dicho que vayamos nosotros. —Se encoge de hombros.

Asiento, despacio, y Eric me esquiva para seguir caminando por el pasillo que yo estaba intentando dejar. Tras unos segundos completamente quieta, me giro y vuelvo a llamarlo.

—¿Sí?

—¿De verdad quiere… conocerme? ¿Después de lo de hoy? ¿Estás seguro?

Tras unos segundos, sonríe una última vez.

—Valeria, aunque seamos un poco raritos, todos los que trabajamos aquí somos humanos. Y todos tenemos malos días. De todas formas, ¿eres tan egocéntrica como para pensar que alguien se ha preocupado tanto de lo terriblemente mal que lo has hecho?

* * *

La habitación huele a colonia postsexo de Raven y a alcohol. Como ayer. Como los últimos cinco días. Raven no estaba cuando volví después de ver a Simon aquel día y, cuando apareció dos días después, llamando a la puerta con los nudillos porque no tenía llaves, estaba tan borracha que se derrumbó en mis brazos en cuanto abrí.

Al día siguiente se levantó tarde, vomitó hasta la primera papilla y luego, aunque seguía con resaca, bajó a la tienda y se puso a beber otra vez. Hizo lo mismo dos días después. Según mis cálculos, hoy toca dormitar hasta las seis de la tarde otra vez y levantarse a eso de las nueve a por un poco de vodka y tequila.

Dejo caer la bolsa con mis cosas junto a la puerta y enciendo la luz de la habitación. *Mon dieu*, este sitio es un verdadero asco.

Raven sale del baño y levanta la botella cuando me ve.

—¡¡Herrrmana!! —Levanto la vista cuando Raven grita en la puerta del baño, con una botella en la mano. Empieza a caminar hacia mí hasta que choca con la cama y se cae hacia delante. Mancha el colchón de ron, pero no parece darse cuenta. Cuando se levanta otra vez, la falda se le ha subido por encima del ombligo y se le ve el tanga.

Me quito el abrigo y lo dejo colgado en el picaporte de la cocina.

—Me parece muy bien que hayas decidido que lo mejor para tu futuro es convertirte en una jodida alcohólica, pero podrías recoger esto un poco.

—Vallleria. —Debe de tener la lengua dormida o algo así—. Eres. Una. Zzzorra.

—Ya, eso dicen —contesto con un tono cansino—. Deberías echarte y dormir.

—No quiero dormir. Acabo de echar la pota, no quiero dormir ahora.

Espero que esta vez haya sido dentro de la taza del váter.

—¿No crees que cinco días son ya muchos y que deberías parar? Te va a dar algo. Tu hígado está llorando, lo oigo desde aquí.

—Eres un coñazo. Parece que tienes cuad... cuad... cuarenta años, no diecisiete. Vive un poco, Valll. —Se le empiezan a cerrar los ojos y bosteza.

—Eso, duérmete.

—¿Por qué no le pegas un trago?

—Gracias, pero no. —Aprovechando que tiene la mano tonta, como el cerebro, me acerco a ella para separarla de la botella. Después de un leve forcejeo, la suelta. Está tan cansada que no puede ni luchar por eso.

La dejo en el fregadero, bocabajo. Cuando vuelvo, Raven está sentada sobre la cama con la mirada clavada en la pared de enfrente. Tiene los ojos muy rojos.

—Acuéstate ya. Estás agotada y lo sabes.

Después de un segundo en el que ni siquiera pestañea, baja la cabeza.

—Creía que estaba enfadada contigo, ¿sabes? Pero... nnno. O ya no. Te perdono por ser tan zzzorra, porque en realidad era verdad.

Me acerco a Raven y la empujo un poco para que se recline hacia atrás. Lleva sin cambiar las sábanas más de un mes, y tengo que aguantar la respiración, porque apestan. Decido no mirarlas porque sé que no todas las manchas son de ron. Cuando Raven ya está tumbada, se retuerce y gimotea. La tapo como puedo.

—Venga, duérmete.

—No puedes no cuidarme —dice—. Ni aunque pienses todas esas co... sas. No puedes... evitarlo.

—Cierra los ojos, Raven. —Si lo hace, se dormirá enseguida. Está demasiado cansada.

—Creo que es porque te sientes en deuda conmigo. —Bosteza y cierra los ojos—. Aunque pienses que soy un monstruo, tienes que hacerlo.

—No. Lo hago porque te quiero. Eres mi hermana. Pase lo que pase, voy a cuidarte... Igual que tú me cuidas a mí.

—Se me llenan los ojos de lágrimas. Yo también tengo sueño—. Pase lo que pase, te lo prometo. *C'est la vie*, ¿no?

Lo he dicho sin mirarla y, cuando por fin lo hago, está profundamente dormida. Todos los sonidos paran y solo hay silencio.

Literalmente, se me rompe el corazón en dos.

17. La resaca

Llamo al teléfono de ABe cuando me levanto a la mañana siguiente. Son las diez y he dormido muchas horas, pero es como si acabara de acostarme. La casa huele a vertedero y Raven está tan hecha mierda que es imposible que salga hoy de aquí.

Cuando la secretaria contesta, le pregunto por favor si puede ponerme con Eric y espero pacientemente hasta que él habla. Me saluda con un «Eh, Val» y me contengo para callarme que no quiero que me llame así.

—Es genial que llames, de hecho, porque justo iba a decirte que esta mañana Alejandro…

—No puedo ir hoy, lo siento mucho. Me ha surgido una cosa.

El tono que uso es el más amable que tengo disponible para hablar con él.

Tras unos segundos, responde:

—¿Qué te ha surgido, estás bien? ¿Te has cortado un dedo? ¿Se te ha caído aceite hirviendo en la cara y te la ha deformado? ¿Te has muerto, o algo así?

—¿Qué?

«¿Me está vacilando, o es así de tonto de normal?» Como no dice nada, al final, acabo contestando.

—No, no y… ¿en serio? ¿Cómo voy a haberme muerto, imbécil?

—¿Por qué no ibas a poder venir, si no?

—Por muchos motivos. No querer aguantarte sería uno bueno, por ejemplo.

Se ríe y me muerdo la lengua porque, si quiero que me deje faltar, me da a mí que así no voy a conseguirlo.

—Adoro lo increíblemente simpática que eres, Valeria.

—Mira, Eric; tengo que cuidar de mi hermana. Es importante.

—¿Se ha muerto ella?

—¿Eres gilip…? —«Cállate»—. No. No, está viva, pero enferma. Además, ¿por qué iba a cuidarla si estuviera muerta?

—Pero ¿tú no tenías una hermana mayor? ¿No se puede cuidar ella solita?

—Pues obviamente no, y por eso voy a quedarme en casa. No te he llamado para preguntarte, simplemente quería mantenerte informado. Hasta luego, Eric.

—Oye, espera…

—A menos que quieras venir a ayudar a limpiar el vómito de mi hermana, en serio, tengo que dejarte.

Raven sale del baño y me guardo el teléfono. Está de color verde.

—Mi cabeza… —Entonces abre mucho los ojos, se da la vuelta y vuelve a entrar.

Le sujeto el pelo esta vez para que no se lo manche y aparto la vista. Huele increíblemente mal. Cuando termina, se aparta de mí y se coloca frente al espejo para lavarse la cara y las manos. Me quedo detrás y puedo verme también junto a su reflejo. Intento moverme para que me tape su cabeza, pero justo se encorva para enjuagarse la boca, y como el baño es tan increíblemente pequeño no hay lugar donde pueda esconderme de la realidad.

Sin decir una palabra y casi en contra de mi voluntad, nos comparo. Sé que siempre nos estoy comparando, pero esta vez eso parece adquirir matices distintos. Soy consciente de que somos diferentes, pero también somos lo suficientemente parecidas como para que me recorra un escalofrío al contar las vértebras blancas que, como montañas, le marcan la espalda. Supongo que más de uno se las habrá tocado mientras le hacía caricias que pretendía que acabaran más abajo, y me pregunto cómo me sentiría si alguien me tocara así. ¿Me quedaría bien uno de sus picardías, si intentara probármelo? ¿Nos confundiría alguien? Antes, cuando mamá me llevaba al cole, algunas de sus amigas me llamaban Rachel y me preguntaban qué tal me iba todo antes de que ella les dijera: «Oh, no, esta es la pequeña, Valeria. ¿Verdad que mis chicas son como dos gotas de agua?».

Siempre nos decían que éramos igual de preciosas, como si hablaran de joyas genuinas, pero yo pienso que algún día solo seremos tres cadáveres idénticos y sin ninguna belleza en su interior.

—Deja de mirarme —dice Raven, frunciendo el ceño—. Ya tengo bastante con la resaca como para que encima tú me des más dolor de cabeza.

Pasa delante de mí, empujándome un poco, y se deja caer bocabajo en la cama limpia. Yo me siento a su lado. He estado recogiendo esta mañana.

Cojo una botella de agua que he dejado antes encima de su mesilla y se la acerco.

—Toma, bebe agua para que se te pase antes.

—Eso es una leyenda urbana, no funciona. Lo único que necesito es que te calles, un paracetamol, que corras mejor las cortinas y dormir hasta mañana.

—No, lo que necesitas es beber agua. Debes de tener el cerebro seco, por eso te duele tanto la cabeza. Si bebes...

—Dios mío, cierra la boca, en serio.

—Bebe agua.

—No tengo ganas de beber agua, Valeria. Si bebo voy a volver a vomitar.

—Dios mío, eres capaz de morirte solo por llevarme la contraria. ¿Cómo no vas a querer agua? Estoy segura de que te arde la garganta. Dale un trago ya, joder.

—Ojalá me muriera de verdad para dejar de oírte.

—Eres muy graciosa, pero no pienso callarme hasta que te vea beber.

—Joder, ¡vale! Pero cierra ya la boca, por favor.

El líquido cae, transparente, por su boca, su barbilla y hasta la cama, pero aun así veo cómo traga. Cuando termina, se tumba de espaldas sobre la cama.

—¿Contenta?

—Sí.

Me mira de reojo y luego niega con la cabeza.

—Vete a dormir, anda. Estás hecha una porquería. Sé que has estado despertándote toda la noche. —Pongo cara de extrañeza, ella levanta una ceja—. Sí, hija, sí; te he visto. Además, tienes unas ojeras que te llegan al suelo, cosa que no me parece muy saludable.

—Estoy bien.

—Sí, ya, claro. Mira, ¿qué tal si te echas una siesta? Yo aguanto de momento y no voy a moverme de aquí en un rato. Te lo juro. Anda, acuéstate.

*   *   *

Nunca recuerdo lo que sueño, pero siempre sé si ha sido algo bueno o he soñado con mi madre. Ahora, cuando los temblores empiezan, los ojos castaños de mamá aparecen muy cerca de mi cara y tiene los labios arrugados y las mejillas hundidas como si fuera una calavera, y juraría que está gritando y llorando aunque no puedo oír nada de lo que dice.

No pestañea, solo grita en silencio, y justo cuando yo voy a ponerme también a gritar, esos ojos se convierten en otros muy parecidos...

—¡¡Val!!

Me incorporo de golpe y estoy encerrada en una nube de humo y cenizas. Me pongo a toser y sacudo la mano delante de mi cara. ¿Dónde estoy? ¿He desaparecido ya?

—Dios, tía, duermes como un tronco, ¿eh? Llevo como cinco minutos llamándote.

Giro la cabeza. Todavía tengo las pestañas un poco pegadas. Raven está de pie junto a mí, y tiene un pie encima de la cama porque supongo que los temblores los estaba provocando ella. Sonríe y suelta otra nube de humo justo cuando ya casi se había disipado la anterior.

—¿Cuánto tiempo he dormido?

—No lo sé, unas tres horas o así.

—¿Por qué me despiertas? ¿Qué haces… qué haces fumando aquí?

Ni siquiera puedo bostezar sin tragarme toda esa contaminación.

—¡Sal de aquí, Raven!

—Vale, pero tú conmigo. Necesito que te encargues de una cosa antes de que me metan en la cárcel por asesinato.

Me dejo caer hacia atrás con un suspiro.

—¿Qué pasa?

—Pasa que al parecer te mola eso de darle nuestra dirección al enemigo y que por tu culpa ese amiguito que te has echado está ahora mismo en la puerta, hablando solo y despertándome en medio de mi insoportable resaca.

—Espera, ¿qué? —Abro los ojos—. ¿Hablas de Simon?

Ella se encoge de hombros.

—Supongo. Pero ese no es el punto importante: lo crucial en todo esto es que está ahí fuera hablando consigo mismo en nuestra puerta, ¿entiendes? EN VOZ ALTA. Dios, pedazo de friki…

Toso al salir corriendo de la habitación y ella sigue gritando a mi espalda cosas que cree que son realmente graciosas.

En vez de ir directa a la puerta de entrada, me acerco a la cocina y me asomo a la ventana; el cuerpo largo de Simon está en el corredor, al otro lado, andando nerviosamente en dirección contraria adonde estoy yo y pasándose una mano por el pelo. Efectivamente, habla. En voz baja, casi entre dientes, pero se oye un murmullo desde aquí.

—Esto… ¿Te acuerdas que dijiste que no querías…? No, así no. ¡Eh, Valeria, qué casualidad…! ¿Qué casualidad, en serio? Soy tonto, si vive aquí…

¿Qué se supone que está haciendo aquí?

Se gira repentinamente y meto la cabeza dentro.

—A ver, otra vez —sigue—. Resulta que mi amiga… bueno, no es mi amiga, es una… ¿compañera? Bueno, da igual. Resulta que al final… Me va a matar. Esto es ridículo. —Simon pasa por delante de mí, pero no mira hacia dentro, así que no me ve. Parece algo agobiado con eso de practicar qué decirme. Sin dejar de mirarlo, me subo en la encimera y me siento sin que se dé cuenta—. Otra vez, venga. ¡Eh, Valeria! Qué casualidad encontrarte aquí…

—Como tú mismo has dicho, es una casualidad porque quién hubiera imaginado que ibas a encontrarme en mi casa, ¿eh?

Simon da tal respingo que por un momento temo que vaya a caerse por la barandilla e incluso estiro los brazos hacia delante por si existiera la remota posibilidad de que me diera tiempo a alcanzarlo. Y si se cayera, ¿tendrían los policías suficientes tizas como para delinear el contorno de su larguísimo cuerpo? Por suerte, consigue recomponerse y se apoya en la barandilla. Cuando me mira tiene la boca tan abierta que no me extrañaría nada que le entrara un bicho.

—Eh… eh, Valeria… Qué casuali…

—Te he oído mientras ensayabas, Simon. Mi hermana me ha avisado de que estabas aquí fuera.

—¿Tu hermana? —Él mira a mi espalda, como si pudiera verla allí, aunque probablemente haya vuelto a echarse y la puerta de la cocina está cerrada—. ¿Y qué te ha dicho?

Una de las cosas que he oído que gritaba ha sido: «Por favor, acaba con esa danza de cortejo tan lamentable», pero no pienso repetirlo.

—Nada. Solo eso, que estabas fuera. ¿Qué haces aquí?

—Venía a verte. Tengo… tengo que contarte una cosa. Aunque preferiría que no fuera aquí, la verdad.

—¿Por qué? ¿Es que vas a hacerme alguna proposición indecente?

Se sonroja y yo sonrío, porque es divertido y también me parece muy tierno que alguien tan grande se ponga de ese color.

—Claro que no. Solo es que no te va a gustar, y sería mejor que lo habláramos en otro sitio. Te he traído esto.

Levanta un papel que tiene en las manos, doblado en cuatro, y yo dirijo la vista hacia allí.

—¿Qué es?

—Los datos que me pediste que no buscara utilizando la fecha que me dijiste.

El papel empieza a brillar inexplicablemente y me echo un poco hacia atrás. Ni siquiera los ojos culpables de Simon pueden llamar más mi atención ahora mismo.

—¿Por qué?

—No parecía que de verdad no quisieras saberlo.

—Pero te dije que lo olvidaras. Tenías que haberlo olvidado.

Baja la mano y se acerca un poco.

—Puedo tirarlo, si quieres… Pero parecía muy importante para ti.

—Es importante para mí.

—Entonces, toma. Es tuyo.

Podría agarrar el papel con solo mover un poco la mano. Está tan cerca… Los ojos empiezan a picarme y podría ser por el sueño o por las ganas de llorar.

—No lo quiero. Ahora… ahora no. Es decir, aquí no. Quiero leerlo, pero…

—Estoy aquí fuera, levanta el culo del fregadero y nos vamos adonde digas.

Me doy la vuelta, bajo de un salto, cojo una chaqueta y le grito a Raven que me voy a dar una vuelta antes de que la puerta se cierre y ella pueda contestarme con un gruñido. Simon sonríe y se ajusta las gafas cuando cierro la puerta. Extiende el papel que tenía en la mano en mi dirección antes de que me dé tiempo a acercarme a él.

—Espera, guárdalo hasta que lleguemos. ¿Te apetece tomar algo? —Saco un billete de diez pavos que sabía que tenía en el bolsillo—. Invito yo.

Llevo tanto rato retorciendo la hoja de papel que me ha dado Simon que estoy a punto de cargármela. Bueno, qué digo a punto; ya la he roto por uno de los dobleces sin querer. Intento concentrarme en la cafetería donde nos hemos sentado; está relativamente cerca de la biblioteca, y por eso está todo lleno de estudiantes —o más bien debería decir universitarios adictos al café— a estas horas. Es un sitio bastante agradable, la verdad. Hemos pedido dos refrescos y el de Simon ya está a la mitad.

Tengo de nuevo ese nudo en la garganta. No es tan fuerte como el de la última vez, por supuesto, pero otra vez me ha bloqueado el cuerpo y por eso no puedo hacer otra cosa que estar terriblemente nerviosa. Mi cerebro intenta pensar: «Vamos, Valeria, lo que hay ahí escrito no va a cambiar por mucho que tú lo desees. No va a ser mejor de lo que es, pero tampoco peor. Ábrelo de una vez», pero yo no puedo dejar de ser una persona que se paraliza en los momentos importantes. Ojalá pudiera cambiarlo.

No dejo de mirar el papel, cada vez más y más arrugado.

—¿Estás bien? —Es lo primero que dice desde que estamos aquí.

—¿Por qué has hecho esto? —Levanto levemente la hoja rayada y clavo los ojos en él—. No tenías por qué, y además podría suponerte un buen lío. Lo dijiste.

—Me da igual meterme en un lío.

—¿En serio? —Alzo una ceja—. La primera vez que hablamos en plan «profundo», Simon, entró en la conversación el juez de menores.

—Lo del carnet era diferente, esto...

—Esto también es ilegal.

—No es como si necesitaras esa dirección para ir a matar a la niña, Valeria. Te conozco. Eres buena persona.

No estoy tan segura de serlo, la verdad.

—De todas formas, no tenías por qué hacerlo.

Se encoge de hombros con las orejas un poco rojas.

—Empezaron a brillarte los ojos cuando te lo propuse, eso es todo.

Un grupo de universitarios se echa a reír a carcajadas a dos mesas de la nuestra y un chico del grupo se pone de pie en la silla con los brazos en alto, y luego alarga un brazo hasta tomar la mano de una chica que está a su lado y tira de ella para que se ponga de pie. Consigue que se suba con él a la silla y, cuando intenta bajar, él le planta un beso en los labios que hace que todo el grupo empiece a dar gritos y golpes en la mesa.

Clavo la mirada en mi bebida.

—¿Tú lo has leído?

—Sí, claro.

—¿Y qué dice? ¿Es...? ¿Es bueno, o es malo?

—¿No prefieres averiguarlo tú?

—Sí. Creo que sería lo mejor, pero... Me da miedo saberlo. ¿Me va a gustar?

Se queda mirándome fijamente sin contestar, con una ceja un poco alzada. Lo interpreto como un «venga, no le des más vueltas y ábrelo». Suspiro, me humedezco los labios y empiezo a desdoblar la hoja. Por alguna razón, el barullo de nuestro alrededor me tranquiliza un poco. El papel todavía tiene las virutas del borde donde antes había una espiral. La letra de quien lo ha escrito es irregular y está inclinada hacia la derecha.

Lo primero que leo es un nombre.

Mel.

«Mi madre se llamaba Melissa», pienso inmediatamente. De Melissa viene Mel. Es decir, que Rachel le puso un nombre; tuvo que ser ella porque nadie más lo habría escogido. Solo Rachel se acordaría así de mamá, dedicándole aquello y luego dejando que la historia se repitiera y que Mel volviera a desaparecer dejando un agujero más.

Pasan unos segundos hasta que soy capaz de dejar de leer una y otra vez ese nombre. Si lo hago es únicamente porque no puedo permitirme pensar demasiado en él. Inmediatamente después están apuntadas su fecha de nacimiento (7 de marzo de 2008), peso (dos kilos y ochocientos gramos) y fecha de ingreso en el orfanato (16 de marzo de 2008). La amiga de Simon ha apuntado también un montón de datos sobre su aspecto físico, como la altura, el color del pelo y el de los ojos, pero todo eso me lo salto porque no quiero saber cómo era; lo único que quiero saber es qué fue de ella.

Entonces me choco de golpe con otro nombre: Robert Sullivan. Edad: treinta y nueve años. Profesión: arquitecto. Casado, pero sin más datos.

Robert Sullivan.

Fecha de adopción: 10 de septiembre de 2009.

—Robert. Se llama Robert. El padre. Ella... Ella se llama Mel.

Su nombre sabe dulce en mi paladar, y ha salido solo. Respiro hondo y después suelto el aire despacio.

—Es un nombre muy bonito. —Lo dice lentamente, como si tuviera miedo de romper mi burbuja, pero la verdad es que agradezco muchísimo el sonido de su voz.

—Seguro que lo eligió ella. Raven. Mi hermana. Estoy segura. —Levanto los ojos—. Mi madre se llamaba Melissa, así que... Debe de ser en su honor, pero no lo entiendo... No tenía ni idea.

Las palabras salen de mi boca como si estuviera escupiéndolas. Me retiro el pelo de la cara, y suspiro. Empiezo a ponerme nerviosa porque no sé cómo procesar toda esta información.

Rachel le puso Mel a su hija y Mel es ahora la hija de Robert Sullivan, el arquitecto.

—¿Los arquitectos cobran mucho? —pregunto.

Simon se ríe levemente, más tranquilo.

—¿No deberías estar relajada, en vez de preocuparte? Ser arquitecto es bueno.

—Supongo. Pero no puedo relajarme.

—Yo creo que está bien. Miré en internet; Robert Sullivan, aparte de ser un poeta maorí, es el tío que restauró la fachada del ayuntamiento el año pasado. Es decir, no es que sea maorí y poeta además de arquitecto, sino que... se llaman igual. Yo creo que lo del ayuntamiento le hace bastante importante, al menos en la ciudad.

Si no me diera vergüenza, probablemente me levantaría y lo abrazaría. Quiero hacerlo. Me ha ayudado tanto, todo este tiempo... quiero darle las gracias de mil formas, pero no se me ocurre ninguna ahora mismo. Quiero preguntarle por qué hace esto y qué puedo hacer yo por él a cambio. Aprieto el papel y le sonrío.

—Muchas gracias, Simon.

—No te preocupes, no me ha costado nada.

—No es solo por esto.

Nos miramos en silencio unos segundos hasta que en sus labios se forma una sonrisa tímida.

—Siempre es un placer.

18. Zelda Fitzgerald

Hace mucho que no hablo con Raven. En casa ya no nos vemos, aunque supuestamente vivimos juntas. Cuando me levanto por la mañana, ella está dormida con la cabeza enterrada debajo de la almohada, tan quieta que ni siquiera puedo asegurar que respire, y cuando llego por la tarde ya se ha ido. No vuelve hasta por la noche, de madrugada, cuando yo ya estoy en la cama —a veces, durmiendo—. Hay ocasiones en las que me pilla leyendo, porque vuelve algo antes, y entonces apago la luz de la lámpara rápidamente para que no vea el brillo por debajo de mi puerta. Nunca me levanto para saludarla. Ni siquiera me molesto en dejarle algo de comida para cuando vuelva, porque al día siguiente ni siquiera le habrá quitado el papel albal al plato para ver qué es, y me parece tirar la comida.

En el trabajo, Eric está tan mosqueado conmigo por lo del otro día que ha empezado a soltarme las perlitas más sarcásticas de su repertorio, y eso sin contar que ha metido el turbo conmigo. Resulta que el otro día Alejandro llamó para concertar la cita definitiva o algo así y, al no estar disponible en ese momento, le fastidié la organización de toda la semana; ahora no solo me siento culpable por haberme quedado con Raven el otro día a pesar de que no podía haber hecho otra cosa, sino que tengo miedo de que Alejandro se piense mejor dejarme pasar la última prueba.

De todas formas, ya hemos concertado otra cita y (palabras textuales de Eric) «ni con un terremoto vas a escaquearte».

Suele estar anocheciendo cuando salgo de ABe, pero nunca es demasiado tarde, así que me gusta pasarme por la biblioteca para buscar algún libro nuevo y, además, resguardarme un poco del frío. Subo las escaleras despacio para no molestar a toda la gente que está estudiando, llego a la parte donde están los libros de literatura y me paseo por allí hasta que se me olvida qué hora es, qué he hecho durante todo el día o que tengo que volver a casa. Entonces, a las nueve más o menos, un encargado viene a por mí y me dice con educación que van a cerrar la planta, pero que la sala de estudio la dejan abierta hasta las doce. Ha venido tantas veces que al final tuve que presentarme, y él con una sonrisa me dijo que se llamaba Philippe.

Camino por la acera de la derecha muy despacio, mirando al suelo. Es curioso cómo se convierte en la de la izquierda si camino en dirección contraria y aun así eso no la hace ni un poco mejor. Estoy teniendo mucho cuidado en no pisar las líneas que separan los baldosines y a veces doy saltitos no planeados cuando estoy a punto de descuidarme. Es solo un juego, pero no lo es.

Los niños del orfanato suenan a zoo esta tarde y se ven como un cuadro lleno de pinceladas en movimiento como las que solo consiguen los mejores pintores y los locos, aunque normalmente estos suelen coincidir. Todos van vestidos de colores rojos, naranjas, verdes y estampados y muy abrigados para no coger frío, con las borlas de sus gorros saltando detrás de ellos sin control. Los niños no tienen pilas. Es increíble que para ellos no haya descanso, como si sus baterías fueran infinitas. Creo que eso los hace aún más alucinantes; pase lo que pase dentro de unas horas, oiga lo que oiga cuando el sol haya caído y sus gritos crucen la noche, ahora están más vivos que nunca y no hay nada ni nadie que pueda pararlos.

Comparándonos con ellos, todo ser humano fuera de ese patio está hecho de sombras grises, y parece que la vida del universo se concentrara ahí dentro.

El eje alrededor de lo que todo gira es la música. Hoy es especialmente animada y mueve a los niños en la coreografía perfecta. No reconozco la canción, pero me gusta, como todas las del repertorio de Simon. Si tuviera que ponerle un nombre a cómo suena, definitivamente diría *folk-rock*. Está tocando de pie en uno de los bancos del fondo mientras da vueltas lentas sobre sí mismo para vigilar todo el patio. Su voz se oye alta y clara, aunque suave y algo rasposa.

Entrelazo los dedos en los rombos de la valla y apoyo la frente en el metal. La voz de Simon tiene una cadencia que me hace sonreír. Hacía tiempo que no lo oía cantar.

En la siguiente vuelta de vigilancia, me ve. No para, solo sonríe mucho y baja del banco de un salto. Su abrigo largo y negro no debería destacar entre tantos colores, pero la verdad es que le da un aspecto de gobernador.

Me mira a los ojos mientras acaba la canción. Cuando termina, el silencio sube entre nosotros igual que su sonri-

183

sa, pero aún tengo los últimos acordes resonando en mi cabeza un poco más.

—Hola.

—Hola.

Miro detrás de él. Nada de madres malhumoradas a la vista; buena señal.

—¿Cómo se llama esa canción?

—*Lovers' eyes*, de Mumford and Sons.

—Es muy bonita.

Simon me mira a los ojos y no puedo apartar la vista de los suyos, porque brillan mucho y creo que hasta entonces no los había visto tan verdes.

—Sí, está bastante bien —dice, y vuelve a esbozar una sonrisa. Me da un vuelco el estómago y no puedo evitar imitarlo.

—¿Te importa que me quede aquí leyendo? Tú sigue a lo tuyo… —Es decir, ni se te ocurra dejar de cantar.

—Claro, sin problema.

Me siento en el suelo contra la verja. Saco el último libro que he tomado prestado de la biblioteca —*El gran Gatsby*, de Scott Fitzgerald— y empiezo a leer. Nada más comenzar, llego a un párrafo tan impresionante que tengo que volver a leerlo: «Si la personalidad está constituida por una serie ininterrumpida de actos afortunados, en tal caso puede decirse que había algo brillante en torno a él, una exquisita sensibilidad para captar las promesas de la vida, como si estuviera vinculado a una de esas complicadas máquinas que registran los terremotos a mil millas de distancia». Al acabarlo, sonrío porque no pienso en Gatsby, sino en Simon.

Noto que los rombos se me clavan en la espalda cuando él

se apoya desde el otro lado. La música empieza a sonar, muy muy bajita, y me quedo mirando hacia las casas que tengo delante mientras dejo que me envuelva la nueva canción. Me concentro en entender la letra, y los minutos pasan. «*And they said you were the crooked kind and that you'd never have no worth, but you were always gold to me...*»[3] El corazón se me encoge un momento e intento seguir con la lectura, y avanzo una línea y vuelvo a leerla y cierro los ojos un momento, otra vez.

«*But you can blame me when there's no one left to blame. Oh, I don't mind*».[4]

La cara de Raven aparece tras mis ojos. Se me forma un nudo en la garganta y tengo ganas de llorar. Me gustaría preguntarle si ha escogido esa canción a propósito, pero no puedo ni hablar. Echo la cabeza hacia atrás y cierro los ojos.

Todo el mundo debería estar aquí escuchando.

* * *

—¡Rachel, ven, corre, mira! —No contestaba, así que asomé la cabeza por la puerta del baño—. Racheeel.

—¿Qué quieres?

—Rachel, ven aquí. Mira esto, ¡qué asco!

—Dios, ahora no puedo, Valeria. Estate calladita, por favor.

—Pero es que... No puedo hacer pis. O sea, es que mira, Rachel...

---

3. «Y ellos dijeron que tú no eras de fiar y que no tenías ningún valor, pero para mí siempre fuiste oro.»
4. «Puedes culparme cuando no quede nadie más a quien culpar. Oh, no me importa.»

—¡¿Qué pasa?!

Rachel se levantó de la cama y empujó la puerta del baño con tanta fuerza que rebotó contra la pared de detrás y le dio en el brazo. Yo intenté taparme para que no me viera, porque había estado mirando el váter con asco después de haberme bajado las bragas para sentarme, pero ella ni se fijó. Solo echó una mirada cansada por la habitación con esos ojos tan hinchados que tenía desde que nos trasladamos del motel de la calle Mayor a ese unos días atrás, y luego, cuando señalé la taza, suspiró.

Su cara se contrajo y vi perfectamente cómo apretaba la lengua contra el paladar para ahogar una arcada. Se tapó la boca y dio dos pasos hacia atrás; yo arrugué la nariz y también aparté la vista. La taza del váter era amarillenta de por sí, pero ahora estaba inundada hasta la mitad con un líquido marrón que olía a alcantarilla. Lo raro es que no lo hubiéramos notado nada más entrar. En la superficie flotaban pelos mojados y trozos de algo irreconocible que, si lo miraba, también hacían que tuviera ganas de vomitar.

—Dios mío, no puedo más. —Rachel salió del baño y se dejó caer en el suelo junto a la puerta. Tenía los ojos cerrados y los labios tan apretados que se le habían puesto completamente blancos. Me subí los pantalones y apreté las piernas para que no se me escapara el pis, quedándome de pie a su lado.

Levantó la cabeza hacia mí. Llevábamos solo una semana fuera, una semana en la que yo no había tenido colegio y por ello estaba más o menos satisfecha, pero ella ya tenía unas ojeras tremendamente oscuras bajo los ojos, muestra de su desesperación.

—¿Desde cuándo lleva eso así? —preguntó con un gemido.

—No lo sé, acabo de entrar, es que...

Raven se apoyó en mi hombro para incorporarse y sacudió la cabeza para que el flequillo no le diera en los ojos.

—Quédate aquí, Val, por favor, ¿vale? Tengo que ir a hablar de esto con el casero.

—Pero es que... tengo que ir al baño, Rachel, me meo.

—No te acerques a ese váter, hazme el favor. —Mi hermana agarró una chaqueta y se la echó por encima antes de ir directa hacia la puerta.

—Pero, Rachel, tengo mucho pis. En serio. Rachel, tengo que... —No me miraba; apreté más las piernas y empecé a dar saltitos—. Rachel, me meo... Rachel...

—¡Deja de decir Rachel, estoy en ello, ¿vale?! Voy a... voy a arreglarlo. Pero no te acerques al baño, por favor. Vuelvo enseguida. No te muevas.

Supongo que fue una de las ocasiones en las que me perdí un poco por el camino.

19. Tres tazas de té

El vestido me aprieta un poco el pecho y las axilas porque ya no tengo quince años y me va pequeño, pero al menos es decente. El más elegante de mi armario, tal como pidió Eric. Me lo puse en una sesión de hace dos años y el que la organizaba me lo regaló porque dijo que parecía hecho para mí. Por aquel entonces lo hacía todo mejor; iba feliz por el mundo, de *casting* en *casting*, y luego demostraba esa felicidad en las sesiones. Un montón de gente me felicitaba, y también llamaban a Lynda para hacerlo. Me regalaban cosas como estas. A veces llegaba a casa con zapatos, bolsos y gorros; Raven los vendía a tiendas de segunda mano y se sacaba una pasta a cambio, porque, total, «adónde va una niña con unos zapatos de marca y semejante tacón», pero no me importaba.

Al principio, a pesar de que ella me llevó por la fuerza a la agencia, me hacía ilusión ser modelo y estar ayudándola haciendo algo tan guay. Sí, por aquel entonces también creía que ochenta pavos al mes era mucho dinero, pero bueno. Estaba contenta, aunque Raven protestara diciendo que ya podrían contratarme en más sitios más a menudo. Tenía muchas amigas, y salir en alguna revista también atrajo a algún que otro chico (yo no les hacía caso, pero me halagaba que de repente todos me hablaran y fueran tan amables). Uno hasta me mandó una carta de amor, y la guardé. Era todo muy bonito. Pero luego acabé la enseñanza secundaria obligatoria y mi hermana no me dejó seguir estudiando. Fue a hablar con Lynda. Le dijo que me metiera más caña y que me buscara más *castings*. Tuvieron una discusión, como siempre, pero al final ganó Raven (como siempre). Lynda me pilló más manía de la que ya me tenía y entonces yo empecé a amargarme como ellas.

—Deja de moverte, Val.

—Que no me llames Val —gruño, colocándome un poco el vestido—. ¿Va a bajar, o qué?

—Parece que tienes pulgas. Espera, ¿ese vestido no tiene pulgas, verdad?

—No, no tiene pulgas, gilipollas. Solo quiero que baje ya. Alguien, quien sea.

—No digas palabrotas. ¿Cómo puedes ser tan impaciente? Relájate. Disfruta de este increíble recibidor. Imagina que hay música en el ambiente.

—Ya he tenido suficiente con el ascensor. —Un ascensor tan grande como la habitación de Raven, por cierto, pero sin ninguna posibilidad de huida. Durante doce plantas. Con Eric hablando sin parar.

Mientras hablamos, un hombre aparece al final de un pasillo y nos sonríe. Dejo de tocarme la ropa cuando lo veo, alisándome la falda una última vez y luego entrelazando las manos a mi espalda.

—Hombre, Eric, por fin. —Abre los brazos y lo envuelve con ellos antes de darle un beso en la mejilla—. ¿Qué tal?

—Todo bien. ¿Y vosotros, Bob?

—Liados, como siempre. Mucho trabajo. —Los ojos del hombre pasan de mi compañero a mí—. ¿Tú eres la famosa Valeria?

—Sí.

—Soy Bob, el marido de Alejandro. —Se inclina y me da dos besos—. Encantado de conocerte. Ah, y enhorabuena por entrar en ABe.

—Gracias. —Le sonrío sinceramente. Qué hombre tan agradable. Y alto. Y guapo. Es guapísimo, madre mía. Tiene una de esas caras que inspiran confianza y honradez e inteligencia, todo en un mismo rostro.

Vuelve a girarse hacia Eric cuando este le habla.

—¿Está Alejandro en casa?

—Obviamente. Venid, lo esperaremos en el salón. Está acostando a la niña, que es la hora de la siesta, pero ya viene. ¿Queréis algo? ¿Café, té, un refresco?

—Ni agua, que no se lo merece. Y a la otra tampoco, que me desbarató el horario.

Me giro, porque yo debo de ser «la otra».

En lo alto de las escaleras hay un tío que solo podría definir como «largo». No es como Robert, que además de ser alto va acompañado de una increíble musculatura; este es infinito hacia arriba y, cuando empieza a bajar los peldaños, parece que se mueve como una onda en el agua. Llega abajo con un saltito, y entonces sus pasos son un poco más normales y puedo concentrarme en su aspecto: lleva barba de leñador, el pelo como si acabara de electrocutarse y delineador de ojos. Ah, y una túnica. Es azul oscuro, con lentejuelas en el cuello y bordados dorados junto a los pies.

Se acerca a mí con los ojos entrecerrados.

—¿Valeria?

—¿Sí?

Me da un repaso. Literalmente. No algo discreto, sino todo lo exagerado que puede ser un examen así: se echa hacia atrás, me mira de arriba abajo dos veces, luego se agacha para analizar mis zapatos. Se pone de pie. Se acerca más. Me HUELE. Da una vuelta a mi alrededor, y después me hace girar. Tengo los ojos tan abiertos que debo de parecer un búho. Oigo un resoplido a mi espalda.

—Para ya, la estás asustando.

—Calla, calla, a ver si así deja de gruñir. —Ese ha sido Eric.

Alejandro Be para de comportarse raro y sonríe como si fuera una abuelita adorable, o peor, como si fuera el lobo llevando ropa de abuelita.

—Me gustas. Eres preciosa, y además no has salido corriendo. Primera prueba superada. ¿Pasamos al salón?

Si llego a saberlo, no me pongo esta ropa para ir a casa de un tío que lleva túnica.

Cuanto más tiempo pasa, más pienso que Eric me ha troleado con lo del vestido.

Nos encontramos en el salón. Es enorme, con tres sofás grandes de cuero negro y reluciente. En medio hay una mesita de cristal con una tetera ya preparada que ha traído Robert hace un momento. El vapor que desprende huele a menta y a especias, y me pregunto si el té estará tan rico como creo.

—¿Qué tal tu hermana, Valeria?

Doy un respingo en el sitio. La pregunta me pilla totalmente por sorpresa.

—¿Perdón?

—Tu hermana. Lo aplazaste por ella. Bueno, no es que lo aplazaras exactamente, pero Eric me dijo que justo cuando yo contaba con llamarte estabas ocupándote de ella.

Miro a Eric. Me gustaría estar enfadada porque le haya hablado de Raven a gente sin que yo lo supiera, pero la verdad es que no me sale. Los ojos azules de Alejandro están fijos en mí y me siento como si me estuviera apuntando un francotirador.

—Eh… bueno. Está mejor, gracias.

—Me alegro. —Para el aspecto tan desconcertante que tiene, la verdad es que su sonrisa es bonita. A lo mejor algo siniestra, pero bonita—. ¿Té?

Le sonrío cortésmente y asiento. Es Robert el que se inclina sobre la mesa para servirlo, aunque es el único que no bebe. La verdad es que me lo imagino más bebiéndose un vaso de *whisky* de un trago.

—Gracias.

De repente, me siento tan abrumada ante la presencia de Be que no puedo ni levantar la mirada. Él, como si lo notara, se inclina un poco hacia mí y empieza a hablar en tono amable.

—La verdad es que sentía curiosidad por tu persona, Valeria. Al principio no mucho, porque solo eras una más de los chicos y chicas que empezamos a ojear en septiembre. Lo que hizo Eric contigo no es nada novedoso: a partir de los chicos que han aparecido para *castings*, contactamos con sus agencias y nos enteramos de a qué sesiones van a presentarse para ir a ver cómo trabajan. Así podemos valorarlo de una forma objetiva y con cierta perspectiva.

—Sí, y me llamó pervertido por hacer eso —protesta el pelopincho.

—Estabas en las sombras de una sesión de fotos de chicas adolescentes con una capucha, Eric. Es lo que parecías. Supéralo ya.

Alejandro suelta una carcajada cuando ve la cara de bulldog del otro.

—Oh, o sea, que la razón por la que me dijiste que era un poco prepotente es que te las da con queso. —¿Que le dijo que soy qué? Lo miro y él desvía la mirada. Be sonríe—. Valeria, cuéntame. ¿Qué tal te ha ido en el tiempo que llevas en la agencia?

—Bien. Bueno... me han dado mucha caña, pero bien.

—A ver, pasar de modelo comercial a general de repente no es una tontería. Supongo que no está mal teniendo en cuenta que tienes diecisiete años. —Eric se encoge de hombros con sencillez.

—Llevo haciendo esto desde los catorce. Además, en diciembre cumplo dieciocho.

—¿Cuatro años? Por favor. —Cuando mueve el pelo con superioridad, la purpurina que se ha puesto en las puntas me cae en la cara—. Llevo desde los quince años haciendo esto. Diez años. No creas que cuatro te ponen en una posición muy alta.

Entrecierro los ojos. No sé cómo lo hace para sacar siempre la mala leche en mí, y además justo ahora que Be está delante.

—¿Y no te parece que con veinticinco años ya eres mayorcito para ser modelo? Y con «mayorcito» quiero decir «mayor». Demasiado mayor. ¿No piensas igual?

Los ojos de Eric echan chispas. Aprieta tanto la taza de té que no me extrañaría que se rompiese, como en las películas. Con esa mirada podría jurar sin equivocarme que en este momento me odia con toda su alma. Le sonrío.

Alejandro Be suelta un resoplido.

—Bueno, a ver. ¿Vais a hacer que os castigue como si fuerais mi hija de cinco años? Esto es una entrevista de trabajo, al fin y al cabo. Eric, creo que voy a invitarte cortésmente a que te vayas con Bob a ver qué tal está la niña. Así, tal vez podríamos acabar con esto.

A pesar de la barba y los ojos que le dan ese aspecto de psicópata, Alejandro consigue parecer amable al decir eso. Eric suspira y se levanta, igual que Bob. Observo cómo desaparecen los dos por la puerta del salón y me sorprende ver cómo ese hombre consigue empequeñecer hasta la figura estilizada del modelo.

—Bien, así mejor. —Alejandro toma la taza de té, vierte dos sobres enteros de azúcar y luego se echa hacia atrás cruzando las piernas de una forma muy elegante—. Háblame de ti, Valeria.

* * *

—¿Para *Teen Chic*? ¿En qué número?

—Ciento trece. En un artículo sobre botas vaqueras y flecos... No era demasiado chic.

Alejandro se ríe. La verdad es que es bastante agradable hablar con él. Es decir, no es como te imaginas a un diseñador de cierta importancia. Se ríe mucho, a carcajadas, sonríe amablemente cada vez que respondo y, si algo le hace mucha gracia de verdad, da palmadas. Me ha llamado la atención que, mientras que yo sigo con mi té en las manos, frío porque apenas tengo tiempo para beber entre pregunta y pregunta, él ya lleva tres tazas... y no sé si debería preocuparme, por el tema de la teína.

—La *Teen Chic* está muy bien para una chica de quince años sin contactos. Aunque fuera para un artículo sobre flecos.

Llevamos al menos una hora con millones de preguntas, todas de tipo «¿Y dónde has trabajado antes?», «¿Prefieres el modelaje en editoriales o los anuncios comerciales?» y comentarios como «Estoy seguro de que en ABe tenemos el catálogo de modelos de tu agencia, te buscaré», etc. Supongo que son cosas que sabría si se hubiera entrevistado de verdad con Lynda, o a lo mejor simplemente quiere oírlo con mis propias palabras.

—¿Alguna vez has tenido problemas con la comida, algún trastorno alimenticio o has tomado algún medicamento que pudiera propiciarlo? —pregunta de pronto.

Es algo que no esperaba oírle decir, porque no me lo han preguntado ni en las primeras entrevistas, pero supongo que tiene sentido, aunque creía que las grandes marcas hacían como que esas cosas no pasaban en su pequeño y superficial mundo perfecto.

—No. Nunca he tomado nada ni he tenido ningún problema.

A lo mejor todas las modelos contestan lo mismo, pero en mi caso es verdad. La dieta de «tienes veinte euros para gastarte en comida esta semana» no da para superar los cincuenta y pocos kilos, aunque parezcan insuficientes. No puedo picar entre horas, y está claro que no es como si hubiera toneladas de alimentos varios en casa, ni cerveza, refrescos ni nada por el estilo. Estoy a salvo de las calorías. El bienestar del no tener para comer.

—Te veía un poco pequeña para medir uno sesenta y nueve, como dice tu ficha de datos, pero creo que es porque estás encogida. En las fotos sí que estiras la espalda, ¿no?

Lo hago ahora y después asiento.

—Me gusta que estés delgada pero que no se te noten los huesos, de todas formas. No quiero fotos con momias, quiero chicas que parezca que están vivas, así que es un punto a tu favor. ¿Haces algún deporte? Supongo que serás consciente de que estar en forma es importante; probablemente las últimas dos semanas de trabajo te han dado una idea de por qué.

—No hago mucho, la verdad. Camino bastante pero no sé si eso cuenta… Tampoco tengo medios para apuntarme a ninguna otra cosa.

No sé hasta qué punto Be es consciente de mi nivel socioeconómico. Me da la sensación de que estoy tan alejada de él en la escala de clases que ni siquiera sabe que existe un nivel tan bajo. Si me dice que necesito apuntarme a un gimnasio o algo así, a ver qué hago.

—Bueno, no te preocupes, ABe cuenta con instalaciones deportivas. No tienen mucho aforo, así que hay que estar atento para conseguir sitio… Además, algunos días a la semana tenemos profesores de yoga, pilates y *spinning*. Avisaré de que te den la información cuando vayas el próximo día, pídela de mi parte en recepción.

—Vaya, gracias…

—Quería comentarte algo, Valeria. —Alejandro se echa hacia delante para dejar la taza vacía en la mesa, y me pregunto si se tomará la cuarta. En alguna parte leí que cuatro es el número idóneo de tazas de té que recomienda el primer ministro inglés. Sin embargo, no la rellena; me mira fijamente a los ojos, y parece serio—. Mi última pregunta es por qué eres modelo.

Me quedo un momento en blanco. Intento recordar todas esas cosas que, hace tanto tiempo, Raven me obligó a decir para convencer a Lynda. Mentía diciendo que era mi sueño desde pequeña, que me gustaba la moda, que sentía que había nacido para ello… Pero ahora, por alguna razón, decirle todo eso a Alejandro me parece algo horrible, porque sigue sin ser verdad y no creo que sea justo después de haberme invitado a té.

Mi silencio, sorprendentemente, le hace sonreír.

—Lo que me imaginaba. Es magnífico. —Frunzo las cejas, extrañada, y él inclina la cabeza a un lado—. Das la talla para ser modelo, literalmente hablando; a pesar de las muestras de temperamento que acabo de ver aquí por culpa de Eric, la verdad es que te mantienes calmada y paciente esperando tu turno en las sesiones, lo que es muy importante, ya que a nadie le gustan las protagonistas; eres extremadamente fotogénica, pero no solo eso: actúas ante las cámaras como si llevaras posando desde el útero… Y, sin embargo, eres la primera modelo sin vocación que me encuentro. Y eres buena. Actúas como si no te importara lo que pasase con tu trabajo, y esa indiferencia te hace ser realmente brillante.

Abro un poco los ojos y miro hacia otro lado.

—No te avergüences, querida. Era el mejor de mis cumplidos. —Be sonríe amablemente—. En mi opinión, lo único que te falta es motivación. Esto ya se te da bien, pero no lo haces tan bien como podrías. Creo que has caído en el mejor sitio para explotar todo tu potencial de la mejor de las maneras, la verdad.

Oímos un ruido muy fuerte en algún lugar de la casa y nos giramos a la vez. Se oyen pasos en el piso de arriba, más fuertes de lo normal, como si alguien estuviera haciendo una carrera, y Alejandro sube las cejas y se levanta.

—¿Robert? ¿Qué pasa ahí arriba? —grita, mirando al techo.

Más pasos, varias personas correteando ruidosamente por el pasillo. Luego, por las escaleras.

—¡No lo molestes, que está trabajando...!

Y entonces, justo cuando hasta yo me he levantado y Alejandro va para allá como para poner orden, una niña aparece de un salto en la puerta del salón y sonríe enormemente al ver que ha conseguido esquivar a los hombres hechos y derechos que la perseguían por toda la casa.

Tiene el pelo rubio, prácticamente blanco, y sus ojos son grandes y castaños. Le falta una de las dos palas de arriba y un par de pérdidas entre las piezas de abajo, lo que es normal cuando estás en edad de que te visite el Ratoncito Pérez. Esa nariz tan pequeña y redondita... Me resulta extrañamente familiar, tal vez porque es igual que yo. Bueno, no que yo; que Raven. Es como Raven en pequeña, una fotocopia exacta, una niña perfecta calcada de montones de recuerdos.

Alejandro no parece notar nada extraño en la presencia de esa hadita luminosa.

—¿Has huido, pequeñaja?

—Es que quería verte, papá.

20. El nombre de la princesa

Le brillan los ojos mientras habla con él. Abre y cierra la boca, contándole ahora algo que le ha pasado en el cole, pero no oigo nada de lo que dice. Ni siquiera puedo leerle los labios. Me pitan un poco los oídos, como si algo acabara de explotar, y todo lo que veo está a cámara lenta. Robert... El marido de Alejandro se llama Robert...

De repente, los dos me están mirando y Alejandro se dirige a mí.

—¿Valeria? —Sacudo la cabeza para despejarme cuando me toma del brazo—. Esta es mi hija, Melanie, el terremoto que ha interrumpido la entrevista. Saluda.

Mel... anie.

No.

—Ho... hola —digo, aunque soy consciente de que lo de «saluda» se lo decía a ella.

—¿Tú cómo te llamas? —pregunta ella, sonriendo mucho.

Estoy segura de que su padre ha repetido mi nombre más de dos veces.

—Valeria.

Me obligo a sonreírle, aunque sale algo demasiado forzado y antinatural.

—¡Qué nombre más bonito! Es como de princesa. Es la niña más guapa que he visto en mucho tiempo. Puede que en toda mi vida. No es porque sea… no es porque sea mi… Intento tranquilizarme. «Ya has pensado la palabra y lo sabes —me digo—. Es preciosa, independientemente de si es mi sobrina o no». Miro a Alejandro, preguntándome si lo sabrá y si todo esto ha sido una trampa de algún tipo, pero eso no tiene ningún sentido. Es imposible que lo sepa. Me sonríe amablemente y entonces vuelvo a mirar a los increíbles ojos de la niña.

—Gracias, cariño —contesto cuando me doy cuenta de que está esperando a que lo haga—. El tuyo también es muy bonito.

—Pero no me llames Melanie. Es que es muy largo. Me gusta más Mel.

—Vale, Mel.

Mel, Mel, Mel.

MEL.

La niña sonríe y vuelve a centrar la atención en su padre. Yo me pongo a pestañear como una loca para que nadie note que me he emocionado; aún tengo la cabeza un poco embotada, por eso decido mirar a cualquier otro punto de la habitación que no sea esa niña rubia y angelical que se llama Melanie.

Necesito echarme a llorar. Lo necesito desesperadamente. Ahora mismo mi cabeza es como el interior de una batidora.

En la puerta, al otro lado pero un poco en las sombras,

están Eric y Robert. El pelopincho brillante mira a su jefe y a la niña con una sonrisa en la cara, como si le hiciera gracia la conversación que están manteniendo. Robert —Robert Sullivan—, sin embargo, tiene los ojos clavados en mí.

*   *   *

Tenía que salir de allí, aunque no sé cómo lo he hecho. La despedida ha sido rápida. He rechazado el coche en el que hemos venido Eric y yo desde el estudio. El muy idiota me ha preguntado en el ascensor qué me pasaba, si tenía alergia a los niños o algo así; he tenido que contar tres veces hasta diez para no contestarle. Estamos en el corazón de la ciudad, lo que deja mi casa a unas dos horas y pico andando, pero no importa. No podía subir allí con él, luchar por aguantarlo y arriesgarme a acabar llorando y que me viera.

Curiosamente, no puedo llorar cuando empiezo a caminar hacia mi casa; solo me queda la angustia al salir del edificio, esa sensación de que una garra gigante me aprieta el pecho y no quiere que vuelva a rellenar mis pulmones. El vestido, por cierto, no ayuda. Quiero llorar, me esfuerzo en intentarlo, porque siento que tengo que hacerlo o acabaré no respirando.

Vuelvo preguntándoles a desconocidos el camino hacia el norte y, cuando me voy acercando, pregunto si saben dónde está el orfanato. Los que me contestan, si lo hacen, ponen caras intranquilas y me preguntan si estoy bien. Siempre respondo que sí, y entonces ellos preguntan: «¿Seguro?», y tengo que asentir hasta tres veces para creérmelo yo. A medida que me aproximo consigo sonar más y más convincente; las últimas veces nadie me interroga, y no sé si es porque he conseguido mantenerme entera o porque por esta zona la gente tiene tantos problemas que no hay espacio para preocuparse por los de los demás.

Cuando veo que he llegado a la calle de Simon, la congoja vuelve y acelero el paso. Me duelen bastante los pies por culpa de las manoletinas que me he puesto, y tengo muchísimo frío porque, de nuevo, contaba con que me trajeran de vuelta y no quería cargar con una chaqueta (que es la razón por la que tampoco tengo tarjeta de transportes).

Recorro los metros que me separan del orfanato medio cojeando. Todavía no es demasiado tarde, solo son las cinco y media y no puedo creerme que haya llegado antes de que se lleven a todos los críos adentro después del recreo.

—¡Simon!

Prácticamente me lanzo contra la valla. Necesito algo a lo que agarrarme. Su figura resalta notablemente entre el resto, y verlo tan alto me recuerda a Robert Sullivan y a Alejandro Be y se me forma un nudo en la garganta. Él se gira hacia la valla y abre mucho los ojos al verme. Luego le dice algo a una mujer que, junto a él, intenta manejar a todos los niños y ella me echa un vistazo y luego asiente y se encoge de hombros.

Cuando llega me está mirando la ropa, los pies y el pelo. Debe de extrañarle, y es normal. Pone las manos encima de las mías, enganchadas a la valla, y aunque no he llorado, algo raro debo de tener, porque él lo nota.

—¿Qué ha pasado? ¿Estás bien? Estás temblando.

¿Estoy temblando?

—Simon, la he… la he encontrado.

—¿Qué has encontrado?

—Hoy tenía la entrevista de trabajo con el diseñador y he... he encontrado a Mel. A la hija de mi hermana.

—¡¿Qué?!

Pienso en esa cara tan bonita, en su sonrisa de dientes ausentes, en su pelo rubio y largo. Era preciosa. Era tan preciosa como Rachel.

Cierro los ojos con fuerza y apoyo la frente en el metal, pero la imagen no se borra.

—¿Lo dices en serio? ¿De verdad la has encontrado? —No contesto, pero creo que no le hace falta una respuesta—. ¿Cómo? ¿Cómo sabías que era ella?

—Se llama Melanie y es absolutamente igual que mi hermana. Era... Era ella.

—¿Qué hacía allí? —repite.

—Te lo he dicho, la entrevista. Era hoy. —El corazón me late rápido, miro al suelo—. Es la hija de mi jefe.

—¿El diseñador?

—Sí.

Oigo que Simon suspira.

¿Qué se supone que va a pasar ahora? ¿Se termina el juego, he acabado mi misión, me vuelvo a casa? Supuestamente, he descubierto todo lo que quería saber: que la hija de Raven está bien, que el esfuerzo valió la pena, que ahora vive en una casa alucinante con unos padres con trabajos estables y mucho dinero. Son buenas personas. Lo he visto. Y está claro que la quieren; antes y durante la entrevista con Be, su hija salió más de una vez en la conversación. Hablaban de acostarla, atenderla, jugar con ella. Quieren a la niña. Antes de irnos, Alejandro la ha tomado en brazos y le ha dado un beso mientras ella se despedía de mí sacudiendo su manita.

—¿Cómo estás?

Estoy en blanco, así estoy.

—No lo sé.

—Dame un par de minutos para salir, que casi ha acabado mi turno. Espérame en la puerta y hablamos, ¿te parece?

La mujer llama a Simon a voces para que vuelva porque ella sola no puede con los niños. La sonrisa de Simon es tan rápida y dulce como la caricia que me dedica antes de soltarse.

* * *

Simon me ha dejado su chaqueta cuando se ha dado cuenta del frío que tengo, y ahora el que se está congelando es él.

No me había dado cuenta de que tenía un olor característico hasta que me he puesto su ropa y he pensado: «Oh, si huele a él».

—¿Se lo vas a contar a Raven?

Estoy mirándole los pies, que tiene apoyados un par de escalones más abajo que los míos. Estamos en la entrada principal del orfanato e intento pegarme lo máximo que puedo para contagiarle un poco de calor, aunque me da la sensación de que se aparta.

—No lo sé. No. No creo que deba hacerlo.

—¿Por qué no?

—¿Recuerdas cuando te dije que no quería que la buscaras? No era por mí. Era porque ella no quería ni oír mentar a la niña. Se alteró muchísimo cuando se lo pregunté.

—Por eso habías llorado aquel día.

—Claro.

Simon me toca el brazo y le dedico una sonrisa.

—¿Cómo es?

—Es igual que ella. Pero no puedes imaginarte hasta qué punto. Es como si miraras una foto de Raven de pequeña.

—¿Y te lo vas a guardar?

—No me lo guardo, lo he compartido contigo.

Eso le hace sonreír, y verlo hace que se me remueva algo en el pecho.

—Si eso te parece suficiente...

—De sobra. No se lo puedo decir a mi hermana, y está claro que a Be tampoco. Pero si tú... si a ti no te importa...

—Vale.

Recuerdo la balanza entre nosotros: cuando yo solo puedo rayarme como un disco, caminar de un lado a otro y retorcer las manos, él consigue mantenerse sereno y calmar la situación. El equilibrio perfecto. Me he dado cuenta de que así funciona(mos), y me gusta, porque me tranquiliza por dentro de una manera que no me esperaba.

—Gracias. Gracias por todo, Simon —repito—, de verdad.

Oigo su respiración. La luz ahora es más tenue, porque poco a poco los días duran mucho menos. Apoya su cabeza contra la mía y pienso que probablemente sea la primera vez que nos tocamos... aunque, por supuesto, hay muchas capas de ropa entre nosotros y realmente no nos estamos tocando.

—No te preocupes —contesta él en voz baja, como si estuviera pensando eso mismo también.

21. Samsa

Para compensar la última multa que Raven se ganó por ir medio desnuda por la calle, lo cual pasó la semana pasada, aunque yo me he enterado hoy por la carta que ha llegado al motel, me he puesto un jersey de cuello alto y los pantalones más anchos que he encontrado en mi armario, unos de chándal grises que no usaba desde el instituto. Estoy sentada en uno de los tres asientos de plástico de uno de los bancos de la sala de espera del ayuntamiento. Tengo los brazos cruzados y un libro en las manos: *La metamorfosis*, de Franz Kafka. Hay que decir que, comparado con el glamur y la luminosidad de las fiestas del señor Gatsby, leerlo es como meter la cabeza en una madriguera, pero aun así me gusta. Además, no podría leer otra cosa ahora mismo. El ambiente oscuro de la Alemania de 1915 encaja a la perfección con mi estado de ánimo cuando tengo que venir con Raven a pagar una multa para asegurarme de que cumple con todo el papeleo a tiempo.

Eso sí, lleva ahí dentro más de media hora y ya me canso de esperar.

Miro de reojo por la ventana que está a mi derecha. Al otro lado de esta calle está la comisaría B, donde trabaja el padre de Simon. He de reconocer que me he puesto su chaqueta porque pensé que podría cruzármelo al venir aquí, y después de una semana ya es hora de devolvérsela, pero ahora pienso que no quiero avergonzarlo si alguien me ve con su ropa y la reconoce. Además, no quiero deshacerme de ella antes de que pierda todo su olor. ¿Es eso raro? La verdad es que en mi cabeza suena hasta siniestro, pero no puedo evitarlo; supongo que mientras no lo diga en alto, no quedaré como una rarita y él no pensará que estoy loca...

Un hombre grande entra en mi campo de visión y levanto los ojos. La verdad es que nunca pensé que me sorprendería tan gratamente el ver esa papada bailona. Estiro la espalda y, al parecer, mi bote en la silla es tan exagerado que basta para llamar su atención.

También parece sorprendido, pero luego me mira de arriba abajo y sonríe.

—Hombre, rubita, ¿cómo tú por aquí?

—Cuando me aburro en casa vengo a sitios así para pasar el rato. —Sorprendentemente, después de eso le sonrío, y me sale de forma espontánea.

—Es una multa, ¿verdad? Tú eras la hermana de la... eh...

—Vale, retiro lo dicho. Pongo los ojos en blanco y frunzo un poco el ceño, y eso, por suerte, lo corta—. Bueno, da igual. Pero qué curioso, creía que últimamente estabas todo el día con ese granujilla de Simon. Es lo que dice su padre, al menos.

—¿Que yo digo qué? —Un hombre bajo y musculoso entra y reconozco la cara amable de ojos azules de la última vez. El jefe de policía sonríe, pero eso solo consigue ponerme nerviosa.

¿Qué hace el padre de Simon aquí? Mierda. Inmediatamente pienso en Raven, en que lleva millones de años ahí dentro y que puede volver en cualquier momento, lo que significa que él la verá, y al verla es probable que recuerde lo que el bocazas de Duncan dijo de ella…

Y no sé qué voy a hacer si el padre de Simon se da cuenta de que soy la chica que queda siempre con su hijo y empieza a mirarme como… bueno, como si fuera como Raven.

No sería capaz de prohibirme verlo o algo así, ¿no?

—Anda, hola —dice con un tono alegre, algo sorprendido, al clavar los ojos en mí—. Tú eres… ¿cómo te llamabas? Eres la amiga de Simon, me acuerdo. Viniste a casa un día. Habla de ti constantemente, te llamas… Espera, lo sé…

—Valeria. Valeria Miles. He venido…

—¡Valeria, exacto! Lo sabía, de verdad. Lo siento, soy un negado para los nombres… —Sonríe amablemente—. Qué casualidad que estés aquí, porque quería hablar contigo.

—¿Conmigo?

No, no, mierdamierdamierdamierda.

Abro la boca para explicarle que yo soy buena y que me gusta estar con Simon porque él me hace mejor y que no le haría nada ni pretendo ser una mala influencia para él, pero no puedo. Miro a la puerta de dentro y luego discretamente a la que va a la calle.

—Solo va a ser un momento —insiste con esa expresión amable.

Trago saliva y asiento sin mirarlo. ¿Me va a preguntar por

ella? ¿Me va a decir que no quiere que la hermana de una prostituta se junte con su hijo, es eso?

Duncan se va y el jefe se acomoda en el primer asiento del banco. Yo me quedo en el segundo, nerviosa.

—Estás aquí por tu hermana, ¿verdad?

Ahí está. Eso era.

Me encojo de hombros intentando parecer indiferente y él asiente como si fuera la respuesta que esperaba.

—La hemos visto ahí dentro. Parece que Duncan la ha reconocido de un par de veces. —Maldito Duncan. Y maldita Raven por ser tan despampanante y atraer la atención de todos los hombres con los que se cruza, eso también—. Valeria, ¿cómo es que una chica tan joven tiene que venir a encargarse de transacciones como estas con su hermana?

Porque la tarjeta es mía. Está a su nombre, porque soy menor y eso en el banco no puede ocultarse, pero el dinero que contiene es mío y tengo que vigilarla para que no le dé por hacer tonterías.

—Bueno... para eso están las hermanas, ¿no? Para lo bueno y para lo malo. Quería acompañarla. —Es gracioso, porque lo que acabo de decir salió de la boca de Simon un día.

Él asiente y sonríe. Tiene una cara increíblemente amable para ser un «brutal agente de la ley», como llama Raven a todos los policías. Sin embargo, no puedo seguir mirando esos ojos azules tan buenos, porque el carnet que traigo «por si acaso» me quema en el pantalón y ni siquiera yo puedo creerme las cosas que a veces tengo que hacer por Raven.

—Aunque no quería hablarte de eso; quería hacerlo de Simon. Sé que... bueno, sé que habéis estado viéndoos.

—Me pongo tensa y lo miro, seria—. No sé lo que le has hecho…

—Yo no le he hecho nada —me apresuro a contestar.

Sonríe de nuevo.

—No estaba diciendo que hubieras hecho algo malo, tranquila. Solo quería decirte que está más animado desde que te conoce. Tuvo un par de desengaños el año pasado, y bueno… ya no se pasa el día cantando baladas deprimentes, así que gracias.

—Ah. —«Está más animado.» ¿Por mí?

—Creo que sois un poco mayores como para que diga esto, pero me alegro de que haya hecho una amiga, Valeria. Gracias por ayudarlo.

Lo miro sin pestañear. Se está equivocando de cabo a rabo. ¿Ayudarlo? ¿Yo a él? ¿Cuándo ha pasado eso? ¿No sabe que todo va al revés, que yo soy la que he sido ayudada y la que ha mejorado desde que lo conoce? No debería estar dándome las gracias a mí, sino yendo a hablar con su hijo y felicitándolo por haber sacado a alguien de un pozo.

—Yo no he… yo no he hecho nada.

—A lo mejor no te has dado cuenta, y está claro que, conociendo a mi hijo, él no te lo dirá. Pero créeme, no te lo diría si no fuera cierto. En serio.

El brillo de los ojos del padre de Simon se parece misteriosamente al de los suyos y supongo que al fin y al cabo la pasión y la bondad no son cosas que tengan tanto que ver con la genética.

Asiento despacio, aún no demasiado convencida, porque no creo que nadie pueda animar a alguien si no es capaz de animarse a sí mismo primero, así que supongo que las cosas han ido justo al revés de lo que él se piensa. No me molesto en corregirlo.

Unos segundos después, Raven sale con auténticos pasos de supermodelo. Lleva unas botas de tacón hasta el muslo, unos pantalones muy muy cortos y un top que sustituye su sujetador y le tapa lo justo y necesario. Creo que es la primera vez en mi vida que siento auténtica vergüenza porque alguien vea a mi hermana y nos relacione.

El jefe arquea las cejas.

—No es por nada, hija, pero tienes cara de venir mucho por aquí.

Raven sonríe como si eso hubiera sido un cumplido y se cruza de brazos, con lo que solo consigue que hasta yo tenga que hacer verdaderos esfuerzos para apartar los ojos de sus tetas. Agacho la cabeza, abochornada.

—¿Está intentando ligar conmigo, agente?

El padre de Simon ignora el comentario y clava sus ojos azules en mí. Me pone una mano en el hombro, un gesto que no puedo negar que me sorprende, y luego sonríe.

—Buena suerte, Valeria. Espero verte otro día, aunque en otras circunstancias.

Raven lo mira mientras se va. Luego lo señala con el pulgar y se inclina en mi dirección.

—¿De qué iba eso?

—De nada. Vámonos.

* * *

Esa noche sueño que Raven es una cucaracha gigante. Raven es Gregor Samsa, Rachel Samsa, pero la diferencia con

211

La metamorfosis es que ella no intenta salir de una habitación, sino entrar. En la mía. Tengo la puerta cerrada y trato de alejarme lo máximo posible de la entrada, subida en la cama, tapándome los oídos, con los ojos cerrados y gritando. Ella da golpes, tres cada vez, y su voz me llama, «Valeria, Valeria, Valeria», pidiéndome que la deje volver. Y yo querría hacerlo, de verdad que sí, pero sé que no es Rachel, ni siquiera Raven, que solo es una cucaracha gigante con diminutos ojillos negros, saliva oscura y malas intenciones. Si salgo, me morderá. Si salgo, me contagiará y seré como ella.

Tres golpes más, aunque esta vez sí que consigue tirar la puerta.

Al otro lado aparece mi hermana con las botas de tacón y sin sujetador diciendo: «¿Está intentando ligar conmigo, agente?». Detrás de una de las botas se asoma la cabecita rubia de ojos castaños y boca desdentada.

Cuando me despierto empapada en sudor y con el corazón acelerado, no hay ningún bicho gigante. Raven no está, salió en cuanto llegamos a casa. Creo que tenía turno en el bar. Las imágenes de la pesadilla aún bailan ante mis ojos, y la mirada negra del animal se solapa con la de la niña que se escondía tras mi hermana.

Después de darme una ducha rápida, cuando me miro en el espejo solo sé una cosa: si algún día la cucaracha conoce a la princesa, no será así. No mientras siga siendo un monstruo.

22. Guarda esta flor

La peluquera termina de hacerme la trenza y enseguida llega una maquilladora que empieza a echarme potingues por la cara como si no hubiera un mañana. Aprieto los labios y cierro los ojos y, cuando me quita un par de pelos de la ceja, suelto un quejido. Chista, despego los párpados y ella me aplica un corrector de ojeras para ocultar lo poco que he dormido hoy.

—¿Qué te pasa, Val? Estás un poco como drogada.

Miro a Eric a través del espejo, pero no tengo fuerzas ni para parecer enfadada.

—Incluso drogada seguiría odiando que me llames Val, así que, por favor, para.

Él levanta las cejas y entiendo perfectamente que lo haga. ¿Ya está, eso es todo lo que eres capaz de contestarle?, pienso. ¿Es este todo el ingenio y la acidez que soy capaz de demostrar hoy? Sé que llevo todo el día hecha un trapo, pero, aun así, las riñas con Eric son de las pocas cosas que me permiten renovar mi energía sarcástica cada día y no entiendo a qué ha venido esa respuesta.

Se lleva una mano a la boca de manera teatral.

—Oye, ¿estás bien? Llevas un día rarísimo. Estás superpálida y, además, no me has llamado gilipollas ni una sola vez. Ni siquiera ahora. —Hace una mueca—. ¿Debería preocuparme?

En vez de poner los ojos en blanco, sonrío un poco, porque parece mucho más fácil. La maquilladora que está concentrada en mi cara, sin embargo, suelta un gruñido.

—Eric, no le hables. Intento que esté guapa, y si se ríe no me dejas.

—Está guapa sin tanto maquillaje. Te estás pasando con lo de resaltar sus pómulos, ¿no crees, Amelia?

—Cállate —contesta ella—. Alejandro quiere rostros angulosos y ojos redondeados, y eso es lo que estoy haciendo. ¿Tienes que criticar siempre mi trabajo? Mientras estás poniendo morritos yo no voy a decirte que pareces una *drag-queen*.

—Bueno, pero sería tu *drag-queen*. —Eric le guiña un ojo y ella suelta un suspiro de frustración.

—Ah, déjame en paz.

—No, pero ahora en serio, has convertido en un árbol de Navidad a Val... eria.

—Oh, has podido decirlo entero sin lesionarte la lengua, felicidades —me burlo, sonriendo otra vez.

—Cállate, Valeria, no muevas la boca.

—Qué agresiva —dice Eric con un tono simpático.

Es bastante extraño que pase esto, pero a la vez tiene su lado divertido. Me fijo en el espejo para ver qué hace Amelia y me sorprendo cuando veo que no se diferencia demasiado del maquillaje que podría ponerme yo un día normal.

—¿Puedes explicarme cómo es que estás tardando tanto cuando en mi casa me maquillo en cinco minutos? —protesto.

—Que te calles. Esto es arte, no una chapuza de barrio-bajera, ¿sabes? Saca los labios, hazme el favor. ¿Siempre los tienes tan cortados?

—¿Acabas de llamarla barriobajera en su cara?

Por su expresión, diría que Amelia la maquilladora está a punto de matarlo, aunque está claro que Eric lo ha hecho aposta. Lleva así todo el rato. Parece realmente divertido con sus reacciones, como si fuera un niño pequeño y solo quisiera chincharla. En mi cabeza empieza a sonar el típico «los que se pelean se desean» que canturreábamos en el cole cuando éramos pequeños, pero, sea lo que sea lo que pase en realidad entre estos dos, me alegro de que «me defienda» cuando yo no puedo hablar, aunque sea parte de un intento de cortejo extraño.

Ella, por supuesto, no se corta un pelo al contestar.

—Creo que voy a llamar a alguien para que te retoque las cejas con las pinzas, ¿sabes? Las tienes un poco... ¿cómo te diría...? Salvajes.

«Golpe bajo», pienso. Esto es tan entretenido como ver un partido de tenis. Ahora, él entrecierra los ojos.

—Vale, pues yo voy a decirle a Alejandro que estás usando base de la marca blanca que venden en el supermercado. Ya verás qué gracia le hace.

Con un suspiro y un gesto agotado con los brazos, Amelia la maquilladora se rinde, deja todas las cosas en la mesa de mala manera y se va del camerino dando un portazo a su espalda. Eric ha ganado, pero no parece especialmente contento por la forma en que mira la puerta y luego, con un suspiro, vuelve a centrarse en su imagen en el espejo. Por suerte, a Amelia le ha dado tiempo a «resaltar mis pó-

215

mulos» y a «redondear mis ojos» de una forma más que decente.

Giro la cara hacia él, sonriendo. He de reconocer que eso ha sido gracioso.

—¿Soy yo, o estás más majo que otros días? ¿Es que ella te pone de buen humor?

Él también sonríe.

—Qué va, es por ti. Es porque hoy no parece que tienes un palo metido por el culo. Cuando te tranquilizas, el mundo se tranquiliza contigo.

Y luego me llaman barriobajera a mí, hay que ver.

—No, creo que definitivamente hoy estás más simpático que otros días. Tal vez deberías ir a que te lo miraran, o poner una solicitud para que Amelia se pasara por aquí más veces.

Se ríe y sacude la cabeza y su pelo de punta.

—Idiota. Tú tampoco eres tan horrible, supongo. —Se echa hacia delante para mirarse más de cerca en el espejo—. ¿Crees que necesito que me retoquen las cejas?

—Tienes unas cejas bonitas.

Él se da la vuelta y me mira con expresión sorprendida, pero no lo he dicho yo. Levanto las manos y sacudo la cabeza antes de darme la vuelta para ver de dónde ha salido esa voz aguda e infantil. Es raro, porque desde que ha salido Amelia no hemos oído entrar a nadie.

La niña de Alejandro —de Rachel— está ahí y me da un vuelco el corazón. Su sonrisita desdentada es lo único que veo en un primer momento. El asombroso parecido me ha sorprendido otra vez, pero es que es inevitable.

—Anda, Mel, mocosa. —Eric sonríe cuando la ve—. ¿Qué haces aquí?

Ella vuelve sus ojitos, que habían estado mirándome, hacia él.

—He venido con papá. No me deja quedarme sola en casa.

—Con razón, serías capaz de montar un caos tremendo.

—A pesar de la acusación, hay mucho cariño en las palabras de Eric—. ¿Qué le ha pasado a Bob?

—Tenía una reunión de mayores. Por eso he venido a ver los vestidos de hadas.

Y tan de hadas, pienso. La colección que Be se pasó meses terminando está compuesta de piezas de telas suaves y ligeras, sobre todo faldas y vestidos ajustados en el pecho que llegan a las rodillas. Algunos conjuntos se parecen al vestido de Campanilla en la versión de *Peter Pan* de Disney que tantas veces vi de pequeña. Todos son diferentes, claro, y luego también está lo que llevan Eric y el resto de los chicos (que yo describiría como de Niño Perdido). En conjunto parece que vamos disfrazados de bosque encantado.

—Estoy segura de que te van a gustar, Mel —dice Eric dulcemente.

La niña abre mucho los ojos y luego sonríe, como si eso fuera lo único que necesitaba que le dijera. Tiene una cara preciosa. No puedo dejar de pensarlo, ni de mirarla. Va a empezar a parecer hasta raro.

—Chicos, ¿no habréis visto por aquí a...? Oh. —Una chica con unos enormes cascos en las orejas y una carpeta en los brazos se queda parada en la puerta y, al ver a la niña, parece aliviada—. Ah, vale, genial, aquí está. —Se acerca a ella y extiende la mano libre para que se la coja—. Venga, vamos, nena, antes de que tu padre se ponga más de los nervios.

—No quiero ir contigo… —Mel hace un pucherito, y sí, eso es suficiente para que mi corazón se derrita.

—Puede quedarse aquí si quieres —salto, intentando parecer convincente.

—No, Alejandro la quiere donde pueda echarle un vistazo de vez en cuando. Además —nos mira de arriba abajo—, a vosotros también estaba llamándoos. ¿Estáis listos? Creo que os toca en breve. Los demás ya están esperando a que acaben de ajustar los focos.

La sala de fotografías parece un bosque cuando entramos, y no solo por el croma, sino por el estrafalario decorado que hay por todas partes. Esta vez, Alejandro se ha esmerado en exprimir el presupuesto hasta el último detalle. Dan ganas de acercarse a él y decirle que estás orgulloso de lo que ha conseguido. Se nota bastante la de tiempo que ha dedicado a ver películas de dibujos animados y animalitos salvajes con Mel, pero supongo que los encierros creativos funcionan así: sacas la inspiración de donde sea, aprovechas para pasar el tiempo con una hija y dejas que ella te ayude un poco a diseñar.

La técnica nos lleva junto a Be, que levanta la vista solo un segundo y, cuando comprueba que Mel está con ella, vuelve a revisar unas notas. Me giro para mirar a Eric en ese momento, pero él se ha ido a hablar con el resto de los chicos (seguramente, para preguntarles lo que piensan de sus cejas).

—Alejandro… —dice la chica con tono algo cansado.

—Un momento, cielo.

—No, Alejandro. No puedo quedarme con la niña, entiéndeme. —Ella se cruza de brazos, aun con la carpeta, pero él no levanta la vista de lo que quiera que esté haciendo sobre el papel. Después de unos segundos, insiste–. ¿Me estás escuchando? ¡Alejandro!

–Espera un segundo, cariño, ahora no puedo.

Miro a Mel y ella levanta la cabeza para devolverme la mirada. Se encoge de hombros como si dijera «no tiene remedio, pero a mí me da igual» y yo sonrío un poco.

–Mira, me voy –dice finalmente la chica, suspirando como si acabase de escapársele lo que le quedaba de paciencia–. Lo siento, pero no puedo hacer de canguro.

Cuando ella empieza a alejarse, Be se da la vuelta y pone una mueca triste.

–Pero ¿adónde vas, mujer?

–Tengo que trabajar, Alejandro, lo siento. Si quieres una niñera, contrátala.

Be deja caer los brazos, desolado, y un segundo después empieza a mesarse la barba de forma nerviosa y mira a los lados con impaciencia. Los preparativos están casi listos y, aunque todos están más o menos tranquilos charlando, se nota que el murmullo va creciendo a medida que el tiempo pasa.

Al verlo tan agobiado, la voz se me escapa sin querer.

–¿Quieres que me quede yo con ella mientras espero mi turno? –Me muerdo el labio al decirlo, sobre todo cuando él se gira y me mira como si no me hubiera visto allí antes–. No me importa.

Tiene una ceja tan arqueada que no puedo evitar recordar una foto de Dalí que vi en un cartel de una exposición en su honor hace unos meses, cuando la trajeron a la ciudad.

–¿Lo dices en serio? ¿Lo harías? –Sus ojos azules se abren mucho y empiezan a brillar como lo han hecho los de su hija hace un rato. Luego sonríe, aunque con tanto vello facial casi ni se nota.

—Sí, claro, sin problema. —Miro hacia abajo. La boca de Mel tiene forma de O.

—¡¿De verdad?! —exclama, emocionada.

—Que sí. —Sonrío.

—¿Y puedes pintarme los ojos como los llevas tú?

—Eh, nada de maquillaje hasta los dieciséis, jovencita. —Alejandro vuelve a mirarme y me agarra de las manos en un gesto muy repentino—. ¡Muchas muchas gracias, Valeria! Me has salvado la jornada, de verdad. Te llamaré cuando te toque.

Y entonces se va corriendo con la capa a lo Drácula que lleva hoy al viento y todas las notas que estaba tomando en los brazos, saltando de un lado a otro entre la gente que trabaja en la sesión. Con un saltito, Melanie se pone a mi lado y me agarra de una mano.

—¿Y peinarme? ¿Puedes peinarme?

—¿Quieres que te haga una trenza como la que llevo yo?

—¡Sí, sí, ay! ¡Vamos, corre!

Mel me sigue cuando vamos a los camerinos a por gomas y horquillas, volvemos y hasta cuando les pregunto a unos técnicos dónde podemos ponernos para no molestar. Nos quedamos en una esquina, al fondo, y le trenzo el pelo rubio y brillante. No tarda ni dos minutos en empezar a contarme que acaba de entrar en el cole de los mayores y que es la más lista de su clase porque es la que tiene la letra más bonita y la que mejor lee. Cuando acabo la trenza, voy corriendo a buscar un folio y un boli y le pido que me escriba algo. Llena la hoja de «melanies», «balerias» (luego le digo que es con uve y lo corrige) y «papás». Yo dibujo caras sonrientes y flores, y ella dice que le gustan las que llevo en el pelo. En realidad no son flores de verdad, son horquillas diseñadas de la colección. Como supongo que no pasará nada porque falte una, me la quito y se la pongo junto a la oreja para retirarle un poco el flequillo de la cara. Se pone tan contenta que empieza a dar palmas, y yo no puedo dejar de sonreír.

Cuando levanto la cabeza, un buen rato después, veo a Be muy cerca de nosotras pasando la vista de la una a la otra y con una expresión que no sabría definir muy bien, aunque lo que hay en su cara es una sonrisa. Por muy sorprendido que parezca, también se lo ve encantado, y supongo que eso es bueno.

—Hola —saluda cuando se da cuenta de que lo he visto.

—¡Papá! ¿Has visto mi pelo? ¿A que es chuli? ¡Yo también soy un hada!

—Tú eres la princesa de las hadas, cielo. —El tono y la expresión de cariño de Alejandro me pinchan en el pecho y tengo que apartar los ojos de ellos porque, por alguna razón, no lo soporto.

—¿Vas a sacarme fotos a mí también, papá?

—Puede que luego. Valeria, ¿vienes? Te toca ya.

Me pongo de pie y compruebo que tengo bien el vestido. Luego miro a Mel.

—Después te veo, ¿vale? —le digo, dándole una leve palmadita en la cabeza. Ella me sonríe y, de nuevo, me contagia el buen humor que parece irradiar por cada uno de sus poros.

Esa sensación me dura durante toda la sesión y, al final, tengo que reconocer que he estado mejor que nunca.

*   *   *

Cuando estoy a punto de irme, Alejandro aparece en el pasillo y da un silbido para llamar mi atención. Me giro y espero con el abrigo a medio abrochar hasta que llega a mi altura.

—¿Pasa algo? —Miro detrás de él, pero no hay nadie—. ¿Y Mel?

Me dedica una sonrisa sincera.

—Se ha quedado dormida, debe de estar agotada de todo el día. Quería darte las gracias por haberle echado un ojo hoy, Valeria.

—No ha sido nada.

—Soy muy consciente de que te has quedado tiempo extra aquí.

Aunque me está mirando fijamente como si eso hubiera sido algo malo y debiera confesar un crimen, yo consigo aparentar indiferencia y tan solo me encojo de hombros. Al cabo de unos segundos sonríe de nuevo, esta vez como si eso le hubiera hecho gracia, y luego sacude la cabeza.

—Bueno, da igual. Quería darte una cosa como agradecimiento. Toma, guárdalo. —Me agarra de una mano y me pone algo dentro. Cuando la abro veo que es la horquilla de la flor, la que le he colocado antes a Mel en el pelo.

—Pero ¿no forma parte de la colección? —pregunto, sorprendida.

—Soy el jefe y la he diseñado yo mismo, así que creo que no tendrás problemas quedándotela.

Sonrío, agradecida.

—¿Por qué me la das?

Ahora es él quien se encoge de hombros.

—Simplemente me apetecía. Guárdala.

Nos quedamos unos segundos en silencio, mirándonos. Hay algo extraño en él hoy. No malo, simplemente diferente. Le sonrío y él también a mí.

—Vale. Gracias, Alejandro.

23. ¿Cuántas veces te has dado la vuelta y ahí estaba?

Un día, Simon sacó un rotulador del bolsillo de su chaqueta, me agarró una mano y me apuntó su teléfono en ella. Le pregunté si no iba a invitarme a cenar antes, y él me dijo (todo rojo) que era por si alguna vez quería hablar con él. Eso fue hace tiempo. Al llegar a casa, apunté el número en mi móvil y también en un pósit que pegué en la puerta del armario por si acaso. Esa sucesión de números me pareció importante y, cada noche cuando me acuesto y cada mañana cuando voy a vestirme, veo el cuadrado amarillo sobre la madera oscura y pienso en Simon. Le he llamado ya muchas veces desde entonces, sí; me gusta el modo en que suena el teléfono antes de que él descuelgue y diga: «*Allô?*, aquí Simon». Pero es distinto llamarle a saber que puedo llamarle en cualquier momento, porque lo segundo implica un nivel de relación que en cierta manera me embarga y que no pensé que llegaría a tener con alguien.

Rozo el papel con los dedos y aprieto con fuerza en la parte del pegamento para que no se caiga. Luego abro la puerta del armario y busco algo decente con lo que salir a la calle.

Siendo sincera, lo echo de menos, aunque en realidad no llevamos mucho tiempo sin hablar. Me gusta cuando quedamos porque puedo contarle todo lo que me pasa, las cosas buenas e incluso protestar por las malas, y él poco a poco también empieza a dejar de escuchar y participar en la conversación. Cuando no estoy con él, es como si recopilara montones de información para más tarde contárselo todo, y es agradable ver cómo sonríe y parece acompasar sus movimientos en la tienda con el sonido de mi voz.

El único problema es que, desde que tengo un amigo, el dinero de mi teléfono parece volar como si lo tirara por la alcantarilla. Ahora, cuando intento llamarle mientras busco unos pantalones lo suficientemente calentitos como para que no se me hielen las piernas, una voz mecánica me dice que no tengo saldo suficiente.

Busco en los últimos abrigos que he llevado y en mi mochila a ver si tengo algo suelto, pero no hay nada, y tampoco en ningún cajón, bolsillo o escondite. Cero euros, lo que solo me deja una última opción a la que recurrir.

—Raven, ¿me dejas dinero? Tengo que recargar el saldo.

—¿Otra vez? —contesta, aunque no parece prestarme especial atención.

—¿Cómo que otra vez? Pero si hace como siglos desde la última. Venga, que necesito el teléfono en activo ahora.

—¿Para qué?

—Para practicar tiro al blanco con él mientras vibra, Raven, ¿a ti qué te parece?

Ni se inmuta. No ha apartado los ojos de la ventana desde que he entrado. Está sentada con los codos apoyados en la mesa de la cocina y se muerde el pulgar como si estuviera pensando en algo. Ni siquiera creo que haya notado mi sarcasmo. Ni siquiera creo que sepa que la ceniza de su cigarro es tan larga que se está deshaciendo sobre el plato de comida que tiene delante y aún no ha tocado.

—¿Vas a gastar tu dinero en llamar a tu novio cuando es bastante posible que te asomes a la calle y te lo encuentres esperándote? —pregunta con voz suave, los ojos perdidos y una ligera sonrisa momentánea que solo se esboza en sus labios lo suficiente como para que yo pueda verla.

—Simon no es mi novio.

—Ya, pero mira cómo sabías de quién te estaba hablando.

No se mueve al decir eso. Tampoco pestañea. No hay emoción en sus palabras, pero aun así está poniendo cierto esfuerzo en ellas para sacarme de quicio.

—Raven, solo necesito diez pavos —insisto—. Te pediría menos si pudiera, pero es que es el mínimo para la recarga y a mí no me queda suelto.

—Hay que guardar para emergencias, Val.

—¿Estás de coña? Estoy segura de que ese sujetador que llevas es nuevo. ¿Le has quitado la etiqueta ya o aún la llevas colgando? ¿Cuánto te ha costado, treinta pavos?

—Estaba de oferta.

—Venga ya. Además, te gastas unos cinco euros al día en tabaco, y últimamente siempre acabas tirando la mitad de las colillas sin ni siquiera habértelo fumado. Mira tu mano. ¿Eso es una emergencia?

Por fin, pestañea. Sus ojos permanecen cerrados unos segundos, supongo que porque ha estado mirando demasiado tiempo a la luz de la ventana. Cuando vuelve a abrirlos, suelta el cigarro y baja la mano antes de mirarme.

—Supongo que puedo reservarme el derecho a negarme, ¿no? A fin de cuentas, yo soy quien manda en esta familia, y si no quiero darte...

—Esto no es una familia —corto, seca—. Las familias no son así. Las familias son como Mel y Robert y Alejandro, son padres cuidando de sus hijas e inspirándose en ellas, son como el jefe de policía y Simon y su mujer, son padres preocupándose por sus hijos y adivinando cosas que ellos no se atreven a decirles. Eso son las familias.

Noto un leve titubeo en sus labios antes de que los apriete e intente fruncir las cejas, pero eso la hace parecer una niña pequeña.

—No voy a pagar tu relación con ese pelele, Valeria. ¿Lo entiendes mejor así?

—Acabo de decirte que no es mi novio. Somos amigos. ¿Sabes lo que significa, o hace tanto que no tienes uno que se te ha olvidado?

Otra transformación en su cara, casi imperceptible. Tanto, que no sé si ha pasado de verdad o si me lo he imaginado porque, de alguna forma, pretendía hacerle daño al decirle eso.

—Tal vez eso sea algo de lo que deberías hablar con él, ¿sabes? Porque no estoy muy segura de que él lo sepa. Que sois solo amigos, quiero decir. Pregúntaselo.

Me estoy empezando a cansar.

—¿A qué viene eso?

—Deberías saber ya, después de tantos años, que desde esa ventana se ve todo. —Señala hacia delante con la barbilla. La luz le da en la cara como si estuvieran iluminándola con un gran foco—. Absolutamente todo. Y a ese chico se le nota lo que siente por ti a un kilómetro, literalmente.

—No siente nada. —Pero incluso yo oigo cómo tiembla mi voz en la última palabra, cuando la respuesta deja de ser mecánica y entiendo lo que Raven ha dicho.

Desvío la mirada hacia la ventana, como si fuera a encontrar a Simon ahí. Raven suelta una risa sin fuerza.

—Mira que eres pava a veces. Tanto Simon, tanto Simon... y luego, en lo que respecta a él, no ves nada.

—Sí que... veo cosas.

—Oh, ¿en serio? Porque no sabías que le gustas. Que le encantas, más bien. Casi hasta me atrevería a asegurar que piensa en ti todo el rato, incluso cuando se...

—No es así.

—Y tú qué sabes.

—No, Raven. No es así.

La cabeza de mi hermana se inclina hacia un lado.

—Creo que es la primera vez en mi vida que te veo sonrojarte, Valeria Miles. Realmente no pensé que esto fuera a ponerse tan interesante.

—Te estás yendo del tema, Raven... Solo quiero que me des dinero para...

—¿No sabes el resto, Val? Porque luego está la otra cara de la moneda, que es aún más interesante... No creo que te hayas dado cuenta, pero mira que hay que ser boba para no hacerlo... —Se aclara la garganta, sonríe levemente—. Dime, querida, ¿cuántas veces te has dado la vuelta al ir a entrar en casa y él te ha saludado antes de volverse e irse?

«Todos los días —pienso—. Hago eso todos los días, porque él me espera siempre.» No contesto. Ella lo interpreta como que puede continuar, aunque ahora mismo creo que es el momento de parar y me gustaría que se callase.

—¿Cuántas veces has sonreído al ver que hacía eso de nuevo? —Raven —murmuro con tono cortante, y me aclaro la garganta—. Diez pavos. Es muy poco. Dámelos ahora y me iré toda la tarde, ¿vale? Te dejaré sola, te lo prometo.

—¿No sentirías decepción si no lo hiciera? —sigue ella—. ¿Si faltara un solo día a esa última despedida muda?

Mis balbuceos son muy ridículos e inútiles para hacer que deje de explotar el filón que ha encontrado.

—Yo creo que también te gusta. Es difícil asegurarlo, porque eres una zorra fría como el hielo y rara vez expresas nada, pero te gusta. No entiendo por qué. ¿Eso lo sabías?

Lo primero que hago es pensar que no me conoce para nada, lo que no es extraño, ya que nunca se ha molestado en hacerlo. Lo segundo es lanzarle una mirada fulminante, aunque con eso únicamente consigo una sonrisa ladina por su parte. Ella se calla, pero no por mí, sino porque por fin ha encontrado algo que le sirve para jugar conmigo, aunque no tengo ni idea de para qué lo necesita.

Lo curioso de todo esto es que no he sido capaz de negarlo. Quiero decir algo, sacudir la cabeza, borrar lo que ha dicho, tapar la ventana que ilumina su cara lavada y su pelo blanco y no ver más su expresión satisfecha. Pero no puedo.

Lentamente y sin dejar de mirarme, estira su mano sobre la mesa y agarra la caja de tabaco a tientas. Dentro guarda el mechero. Saca otro cigarrillo y, tras colocárselo entre los labios, lo enciende. Parece que nada le importa. Aunque no es su problema ni tiene intención de que lo sea, disfruta con esto solo porque quiere fastidiarme, o reírse, o porque le gusta escuchar mis titubeos al dudar. Si de verdad lo sabe todo, sabía que surtiría efecto.

Se pone de pie despacio y me echa el humo de la primera calada en la cara.

—Disfruta del primer amor, Val. Con suerte, podrás vivirlo con él. Aunque ten cuidado, porque dicen que este es el que te mata.

24. Rojo en lo oscuro

Nunca hay tantas luces en las afueras de la ciudad, y el consuelo de los que vivimos abandonados aquí es el cielo iluminado de noche. Brilla como si quisiera atraerte y luego estrangularte en la oscuridad del universo. Leí una vez algo sobre ese sentimiento de no estar exactamente triste pero no estar bien; ahora ni siquiera puedo recordar si era un cuento o un poema, si lo vi por la calle o si se lo oí cantar a alguno de los artistas que tocan en el centro. Las palabras para describirlo eran vacío, cansancio, nada. Era la melancolía de estar consumido y a punto de rendirse; hablaba sobre acostarse y no despertar, dormir para siempre.

Hace días que no veo a Simon. No puede usar el móvil —me lo contó una tarde que pasé frente al patio y él aún no había metido a los niños dentro— y, aunque a veces salgo un poco antes, raramente me da tiempo a verlo, porque desde que han cambiado el horario al de invierno y anochece antes, es bastante difícil coincidir. De todas formas, no sé si habría podido hablar con él si lo hubiera visto porque, desde que Raven me dijo aquello hace una semana, me bloqueo cuan-

231

do pienso en ello. Y me siento tonta. No me gusta no saber qué pensar, no tener un nombre que ponerle a lo que me pasa, ir en transporte público y que las personas se muevan a su ritmo, cada una en su propia dirección. Tengo ganas de verlo, pero hacerlo me hace sentir enferma, como mareada, aunque supongo que es en el buen sentido de sentirse enferma. Eso creo.

Es todo por la electricidad, y el folk, y por lo amable que ha sido siempre conmigo.

No quiero sentir ni una cosa ni la otra. Estoy decidida a rechazar el frío y el vacío, también las mariposas. Estoy decidida a enfrentarme a él y saber que al final irá bien.

Pienso en eso cuando salgo de casa mientras Raven baja al cuarto de las lavadoras a por nuestra ropa limpia, vigilando para que no me vea y con la chaqueta de Simon abrochada hasta arriba. Corro hasta que llego a un punto donde sé que ella no va a verme, paro a tomar aire y espero unos minutos apoyada contra la pared. Cuando solo puedo escucharme respirar, me doy cuenta de que es lo único que oigo, no hay más. Ningún otro sonido. Asomo la cabeza y camino despacio hasta la valla del orfanato. El patio está vacío, supongo que porque hace demasiado frío para que los niños jueguen fuera. La hierba está helada y un poco marchita y mi aliento sale como el de un dragón dormido cuando suspiro.

Vuelvo a pensar en Simon. Está sonrojado y sonríe cuando en alguna parte suenan las palabras de Raven otra vez. Me llamó «zorra fría como el hielo», pero no estoy de acuerdo, porque lo que siento en el pecho ahora late como si estuviera vivo y se estuviera derritiendo. Las cosas vivas no están hechas de nieve.

232

Doy toda la vuelta hacia la entrada para llamar al timbre. El orfanato es el número 19 de la calle 118. Tardan tanto en contestar que llamo otras dos veces y la mujer que me abre frunce el ceño al verme. Antes de que le dé tiempo a nada, pregunto por él. Confundida, me contesta que hoy no han venido ni él ni su madre. En realidad añade más cosas, pero yo no las escucho porque salgo corriendo murmurando un «gracias» sin dejarla acabar.

Si no está aquí, estará en De Oliver, así que decido acercarme a la tienda.

El paseo hasta allí es largo, pero no dejo de andar en ningún momento. Los semáforos se ponen de mi parte y, aunque tengo que dar algún que otro empujón y esquivar a mucha gente, no paro. Después de andar durante una eternidad, me encuentro frente a la biblioteca Jane Austen y lo único que me queda es dar la vuelta, doblar una esquina, cruzar la calle y entrar.

Cuando empujo la puerta y las campanitas suenan, el corazón me da un pequeño saltito al pensar que voy a encontrarlo al otro lado del mostrador, al fondo del pasillo... pero no está. Lo único que hay en la tienda es oscuridad, más que nunca, tanta que casi ni pueden distinguirse las torres altas de metal que son las estanterías que bordean el pasillo.

Aunque la puerta esté abierta, la tienda está totalmente vacía.

—¿Simon? —llamo, pero nadie me contesta.

Es raro. Sé que Simon no se dejaría la puerta abierta al salir, porque él es extremadamente cuidadoso con eso, y si su abuelo estuviera en la trastienda me habría oído y yo ya habría recibido un grito por su parte... ¿no?

Avanzo despacio y con los brazos extendidos. Siempre suele haber alguna cosa traicionera por aquí en medio que nunca ves pero que puede hacerte tropezar como una boba. Me viene a la mente esa lamparita que Simon colocó encima del mostrador; tenía una de esas bombillas de luz de garaje que te ciegan durante el primer minuto más o menos, pero eso es mejor que nada. Además, quién sabe si voy a encontrarme al señor Oliver colocando cartones de leche en un rincón con unos cascos que le han impedido oírme, o algo así. Sería raro, pero por qué no.

Justo antes de llegar, piso algo resbaladizo que hace que me tambalee y caiga hacia delante. Por suerte, doy con la mesa, y entonces busco el interruptor y lo enciendo.

Como ya sabía que pasaría, al principio no veo nada porque la luz es demasiado potente y ni siquiera puedo abrir los ojos. Está claro por el silencio que definitivamente no hay nadie, pero entonces, ¿eso significa que se han dejado la tienda abierta, así sin más? No tiene sentido. Es un despiste grande.

Cuando abro los ojos, los contornos de la tienda se van dibujando en tonos claros y compruebo que aquí no hay nada raro, como estanterías vacías porque hayan robado. Quizás algunas cajas por el suelo, pero nada más...

Recuerdo eso que he pisado cuando veo una mancha grande en el suelo y entonces me miro la zapatilla y veo que la tengo manchada.

Rojo mi pie y rojo el suelo. Sé que es sangre porque de repente, como si no hubiera estado ahí antes, todo empieza a oler más metálico.

He pisado un charco.

Esta vez, cuando voy a levantar los pies para correr, siento las suelas pegajosas. Las campanas suenan a mi espalda y me parece el sonido más horrible del mundo.

* * *

Un policía me grita cuando entro corriendo en la comisaría B y se mueve como si fuera a atraparme, pero consigo esquivarlo por un pelo y llegar hasta la zona de los mostradores. Como si fuera alguien peligroso, el hombre que está donde el ordenador y otro junto a él se ponen de pie de un salto, se llevan la mano al cinturón donde tienen el arma, y la papada de uno de ellos se balancea con el ritmo hipnótico de siempre.

Levanto las manos para que las vean, con la respiración acelerada, y cuando Duncan me reconoce parece que se relaja.

—¡Rubita! ¿Qué pasa? No puedes entrar así, lo sabes, ¿verdad? Vas a acabar disparando la alarma.

El hombre que venía corriendo detrás de mí para en seco. Duncan le hace un gesto para que se tranquilice.

—No te preocupes, ya me encargo yo. —Entonces se dirige a mí de nuevo—. Rubita, ¿qué pasa?

—¿Dónde está el jefe de policía? —salto, agarrándome a la madera—. Tengo que verlo. Tengo... tengo que hablar con él. Tengo que hablar con el padre de Simon.

—¿Te ha pasado algo? ¿Estás bien?

—Sí, sí, o sea, no, a mí no... Es decir, solo dime... solo dime dónde está el jefe. Llámale ahora. Tengo que hablar... hablar...

235

—Respira hondo, chica, vas a ahogarte.

Claro, Duncan, como si no fuera lo que estoy intentando.

—Necesito hablar con él… —Trago saliva y trato de calmarme aunque solo sea para que él me entienda—. Es urgente, por favor, solo dime dónde…

—Se ha ido hace un par de horas, lo siento. Tenía una emergencia familiar. Al parecer, ha pasado algo y ha tenido que irse al hospital, pero…

Está en el hospital. Pienso en la sangre y siento que me mareo.

—Vale. Tengo que irme.

—¡Eh, espera, rubita!

Pero no espero, porque lo último que me queda es ir a su casa. No puedo adivinar en qué hospital está, ni de broma, pero puedo probar allí. ¿Habrá alguien? ¿De dónde ha salido esa sangre? ¿Era suya? ¿Cómo estoy tan segura de que era sangre y no otra cosa? Me imagino a un atracador acuchillándolo con una navaja, y… no. No me he parado a comprobar si la caja estaba llena o vacía, pero no, me niego a pensarlo. No puedo. No puede haberle pasado nada a Simon.

* * *

No hay nadie en su casa.

He llamado. Varias veces. Incluso he ido a casa de su vecina, pero dice que lo único que sabe es que se han ido rápidamente en coche hace un par de horas. La mujer me ha preguntado, bastante amablemente, si quería esperarlos en su casa calentita y con un té.

Creo que estar encerrada ahora mismo no es lo que más me conviene.

Si algo tengo claro es que no tengo ni idea de qué hacer o adónde ir. En esta ciudad debe de haber al menos unos cinco hospitales, y a saber a cuál han ido. Además, si por alguna casualidad de la vida acertara al escoger uno al azar, no sabría cómo localizarlo entre los pasillos, las enfermeras y los pacientes. ¿Me dejarían pasar? Obviamente, no. Solo soy una chica, una amiga que para colmo ni siquiera cuenta con la aprobación de su madre. Tendría suerte si no me echaran de una patada.

Así que literalmente me quedo en su puerta, de pie en la acera, dando vueltas hasta que me canso y decido sentarme en el bordillo con las manos en los bolsillos de la chaqueta de Simon y las orejas y la punta de la nariz congeladas. Tengo mucho frío. No creo que haya estado nunca tan preocupada por algo, y esta impotencia va a matarme. Siento como si me hubiera tragado un cubito de hielo y se me hubiera quedado atascado en mitad de la garganta, sin bajar ni querer volver a subir. Cada cinco, diez, quince minutos es más grande, y llega un momento en el que me tiritan tanto los dientes mientras espero que parece que están triturándolo e impulsando la nieve fuera de mi boca.

25. Arrugas

Pasa tanto tiempo hasta que alguien vuelve a la casa que me quedo medio dormida con la cabeza apoyada en un hombro y en la pared. Me despierto de golpe por el pitido de un coche. Cuando levanto la cabeza y pestañeo un par de veces, espabilándome, los focos me ciegan un momento y recuerdo la lámpara de la tienda del abuelo y el momento en el que vi ese charco reluciente en el suelo, y me quedo sin aliento.

Creo que incluso me ha parecido verlo en sueños, mientras corría e iba dejando marcas rojas en la nieve tras de mí.

He estado equivocada todo el tiempo. La luz es mala, no al contrario, y por eso deberíamos aprender a mantenerla apagada. La luz descubre las cosas que la oscuridad esconde, como la sangre y los sentimientos; en cambio, las sombras son sabias, y si hay algo guardado en ellas probablemente es porque tiene que estar ahí.

Me pongo de pie mientras el coche aparca, tapándome del resplandor con la mano, y de la puerta que se abre aparece una mujer muy pequeña, pálida y con unos ojos azules y grandes capaces de petrificar con más efectividad que Medusa. Da la sensación, por cómo me mira, de que he hecho algo y está enfadada. A lo mejor es por estar aquí parada y mirándola como una tonta.

De la otra puerta que se abre sale el enorme cuerpo de Simon con una expresión entre extrañada y alarmada en el rostro.

—¿Valeria?

—Simon...

El pecho me duele y, de repente, estoy corriendo hacia él y saltándole al cuello.

—¡Eh! ¿Qué te pasa? ¿Qué haces aquí? Estás helada, Valeria.

—Creía... ¡creía que te había pasado algo! He ido a la tienda, y me he encontrado con toda esa sangre y tú no aparecías, y tu padre tampoco estaba en la comisaría...

Simon, despacio, pone sus manos grandes en mi espalda y me aprieta contra sí. Cuando habla, su voz parece más suave que antes.

—Ha sido... ha sido mi abuelo. Se ha caído hace un par de horas. Se ha hecho una brecha en la cabeza y los médicos dicen que el cuero cabelludo sangra mucho... No me ha dado tiempo a recogerlo, solo he llamado a la ambulancia...

Su abuelo. No era su sangre, sino la de su abuelo. Y no ha habido ningún atracador, solamente se ha hecho una brecha. Me siento como una persona horrible por alegrarme porque la sangre sea de su abuelo y no suya, pero el alivio es real y no puedo evitarlo. Cierro los ojos, abrazándolo aún más fuerte, lo que hace que él me abrace más fuerte también. Es tal consuelo que no le haya pasado nada que hasta mi pulso se calma y el cubito de hielo se derrite un poco.

—¿Le ha pasado algo grave?

—Bueno… Solo ha sido una herida, aunque ahora está en observación por si el golpe le hubiera provocado algo más… —Simon pone las manos en mi cintura para apartarme un poco de él, y me mira fijamente—. ¿Estás bien?

—¿Yo? —¿Qué pregunta tan estúpida es esa, Simon? Estoy perfectamente, ahora.

Con mucho cuidado, pasa la mano suavemente por debajo de mis ojos. Me estremezco cuando hace eso, bajo la mirada al suelo y aparto la cara, incómoda.

—Solo me he puesto muy nerviosa. He ido a verte y creía… creía que habías sido tú. Ha sido un poco tonto, lo sé, pero… No lo sé, había mucha sangre cuando he ido.

Las cejas de Simon se inclinan hacia los lados y parece que esboza una leve sonrisa conmovida antes de tirar de mí y volver a abrazarme. Solo que esta vez es distinto; me envuelve completamente con sus brazos largos, apretándome contra sí y apoyando la frente en mi hombro. Noto cómo respira hondo y luego parece que se calma. Al principio estoy tensa, porque definitivamente no me lo esperaba, pero unos segundos después me relajo y dejo que mi cabeza se apoye contra la de él.

Un carraspeo nos interrumpe y ambos damos un paso hacia atrás antes de mirar a su madre, que sigue ahí. Pensar que lo ha visto todo hace que se me enciendan las mejillas.

—Simon, voy a darme un baño y a echarme un rato, que estoy agotada —dice—. ¿Qué vas a hacer tú?

Lo pregunta mirándome, y su expresión no es de curiosidad. Ni siquiera de indiferencia. Parece que le moleste la posibilidad de que mi presencia aquí, ahora, pueda alterar el futuro cercano que su hijo pudiera haber planeado.

—Bueno, le dije a papá que volvería para que pudiera bajar a tomarse un café, aunque antes tengo que pasar por la tienda a recoger. Volveré para la cena.

—Vale. Llámame si te dicen algo. Y dile a tu padre que no se olvide de las patatas.

No vuelve a mirarnos, ni siquiera cuando entra en casa. Simon suspira.

—Perdónala, está cabreada porque ha discutido con el abuelo. ¿Cómo es que has ido a la tienda?

Los motivos de mi paseo me parecen tan lejanos y poco importantes ahora mismo...

—Solo quería hablar contigo. No tienes el teléfono disponible aún, ¿no? Por cierto, cuando he llegado, la puerta estaba abierta y creo que me he dejado la lamparita encendida... Lo siento mucho.

—¿Quieres venir? A lo mejor la calefacción del coche te sienta bien, y así puedes contarme lo que quieras. Tengo que irme, mi padre parecía muy ansioso por ese café y tengo que intentar tardar lo menos posible, pero me apetece estar contigo.

*   *   *

Simon y yo hemos estado limpiando la tienda, luego hemos colocado todas las cajas que se le cayeron a su abuelo y, al cerrar, me ha preguntado si me apetecía acompañarlo a verlo al hospital. Ha intentado seducirme con una máquina que tiene el mejor chocolate caliente de toda la región y le he dicho que sí como si ese hubiera sido el argumento que ha acabado por convencerme. Parecía contento con la respuesta.

Su padre ha salido de la habitación dos segundos después de que él llamara a la puerta. Al verme ha sonreído, se ha disculpado por no tener mucho tiempo para hablar con nosotros —más que por café, yo diría que tenía prisa por ir al váter— y luego me ha tocado el brazo al despedirse. Simon ha puesto cara rara al ver eso, pero ni ha preguntado ni yo le he explicado nada.

Al principio he estado a punto de quedarme esperando fuera, pero me ha pedido por favor que no lo dejara solo y hemos entrado. Más que llevar allí solo unas horas, el abuelo Oliver tenía pinta de haberse pasado meses en esa habitación, porque el cuarto olía un poco como la tienda y tenía todas las persianas bajadas dándole una iluminación a la estancia bastante parecida. El hombre estaba en una cama alta con barandilla a la derecha, tumbado, la boca abierta y roncando levemente. Simon se ha acercado, mirándolo, y esos pasos lentos que ha dado hasta él me han impactado de tal manera que solo he podido quedarme a un lado, al fondo, sintiéndome un poco intrusa por estar viendo todo eso.

Durante veinte minutos, puede que media hora, el silencio ha reinado mientras Simon lo miraba, sentado en el sillón que estaba al lado de la cama con los codos sobre las rodillas y la barbilla apoyada en las manos. Después, probablemente por culpa de algún sueño no demasiado agradable, el abuelo ha rebufado con un sobresalto y ha acabado abriendo los ojos y girando la cabeza hacia él. La sonrisa sincera, torcida y arrugada que le ha dedicado a su nieto ha conseguido que se me encogiera el corazón.

En ese momento, no he podido evitar compararlos. Ha sido inevitable contrastar sus diferencias y pensar en cómo Simon está hoy de pie igual que su abuelo ayer, y cómo podría estar mañana tumbado en una cama de hospital, lleno de tubos y rodeado de bolsas para ayudarlo con sus deposiciones.

Porque la vida es eso que pasa entre parpadeo y parpadeo, y no podemos hacer nada para evitarlo. El tiempo corre y nos arrastra con él. El tiempo nos mata, pero nunca es una muerte dulce, porque a la vida le gusta vengarse antes del último aliento, le gusta que suframos y por eso nos maltrata, nos tortura y nos desgasta.

Tengo la prueba delante. El abuelo de Simon parece pequeño, reducido, acabado. Tiene una arruga por cada uno de sus años; quizá más. Su cara está llena de marcas, como si su cuerpo hubiera estado contando los segundos, su mirada está empañada y su pelo ha caído como las hojas de un árbol viejo. Porque eso es lo que es, al fin y al cabo; madera inútil, conocimiento perdido, tiempo vencedor y hombre vencido.

¿Estará pensando, mientras mira a su nieto, en que no hace tanto él también era joven, alto y guapo? ¿Recordará sus cuarenta, sus treinta, sus veinte años? ¿Tendrá ganas de volver a ellos?

¿Se arrepentirá de no haber hecho más cosas antes de acabar en esa habitación del fondo del pasillo? ¿Lo hará Simon si no cumple todos esos sueños que un día me contó, si no canta ante cientos de personas o conduce un camión monstruo?

El abuelo mueve la cabeza hacia mí después de haber mirado un rato a un Simon pensativo que aún no se ha dado cuenta de que se ha despertado. Entrecierra los ojos, pero es imposible que me vea sin sus gafas. De hecho, a esta distancia estoy convencida de que incluso sería inútil que lo intentara hasta llevándolas puestas.

—¿Quién es ese, niño? No es tu padre.

Simon se sobresalta y me mira confundido.

—No, esto... Papá se ha ido un momento, abuelo, ahora subirá. Ella es Valeria, ha venido conmigo. ¿Te acuerdas de ella?

—¿No se llama así esa chiquita que te gusta tanto? Está muchos días en la tienda.

Dirijo los ojos a Simon. Él los pone en blanco, pero no me devuelve la mirada.

—Sí, es ella. —Su tono es cansado, como en un suspiro.

—Oh, pues ven aquí, chata. Con visitas así da gusto estar malo, sí, señor.

Me acerco un poco.

—Hola, señor Oliver.

—Trátame de tú, bonita, que no soy tan mayor. —Y se ríe como si fuera un chiste.

—¿Qué tal estás? —pregunto amablemente.

—Como una rosa. Ya le he dicho a la muchacha que ha venido a curarme la herida que me dejara irme a casa, pero nada.

—No puedes irte a casa, abuelo. Tienes que estar en observación un par de días. No queremos que te caigas otra vez, ¿recuerdas?

—Anda, anda, no será para tanto. Que solo ha sido porque me he despistado un momento... Parece que te has apren-

244

dido el discursito que me ha soltado antes tu madre. Estoy perfectamente, hijo.

Simon suspira de nuevo y me mira.

—Se ha puesto a gritarle a una enfermera y la chica ha salido de aquí medio llorando —me explica—. Mi madre estaba bastante cabreada, han acabado discutiendo y ha decidido irse a casa. Por eso estaba enfadada antes, cuando la has visto.

—Tu madre está bastante cabreada siempre, eso no es una novedad. Pero a mí me la repampinfla.

—En serio, abuelo, tienes que dejar de...

—Ay, no me regañes. No me regañes, niño, que estoy muy malito en el hospital...

26. N-ENG-ISH

Por primera vez desde que nos conocemos, quedo con Simon en la biblioteca, que es uno de mis sitios favoritos de toda la ciudad. Supongo que nunca hemos venido aquí juntos porque no es un lugar al que alguien vaya para quedar sin más, pero es que, además, para mí es un sitio especial al que no llevaría a cualquiera.

Quedamos en la puerta. Es mi día libre y, técnicamente, el suyo también, porque mientras su abuelo siga en observación la tienda continuará cerrada y hoy no tiene turno en el orfanato. Llega comiéndose un bocadillo y se disculpa diciendo: «Lo siento, es mi merienda», antes de ofrecerme un poco. Nos sentamos en el murete de la entrada porque no podemos entrar con comida y, mientras que yo lo termino en dos segundos, él se tira media hora para cada bocado. Mastica tanto que no sé si es consciente de que le está quitando trabajo al resto de su aparato digestivo.

—Tú a tu ritmo, no te cortes.

—Puedes entrar si quieres, yo voy enseguida.

—¿Estás de broma? Quiero verte la cara cuando entres.

—Sabes que ya he estado aquí, ¿no?

Hago un mohín y él se ríe. No es consciente de que esto es importante para mí.

—¿Tienes frío? —pregunta.

—¿Qué te lo ha sugerido, los diez grados centígrados que hay en la calle ahora mismo o que tenga la nariz roja como un puñetero reno de Navidad?

—Anda, toma. —Con una mano se deshace de la bufanda que le envuelve el cuello y me la pone (muy mal, todo hay que decirlo) alrededor de la cabeza—. Pero cuídamela, ¿vale? Que es de Hufflepuff.

—Te pega tanto ser Hufflepuff... —La bufanda huele a detergente y a él. Como su chaqueta. Me la coloco bien y luego hundo el cuello en ella hasta que me cubre la nariz.

Un par de minutos después acaba y decidimos entrar.

En vez de quedarnos en la primera planta con los libros de consulta de las diferentes asignaturas, las películas y las revistas, lo agarro de la chaqueta y tiro de él escaleras arriba, donde están las novelas y los poemarios. Donde están las, en mi opinión, verdaderas obras de arte. Las estanterías son como bosques de lomos de colores, y la poca gente que hay en esta planta y la ausencia del rascar de los bolígrafos sobre el papel invita a andar de puntillas, a contener la respiración y a rechazar hasta los susurros. Empezamos a zigzaguear. Mi dedo recorre todos los títulos y de vez en cuando le pregunto a Simon si ve algo que le llame la atención, pero siempre contesta que no.

Una de las veces que me giro hacia él, él aparta la vista enseguida y sé que me estaba mirando a mí y no a la estantería.

—¿Quieres que te ayude a encontrar algo?

—No lo sé. ¿Tienes algún libro favorito?

—Es muy difícil contestar a eso. —Alzo los ojos hacia él y, tras unos segundos, sonríe.

Estar allí con él, prácticamente solos y susurrando, es más sobrecogedor de lo que habría imaginado. No sé por qué. Tal vez es precisamente por esa sensación de ser las dos únicas personas en el mundo, o porque parece que cualquier cosa que le diga será más importante entre tanta soledad. Tal vez es porque me siento un poco desnuda al haberlo traído hasta aquí y estar enseñándole algunas de las piezas entre las que me he refugiado durante todos estos años.

Toco con las puntas de los dedos algunos de los libros que he leído, recordando dónde lo hice y cómo me sentí al hacerlo. Me alegro de tener tan buena memoria como para acordarme de casi todas las historias. Obviamente, no he leído todos los libros, porque eso sería imposible y hay muchísimos que ni siquiera me llaman la atención, pero llevo viniendo desde que tengo doce años y eso es tiempo suficiente como para sentirse cómoda por aquí. Cambio de estantería, casi corriendo hacia la letra siguiente, y él viene detrás.

A medida que pasan los segundos me pongo más nerviosa porque no sé qué recomendarle. Porque no sé qué parte de mí quiero dejarle leer abiertamente. Cada uno de los títulos que se me pasan por la cabeza han dejado en mí una marca, por una razón u otra.

Pero él no se da cuenta porque, de nuevo con una sonrisa, dice:

—Es increíble cómo te mueves por aquí. Deberías verte la cara, parece que estás en el paraíso.

—¿Te sorprende que me gusten más los libros que la gente? —Esbozo una sonrisa nerviosa, aunque sin mirarlo. Sigo leyendo los lomos del estante N-ESP-ALV.

—La verdad es que no. —No me esperaba eso, así que arqueo ambas cejas y levanto los ojos hacia él—. Los libros son mucho más agradables que algunas personas.

Por un momento pienso que lo ha dicho de forma sarcástica, como burlándose, como hizo Raven cuando se lo comenté por primera —y última— vez. Sin embargo, Simon no hace eso, porque él no se ríe de nadie. Lo dice de verdad. Parece sincero.

—Eso es lo que pienso yo. —Nunca había conocido a nadie que también lo creyera. Incluso la bibliotecaria me dijo una vez que me buscara un novio y que saliera a la calle a que me diera el aire—. Los libros son diferentes para cada persona que los lee, pero a la vez son iguales para todo el mundo y a ellos no les importa quién eres, o dónde vives, o quién es tu familia. Nadie... nadie te mira por encima del hombro cuando estás leyendo.

Los ojos verdes de Simon se encuentran con los míos. Sonríe levemente y yo me encojo de hombros como intentando quitarle importancia, aunque la verdad es que me late el corazón con fuerza.

—A mí tampoco me importa quién sea tu familia o dónde vivas. Si no te gusta, puedes elegir ser quien quieras. No tienes por qué depender de tus orígenes...Y si no piensa en Jean Valjean, que se convirtió en alcalde después de haber estado tanto tiempo siendo esclavo.

—¿Quién es Jean Valjean?

—Es un personaje de *Los miserables*… Venga ya, Victor Hugo es un clásico, ¡romanticismo francés! No me digas que no lo has leído.

—Bueno, la verdad es que no… Es un poco gordo, me da pereza.

—Ya, eso sí. Yo lo pasé fatal cuando tuve que leerlo para el instituto, aunque al final le pillas el gusto. De todas formas, a lo que iba es a que puedes ser quien te dé la gana. Él empezó como un pobre analfabeto y ladrón y acabó convirtiéndose en alcalde, padre y gran inspiración para los revolucionarios. Tú, a pesar de tu hermana, de todo lo que os ha pasado a las dos, eres alucinante.

Siento cómo la sangre me sube a las mejillas.

—Simon…

—Lo digo d-de verdad. El otro día me sorprendiste cuando viniste corriendo a la tienda y después esperaste en mi casa… Creo que esa es la tú que eres de verdad, no la que contestaba siempre de forma borde, al principio. Te preocupas por la gente. Te preocupas por las cosas. Solo quieres que alguien te escuche, nada más. Todo eso… creo que tiene mucho más sentido para mí que tu origen.

Me resulta muy difícil explicar cómo me siento ahora mismo. Podría decir que tiemblo, que mis manos no paran de sacudirse, que todo mi cuerpo vibra por los escalofríos, pero es mentira porque no me muevo ni un ápice. Estoy paralizada, mirándolo. Soy extrañamente consciente de mi cuerpo y de la habitación, de la gente que hay y de la que no, pero, sobre todo, soy consciente de él. De cómo espera una respuesta y sus orejas y su cara están rojas por lo que ha dicho.

De cómo quiero con toda mi alma que tenga razón.

—Me gusta que seas la única persona que realmente confía en mí, Simon, pero espero... espero no acabar decepcionándote.

* * *

Ya ha anochecido cuando salimos en silencio y casi sin mirarnos. Se ofrece a acompañarme a casa. Tomamos juntos el autobús y luego andamos hombro con hombro, nuestros brazos chocando a veces, pero sin decir nada. Es agradable. El viento se vuelve más frío a medida que avanzamos, como si estuviéramos caminando hacia el invierno en el espacio y no en el tiempo. Queda bastante poco para diciembre. Aunque ha hecho buen tiempo últimamente, la temperatura ha bajado de forma notable durante las dos últimas semanas porque un frente del norte ha causado que el aire helado de las montañas descienda sobre la ciudad. La poca vida que ha sobrevivido al rendirse ante el viento se marchita, y nosotros no hacemos más que ayudar al pisarla cuando avanzamos por la acera de la derecha. Cada uno de nosotros bucea en su mente, y por eso vamos en silencio. Las hojas se amontonan en las alcantarillas, la hierba entre las grietas se congela y los parques van vaciándose cuando el calor los abandona. Esta es una ciudad relativamente bonita cuando la alegría palpita por las calles e inunda cada rincón, pero nada se compara a las vistas que hay cuando no se ve ni un alma.

El cartel del motel, a pesar de su parpadeo intermitente, ilumina la mitad de la calle. Simon se para cuando llegamos a la entrada del aparcamiento. Lo abrazo y siento que el corazón me da un pequeño vuelco. Cuando subo las escaleras, antes de entrar, me giro: él está allí, como siempre, esperando para sacudir la mano una última vez, y, después de eso, se va.

«¿Cuántas veces te has dado la vuelta al ir a entrar en casa y él te ha saludado antes de volverse e irse? ¿No sentirías decepción si no lo hiciera, si faltara un solo día a esa última despedida muda?»

Cierro los ojos, cojo aire y luego saco la llave del bolsillo de mi abrigo.

Pero la puerta ya está abierta.

No se ve bien si no te fijas, sobre todo porque es de noche, pero lo está. La empujo despacio, cautelosa por si fuera a encontrarme a Raven en plena faena, pero la ausencia de ruido y luz dentro me sugiere que tal vez no sea eso. Luego, igual que me pasó en la tienda, se me ocurre que tal vez haya alguien que no sea mi hermana ahí dentro y que quizá ese alguien quiera robarnos... o algo peor.

La única forma de tranquilizarme que se me ocurre es pensar: «No te preocupes, nadie querría entrar aquí».

El cartel de fuera ilumina la cama.

—Valeria, no entres. Espera.

Es Raven. Está sola, tumbada pero un poco incorporada y con un brazo extendido hacia mí. No lleva ropa, solo se cubre con una sábana y tiembla. Me doy prisa en cerrar porque hace muchísimo frío y debe de estar helada.

—¿Qué pasa, por qué has dejado la puerta abierta?

Enciendo la luz, lo que provoca que ella se encoja como si le quemara. Miro a mi alrededor y, un segundo después, noto el olor a vómito y arrugo la nariz. Está en la cama, en el suelo y junto a la puerta del baño.

—¿Qué ha pasado? ¿Qué te ha pasado, Raven?

Tose exageradamente y después se estremece. Tiene la espalda al aire y sus omóplatos sobresalen como si solo estuviera hecha de piel y huesos. Como si fueran alas. También le veo las costillas, tan iguales a una jaula que me quedo un momento en blanco mirándolas. Tiene vómito en la cara, alrededor de la boca y en el pelo. Sigue bocabajo y, acercándome con cuidado y procurando no mancharme, estiro una mano para darle la vuelta. Quema, pero de frío.

Alguien ha estropeado la piel blanca de su cara. Hay un golpe que ocupa toda su mejilla izquierda y tiene más pinta de puñetazo que de bofetada. El corazón me da un vuelco.

—¿Te han pegado?

Sigue tosiendo, así que no contesta. Empieza a aumentar mi ritmo cardiaco. ¿Ha sido en el bar, uno de los clientes? ¿O es que ha vuelto a la rutina de antes? Podría pasar. De hecho, es lo primero que he pensado al volver y ver la puerta. Miro a mi alrededor, asustada. ¿Qué debería hacer ahora? ¿Pedir ayuda? ¿A quién, a la policía?

Meto la mano en mi bolsillo para sacar el teléfono, pero ella se mueve increíblemente rápido y consigue agarrarme la muñeca. A pesar de todo, su mirada tiene una intensidad inesperada. Es feroz y agresiva como un rayo: certera, brillante y dañina.

—¿Qué ha pasado? —insisto. Empiezo a sentir cómo yo también me pongo a temblar. Su agarre pierde fuerza y entierra la cara en la almohada sucia. Aguanto la respiración.

Hielo. Ese golpe necesita hielo. Sé que hay en el congelador, porque Raven no bebe nada que no lo lleve.

Encuentro antes una bolsa de guisantes congelados, pero me vale igual.

Se despierta de nuevo por el frío. Abre los ojos y me agarra el brazo con fuerza otra vez, asustada, clavándome las uñas en la muñeca y soltando un grito. Estoy a punto de gritar yo también.

—¡Soy yo, tranquila! Soy yo, Raven, tranquila.

Parece destrozada, a punto de echar la pota otra vez.

—Valeria. Val... le...

—Sujeta esto, anda. Agárralo bien. Así, muy bien... —Dejo que ella sola sujete los guisantes y corro a por un poco de agua. Ella se incorpora hasta que se queda sentada en la cama, pero niega cuando le acerco el vaso. Cuando insisto, acercándoselo un poco más a la cara, me da un manotazo tan brusco que lo estrella contra la pared.

Me sobresalto, pero consigo no perder la calma. «Tienes que estar tranquila. Ella necesita que lo estés.»

—Vale. No... no pasa nada. —Me aparto un poco—. Vamos al baño, ¿vale? Vamos a darte una ducha calentita.

Asiente y, a partir de ese momento, se deja hacer. Se abraza a la sábana como si esta pudiera protegerla cuando la ayudo a levantarse, aunque parece más vulnerable aún arrastrándola así. Me cuesta bastante conseguir que la suelte, pero, al final, está tan cansada que gano yo. Entra en la ducha, enciendo el grifo con la temperatura más caliente que puede aguantar y ella deja que el agua le caiga por el pelo y por el cuerpo. Ríos negros de tinta se arremolinan en el sumidero, llevándose tanto las lágrimas como la porquería.

Ni siquiera cierro la mampara. Ni siquiera digo nada cuando ella se sienta en el plato de ducha despacio, se abraza las piernas y llora. Es más, me siento a su lado en el suelo y, dejando que las gotas me mojen, alargo una mano para intentar alcanzarla.

Pero está más lejos de lo que yo misma imagino.

—¿Quién ha sido, Raven?

Tarda en contestar.

—No lo sé. No sé cómo se llamaba.

—Pero ¿qué ha pasado?

Empieza a llorar más fuerte. Verla y no poder hacer nada es horrible.

—Creía... creía que podría gustarle. Estaba en el bar... Hablamos. Yo... yo...

—Tranquila, ve despacio.

Nunca había visto tanto dolor en una sola persona. Parece que la cara de Raven está a punto de romperse, y nunca había pensado que dolería tanto mirar a alguien.

—Me pidió que... Quería salir a dar una vuelta. Paseamos. Nos lo estábamos pasando bastante bien, así que le propuse subir a tomar algo y...

Llora, hipa, respira tan fuerte que casi no entiendo lo que dice. Aguanto el aliento.

—Me tiró en la... en la cama y dijo que sabía que era una puta. Que... que todas lo éramos allí... No quería hacerlo, pero él me pegó y...

Ahora entiendo el vómito, las lágrimas y su desnudez. La puerta abierta que ha debido de dejar ese hijo de puta al irse sin molestarse en mirar atrás ni un momento. La ha engañado, forzado y después ha acabado por romper las alas de mi hermana, partiéndolas en dos e incapacitándola para volver a volar. Ella se ha rebozado en el barro y ahora no le queda ni una sola pluma.

El cuervo blanco ha caído.

—*Ce n'est pas vie, Valeria.*

255

27. La petite mort

Llevo acordándome de los guantes que me he dejado en casa desde que Simon ha salido de la suya con unos puestos. Hace muchísimo frío, son las once de la noche y casi no puedo ni respirar si no es a través de la bufanda. No creo que una calle oscura y asquerosa como esta sea el escenario de ensueño de un viernes noche, y menos para un par de adolescentes sin nada mejor que hacer, pero, aunque no dejo de repetirle a Simon que puede irse cuando le dé la gana, parece que no hay quien lo haga entrar en razón.

—Tienes claro que no tenías por qué acompañarme, ¿verdad?

—No iba a dejarte venir por aquí sola y a estas horas —contesta. Cada vez que respira sale una nube de vaho de su boca—. He oído a mi padre hablar delicias de esta zona y, aunque sé que yo no soy de mucha ayuda que digamos, algo es algo y me quedo más tranquilo viniendo.

—Claro que eres de ayuda, ¿qué tonterías dices? No conozco a nadie más útil que tú... y aunque ha sonado raro, eso era un cumplido.

Esboza una sonrisa que está entre la timidez y la burla.

—Me refería a ayuda contra uno de los moteros del infierno que estoy seguro que frecuentan este sitio todas las noches, pero... gracias.

Vuelvo a girarme hacia el *pub*. El sitio tiene un letrero que brilla intermitentemente y dice «*La petite mort*» en letras rojas, verdes y moradas. Tiene una flor dibujada que brilla igual, pero le pasa lo que a algunas letras del nombre: están un poco fundidas y, si ves el bar de lejos, parece que pone *La mort* y que la flor está marchita.

—Ese nombre sí que invita a entrar y beber algo, ¿eh?

—Tomo aire con los ojos cerrados y luego lo suelto muy despacio—. Espero que solo sea un momento. Tengo que hablar con el encargado y decirle que mi hermana no va a poder venir durante un tiempo. Anteayer, con ese tío... Creo que se conocieron aquí. Debió de servirle una copa o algo y luego se irían a dar una vuelta. Tengo pensado ir a la policía, pero antes necesito saber quién fue.

Durante el camino, que hemos tenido que hacer en uno de los últimos autobuses disponibles, le he contado a Simon todo lo que pasó, y ha insistido bastante en que debería denunciar, porque al fin y al cabo fue una violación. Lo he mirado de tal manera cuando lo ha dicho que no ha vuelto a pronunciar esa palabra.

Estoy tan cabreada y decepcionada con el mundo en general... No solo por las lágrimas de Raven, por el vómito que tuve que limpiar o por los sollozos ahogados que anoche no pude aplacar cuando dormí junto a ella entre sábanas limpias; no. Es por la maldad. Por la gente cruel que hay por el mundo y que, al parecer, siempre tiene que acabar machacando a mi hermana.

Se suponía que esto era un nuevo comienzo, que ahora estaba mejor, que era un paso adelante, pero no lo parece. Y ya me he cansado. Por eso hago esto.

—Entonces, ¿vamos?

—Sí, vamos.

Cruzamos la calle. El letrero intercala luces rojas y verdes, ahora. Cuando voy a abrir la puerta, alguien la empuja desde dentro y tengo que saltar hacia atrás para que no me dé. Es un tío con la cara completamente congestionada, la nariz hinchada, la lengua fuera, los brazos arriba y los ojos un poco bizcos.

—¡¡Uhhhh, sí!! Dios, ¡este sitio es la hostia!

Aunque nos hemos apartado lo suficiente como para que siga su camino sin tener que vernos, gira la cabeza y sonríe. No estoy muy segura de que pueda enfocar la vista, sin embargo, y se le cae un poco la baba al reír. Al levantar el brazo para limpiarse, falla dos veces y se da en el ojo antes de acertar en la barbilla.

—Pero ¿qué tenemos aquí? ¿Traes a tu chica a estos sitios? Oh, no, oh, oh, no, espera, ya sé: tenéis una de esas relaciones abiertas y experimentales que hay hoy en día, ¿no? Hay que ver, es que cómo sois los jóvenes de hoy en día. —Ni siquiera nos da tiempo para contestar o preguntar de qué está hablando. Hipa, se ríe y sigue—: Hostias, pues la negra que tienen aquí está que te cagas.

Después de eso, se va sin más, haciendo eses y casi chocando con una farola (y luego abrazándose a ella y riendo tontamente antes de seguir). Simon me mira, sorprendido y confundido.

—¿Estaba hablando de cerveza?

—Me parece que no.

Dentro todo está muy mal iluminado. La música suena tan alta que las letras son irreconocibles y los vasos tiemblan. Al acercarnos a la barra nos cruzamos con una chica que tiene un escote que parece que va a explotar y a Simon se le van un poco los ojos, pero lo agarro de un brazo y tiro de él para que me siga.

La camisa de la chica de la barra también parece estar pasándolo mal, sinceramente.

—Hola. —Me siento en uno de los taburetes altos que quedan cerca de ella e intento llamar su atención levantando la mano. Cuando se acerca, me aclaro la garganta—. Me gustaría hablar con el encargado. ¿Puedes llamarlo?

La camarera tiene los labios muy rojos, los ojos muy negros y los párpados caídos, como si estuviera aburrida o bastante fumada. Masca chicle compulsivamente y, como no creo que haya entendido bien mi pregunta, se la repito.

—¿Tienes alguna reclamación? Tenemos un libro donde puedes anotar lo que sea.

—No tengo ninguna reclamación, solo quiero hablar con él. ¿Puedes llamarlo? Es muy importante.

Me mira un momento, sin dejar de mascar. Me pregunto si de verdad estará fumada; supongo que, con toda la peste a tabaco, alcohol y sudor, nadie lo notaría.

—Si vais a quedaros, tenéis que pedir —dice.

—No voy a quedarme, solo quiero hablar con el encargado. Cuanto antes lo llames, antes me voy.

—Tenéis que pedir —insiste.

—¿Me estás escuchando? ¡No voy a pedir! Quiero hablar con el en-car-ga-do, ¿lo entiendes? ¿A qué esperas para llamarlo? ¡Vamos, ve…!

Simon me pone una mano en el hombro y se echa un poco hacia delante.

—Tráeme una botella de agua, por favor —dice, sorprendentemente calmado.

La chica asiente y se mueve despacio para ir a buscar la bebida.

—¿Por qué a ti te hace caso? —mascullo, siguiéndola con la mirada.

—Sé que estás cabreada, pero ten paciencia. No creo que hubiera sido buena idea saltar sobre ella y abofetearla.

Tiene razón, pero eso no significa que tenga menos ganas de hacerlo.

—Solo quiero irme rápido, este sitio es un asco. Mira cuántos tíos... no, más bien «señores». No creo que ninguno baje de cuarenta. Mira... mira cómo todos babean por el culo de las camareras. Les sacarán unos veinte o treinta años como poco. Podrían ser sus hijas. Es asqueroso.

La chica vuelve con la botella, la abre y la sirve en un vaso de tubo con hielo. Simon paga por ella una cantidad exagerada teniendo en cuenta que es un producto que sale del grifo. Yo le repito lo del encargado, ella asiente y se va, pero regresa de nuevo enseguida con pinta de estar igual de empanada.

—Dice que no puede venir. El espectáculo va a comenzar en un minuto y tiene que tenerlo todo listo, pero puedes hablar con él cuando acabe.

—¿Qué espectáculo? —pregunto, mosqueada.

—El de los viernes. Mirad, ya empieza.

Cuando giramos la cabeza, las luces se apagan y un montón de focos resurgen de las profundidades del techo e iluminan ciertas mesas, justo donde están las camareras más despampanantes. Esa luz hace que sean más visibles las columnas de humo que salen de los cigarros y los puros de los clientes, que estoy segura que son ilegales, aunque parece lo menos importante aquí dentro. Las chicas que aparecen no solo son todas guapas, sino que están semidesnudas. No sé cómo, las camisas ajustadas han desaparecido y ahora se pasean por ahí en sujetador, falda y tanga. Después de dejar las bandejas sobre las mesas, empiezan a contonearse y a bailar entre la gente, moviéndose en sus altos tacones e inclinándose de una manera provocativa y esclarecedora. Algunas se suben a las mesas y bailan. Otras se sientan sobre los clientes, poniéndoles los pechos en la cara y riendo de una manera falsa pero seguro que muy placentera para el receptor.

Y yo no puedo dejar de mirar.

Cuando las miro se enciende una bombillita en mi cabeza y entonces comprendo todo lo que ha estado pasando últimamente. Entiendo al tío de ayer, la confusión de Raven y sus lágrimas, que no creo que fueran de otra cosa que de rabia por haber vuelto a caer. Mi hermana creía que había conseguido dejar atrás la vida de antes, al menos un poco, pero esto es la lava entre los baldosines de la acera y los pasos de cebra, que ha conseguido entrar en erupción. Esto es un agujero negro que la absorbe hacia dentro tan fuerte que, por mucho que intente alejarse, siempre vuelve a atraerla hacia sí.

Agarro a Simon de la manga de la chaqueta, lo obligo a dejar el vaso en la barra y tiro de él para salir de aquí.

No sé por qué me sorprendo tanto, si al fin y al cabo *La petite mort* es una metáfora de «orgasmo» y eso es lo que todos estos hombres han venido a buscar aquí.

Intento tomar aire. No puedo. Me ahogo. Me queman los ojos, tal vez por el frío, tal vez por el humo y las luces, tal vez por haber descubierto la verdad. Si creía que Raven había mejorado, si ella había llegado a creerlo, no es así. No ha habido avance, solo se ha hundido más aún en su propia mierda.

Me da la sensación de que doy mil vueltas, siento que me mareo y al final me agarro a una farola. Ahora entiendo cómo se sentía ese borracho que nos hemos cruzado hace apenas diez o quince minutos, aunque supongo que su mareo lo habían producido una serie de estímulos algo distintos. Me muerdo la lengua porque tengo ganas de vomitar.

Ten-go-que-sa-lir-de-a-quí.

Pero la calle es tan oscura en ambos sentidos y no sé hacia dónde correr…

Justo en el momento en que levanto un pie para despegar y perderme, perderme de la peor de las maneras, Simon me pone una mano en el hombro y el mundo se para. Es tan brusco que, otra vez, casi me derrumbo. No creo que nadie sea capaz de entender cómo me siento ahora mismo —confusa, ofendida, engañada, rota, dolida— ni que yo sea capaz de explicarlo en voz alta, pero, por alguna razón, él lo adivina y me detiene. Cuando levanto la cabeza y están ahí sus ojos, por fin tomo aire y parece que, esta vez, respiro diferente.

—Valeria —dice, y no hace falta que diga nada más.

Simon es un faro enorme que permanece de pie en medio de mi tempestad y que sabe cómo encontrarme antes de que me estrelle.

—¿Nos vamos a casa? —susurra, y extiende la otra mano hacia mí para que yo se la tome.

El camino es largo y frío. Tengo los dedos helados. Él, como se ha quitado los guantes, también.

Pero no quiero soltarlo. No voy a soltarlo. No puedo.

—¿Estás bien? —pregunta.

Asiento. Es mentira, pero es más fácil decirle eso que tener que explicarle todas las razones por las que estoy mal.

—¿Has pensado que es posible que nos hayamos equivocado de sitio? A lo mejor no era ese. Hay muchos bares por la zona…

—Era ese. Encontré una servilleta con la misma flor. Era… bueno, era un lirio.

Es gracioso, porque los lirios simbolizan la pureza, la perfección y la luz, pero también son las típicas flores que se llevan a los cementerios.

He encontrado la servilleta esta mañana, cuando me he despertado y Raven no estaba a mi lado en la cama. En su lugar había una nota que decía: «Necesito que me dé el aire», escrita a una hora desconocida y sin más explicaciones. Detrás de la nota estaba el lirio. Supongo que ella no encontró otro sitio donde escribir, o tal vez quisiera darme una pista. Me duché, me vestí, preparé la comida y ella aún no había vuelto; a las dos comí, porque no venía, y luego me pasé varias horas en la encimera de la cocina mirando por la ventana y con el paquete de tabaco que se había dejado dando vueltas entre mis dedos.

Cuando llamé a Simon y salí de casa eran las diez de la noche y ella aún no había vuelto. Antes había intentado pensar en formas de localizarla, pero no tiene teléfono ni nada parecido. Cuando volví a mirar la nota, vi ese detalle y decidí presentarme.

El plan era tan magnífico que ahora casi me dan ganas de echarme a reír por lo tonta que fui. La idea era ir al sitio, preguntar por él, investigar quién es y luego ir a la policía a denunciarlo. Me pareció una buenísima idea, y muy sencilla. También pensaba que lo que había pasado había sido solo mala suerte, nada que tuviera que ver con Raven, simplemente una horrorosa casualidad... de esas casualidades que la ley resuelve. Pero eso fue porque no sabía que ella me había ocultado algo importante. Y ahora tengo miedo, tengo miedo de que ellos no lo entiendan y lo malinterpreten. No quiero que le quiten importancia.

No sé por dónde estamos andando —el camino se hace eterno porque ya no hay más autobuses de vuelta y tenemos que ir a pie— mientras Simon tira de mí para esquivar personas y semáforos. Es como si me arrastrara. Lo único que me hace sentir mejor es apretar un poco su mano de vez en cuando, aunque de todas formas él no puede impedir que me hunda poco a poco. Las olas destrozan todos los castillos que construyo y se llevan un poco de mí en cada viaje.

Me acompaña hasta las escaleras de metal. Me quedo allí quieta más tiempo del que debería, sin mirar arriba, agarrándome a su brazo como si realmente fuera un bote salvavidas. Al cabo de un rato empieza a moverse, y de repente siento sus brazos alrededor de mi cuerpo, en todas partes, envolviéndome como nunca. Me sostiene un momento y parece que me levanta, que levito, y da igual a la altura que esté porque sé que él no va a dejar que me caiga. Nadie me había abrazado así antes. No quiero que pare. Sé que podría dormirme y despertarme así mil veces y que él conseguiría que todo lo que acaba de pasar se me olvidara.

Cuando me suelta no estoy muy segura de cuánto tiempo ha pasado, pero me siento mejor. Me pregunta si necesito que se quede. Le digo que no, aunque esta vez es que sí. Le digo que no, aunque quiero pedirle que vuelva abrazarme. Me recuerda, con voz tranquila, que solo tengo que llamarlo si necesito algo. Me dice que incluso puedo ir a dormir a su casa, si quiero. Estoy a punto de pedirle que me lleve con él pero, en vez de eso, solo sonrío y le digo que lo pensaré.

Y lo pensaré, eso es cierto, porque ahora mismo solo junto a Simon me siento completamente segura.

Hoy no miro hacia atrás cuando estoy arriba y, cuando abro la puerta, Raven todavía no ha vuelto.

28. El dragón que riega las plantas y la casa en llamas

Esta mañana su cama seguía vacía, las sábanas deshechas y el tabaco sobre la mesilla. Trece cigarros contados, los mismos que ayer por la noche.

Me hubiera quedado aquí todo el día, como ayer, pero tenía sesión con Alejandro y no podía faltar. Aunque estoy preocupada y quiero hablar con ella, de alguna forma sé que necesita estar sola ahora mismo, así que una buena forma de distraerme un poco y salir de este mundo tan gris y tan oscuro es ir a trabajar.

Como tengo que esperar a que unas chicas acaben de sacar unas fotos para un anuncio de ropa para mayores de cuarenta, me entretengo con cualquier cosa: me doy una ducha larga, me dedico a depilarme tomándome mi tiempo, me seco el pelo con paciencia, hablo con Amelia la maquilladora de si consideraría salir con alguien del trabajo (aclaro que no hablo de mí, sino de un amigo, y ella pone los ojos en banco y se va antes de decirme que la deje en paz) y, finalmente, decido colarme en una sesión en la que participa Eric para ver cómo lo hace desde un punto de vista objetivo.

Observaciones del día: primera, cuanto más miro a Naomi, más segura estoy de que sería capaz de saltar sobre Eric en cuanto nadie mirara (de que es posible que lo haga en cualquier momento aunque todos la miremos, de hecho); segunda, cuanto más miro a Eric, más pienso que la apartaría de un empujón incluso aunque sea una de las chicas más guapas que he visto en mi vida.

¿Por qué? Por cómo ha ido a saludar a Amelia cuando ella ha entrado en la sesión después de mí. Por cómo ella le ha dicho que la deje tranquila —debe de decirle eso a todo el mundo— y él ha empezado a chincharla. Por cómo ha acabado inclinándose sobre ella para darle un beso en la mejilla, le ha revuelto el pelo y le ha soltado un par de borderías burlonas antes de darse la vuelta con una sonrisa tonta.

Es curioso cómo funciona el mundo, y también lo es ver cómo funcionan las personas. Me resulta extremadamente fascinante su comportamiento porque, aunque puede dar la sensación de que sí, en realidad no hay reglas, ni pautas a seguir, ni nada puede ser determinado. Cada uno somos un universo completamente distinto y podemos intentar generalizar todo lo que queramos, pero siempre habrá excepciones para todo porque nadie es igual. Nadie se salva de nada, aunque sea más guapo, más alto o más brillante… Y, precisamente, no serlo no te deja fuera de la rueda de acontecimientos que es la vida.

Me alegro por Amelia, pero espero que deje de protestar y se dé cuenta pronto.

Eric se despide de Alejandro y de mí. Mel ni se inmuta, está demasiado concentrada pintando. Lleva un buen rato con los rotuladores, entretenidísima y feliz porque hoy ha venido mejor preparada y se ha traído el material de casa. Todos tienen la punta destrozada. Le he dicho que dibujara lo que más le gustaría tener en el mundo y está haciendo un dragón que escupe agua en vez de fuego —«porque el fuego es malo»— y riega las plantas —«regar las plantas es muy bueno y no se nos puede olvidar hacerlo»—.

Le he preguntado por qué dibujaba un dragón, entonces, y ella me ha mirado como si nunca hubiera escuchado una pregunta tan estúpida.

—Porque se parecen a las lagartijas y me gustan las lagartijas. Tenía una que se llamaba Léo y vivía detrás de la nevera, pero papá la llevó con su familia cuando la encontró. Es que la echo de menos...

—Pero a ver, entonces, ¿por qué no dibujas una lagartija?

—Porque las lagartijas no vuelan y los dragones sí.

Buen argumento.

Alejandro nos mira, sonríe y sacude la cabeza. Está realmente raro desde que ha decidido afeitarse, como si de repente hubiera rejuvenecido quince años y quisiera enseñarnos a todos que en realidad, debajo de todo el pelo, siempre ha tenido cuello. Hoy ha venido con una especie de gorra con dos solapas y plataformas de madera (que, por cierto, no dejan de sonar por todas partes y provocan un ruido bastante molesto) y solo he tenido que ver la cara del resto del equipo para darme cuenta de que eso es extravagante hasta para él. Es gracioso verlo porque parece algo entre una grulla de cuello largo y el conocido perfil de Sherlock Holmes.

Por mi comportamiento alicaído de todo el día –no tengo fuerzas ni para hacer como que no me pasa nada– juraría que se muere por preguntarme por cuarta vez qué me pasa. Lleva echándome miradas preocupadas desde que he llegado. Mel, por suerte, está tan concentrada en su dragónmanguera que no se ha dado ni cuenta.

Es bastante amable por su parte, además, que mientras trabaja en retoques y demás quehaceres se dedique a hablar (a veces a mí, a veces a nadie) en voz alta diciendo cosas que sabe que me sacarán una sonrisa.

–Creo que esto es solo tu plan secreto para que te pague más, ¿sabes? –dice. Levanto la cabeza hacia él, curiosa, y me guiña un ojo–. Acabo de pillarte. Tantos días estando pendiente de ella... Pretendes confundirme, ¿verdad? Confundirme para que te contrate oficialmente como canguro.

Sonrío sinceramente.

–Cáspita, nunca pensé que me descubrirías.

–Bueno, algunos somos avispados por naturaleza.

Mel levanta los ojos un momento, sonríe y luego sigue pintando. Hace eso a veces, aunque en realidad no se entera de nada. Es tan bonita... Y dibuja muy bien para su edad, todo hay que decirlo.

–Se ve que te gusta –comenta él, ahora más en serio, apartando los ojos del monitor donde salen las fotos de las chicas que están posando en este momento.

–Lo hago de mil amores. Es un cielo de niña.

–Sí que lo es, sobre todo si no la has visto endemoniada a las diez de la noche jugando al escondite con Bob y conmigo. Siempre gana. Y no porque la dejemos hacerlo.

Alejandro suelta un resoplido con los ojos en la pantalla

de nuevo y salta hacia delante, hacia donde el fotógrafo se agacha y luego se pone de puntillas para intentar sacar las fotos desde distintas perspectivas. Sigo su carrera con los ojos (¿cómo puede alguien ir tan rápido con esos zapatos?) y observo, casi divertida, cómo le arranca la cámara al fotógrafo de un tirón, le grita un par de cosas y luego se acerca a las chicas para que se inclinen un poco más hacia delante, para que levanten un poquito más los ojos. Incluso él pone la postura, enseñándosela.

Si quieres algo bien hecho debes hacerlo tú mismo, que se dice. La agilidad de Alejandro con la cámara es asombrosa, y parece mucho más satisfecho con las capturas que salen en la pequeña pantallita del aparato que con lo que estaba viendo antes.

—¿Estás triste, Valeria?

Miro a Mel. No ha dejado de pintar. Tiene la cabeza inclinada hacia la izquierda y todo el pelo le cae hacia ese lado, esparciéndose por encima de la mesa y solo dejándole espacio para colorear entre los mechones.

—¿Por qué dices eso?

—Porque lo pareces. Tienes la boca hacia abajo.

Observo a la niña. A lo mejor estaba equivocada con eso de que no se entera de nada… Con esos ojos tan enormes no es extraño que vea más cosas de las que los adultos se creen que ve, aunque pueda parecer distraída.

—Solo estoy preocupada por mi hermana —respondo con un hilillo de voz.

Decir algo así me parece absolutamente terrible y me llevo las manos a la boca. No he podido evitarlo. La palabra «hermana» ha salido de mi boca rasgándome los labios, de

270

color rojo como el pintalabios que me han puesto, y es el rojo de las cosas malas y el tabú. No debería haberlo hecho. Melanie levanta la cabeza, seria, y frunce un poco el ceño.

—¿Tienes una hermana?

—S... sí.

—¿Y qué le pasa?

—Está malita.

«Desde hace mucho —quiero añadir—. En realidad, desde que naciste tú. No por tu culpa, sino por ella. Porque te dejó, aunque te quería. Porque no podía soportar que te quedaras con nosotras, y separarse de ti le dolió de tal manera que no pudo seguir luchando contra el vendaval, y las olas la arrastraron».

—Pero... ¿se va a poner bien?

Se me llenan los ojos de lágrimas. Su expresión es realmente preocupada. Me duele el pecho y, cuando trago saliva, lo hago con dificultad.

—Claro que sí, cariño. Se pondrá bien.

—Toma, dale esto. Para que se ponga buena más rápido. —Recoge la hoja de la mesa, la tiende hacia mí con mano firme y gesto decidido—. Seguro que funciona, porque funciona con las plantas.

—¿Tu dragón regadera?

—Sí, sí. Para ella. Se lo regalo, dáselo.

No puedo tomarlo, porque en ese momento se me escapa un sollozo y empiezo a llorar. Mel suelta un gritito y se queda mirándome sin saber qué hacer, lo que hace que quiera parar, aunque no sé cómo. Con manos temblorosas, mientras el volumen de mi llanto aumenta sin que yo pueda controlarlo, alargo el brazo y ella, demasiado sorprendida para hacer otra cosa, pone el papel en mi mano. Cierro los dedos con tal fuerza que estoy a punto de arrugarlo.

Entonces me levanto y salgo corriendo para que nadie más me vea. Corro por los pasillos con la suerte de que no me encuentro a nadie y, cuando llego al vestuario, cierro la puerta de golpe y dejo que mis pulmones busquen aire con desesperación y que las lágrimas me resbalen por la barbilla y hasta el cuello.

Vuelvo a mirar el dibujo. Mel ha escrito «para: la ermana de valeria / de: mel» en la esquina inferior derecha. No puedo dejar de llorar y, mientras miro ese dragón con un ojo más grande que el otro, las cuatro patas en fila y un chorro de color azul saliendo desde su cara hasta un montón de flores en el suelo, me pregunto si alguna vez seré capaz de dárselo a Raven.

Guardo el dibujo en el fondo de mi taquilla y me quedo allí quieta, parada, llorando.

—Anda, mira la que has montado.

Unas manos me agarran de los hombros y me llevan hasta los lavabos. En el espejo, detrás de mí, veo la cara de Amelia, seria e imperturbable, desaparecer un momento. Retrocede de nuevo, aferra uno de los bancos colocados junto a la pared y lo arrastra para que yo pueda sentarme. Me pasa la mano por el pelo de un modo cariñoso y entonces empieza a limpiarme la cara.

—No sé lo que te habrá pasado, pero no puedes aparecer así.

Me sorbo los mocos y asiento, despacio, cuando mi respiración empieza a calmarse un poco.

Amelia se encarga de mí en silencio. Hago los mayores esfuerzos por no pensar en el dibujo y, al final, consigo serenarme. Me pone de nuevo la base, el rímel, la sombra y, apenas diez minutos después, gracias al colirio y a su talento, nadie podría decir que he llorado. Si no supiera cómo me siento por dentro, si no tuviera tantas ganas de levantarme e ir a echarle un último vistazo a ese dibujo, ni siquiera yo podría asegurarlo.

Ella levanta una mano antes de que le dé las gracias, se encoge de hombros y, simplemente, se va.

*   *   *

Meto la llave en la cerradura del apartamento. Está más atascada de lo normal, y tengo que empujar con el hombro para abrirla; debe de ser por el cambio de tiempo, que deforma la madera. Al hacerlo, casi me caigo dentro de la habitación. El interior está oscuro y, por un momento, lo único que veo son sombras bailando ante mí, creando formas invisibles cierre los ojos o no. Después la vista se me acostumbra, al menos un poco, y eso y la luz que viene desde fuera me dejan entrever una figura acostada en la cama de matrimonio que hay frente a mí.

Respiro, aliviada. Aquí está. Por fin.

Voy a la cocina intentando no hacer mucho ruido. Me quito el abrigo, dejo la mochila, miro a ver si hay algo de cenar. Una tarrina de ensalada de pasta precocinada. Pico un poco antes de cerrarla de nuevo y dejarla en su sitio, porque está asquerosa. Me bebo un par de vasos de agua, me lavo las manos y vuelvo a asomarme a la habitación. No se ha movido ni un ápice.

Mientras la miro, me doy cuenta de que de hecho no se mueve nada. Nada. No es como otras veces, es diferente. Ahora, no se mueve ni para respirar.

29. Zombi

—¿Raven…?

Me siento a su lado en la cama, despacio, inquieta pero intentando hacer como que no lo estoy. No sé ante quién, porque ella no me está viendo. Tengo que agarrarle el brazo y subírselo para no aplastarlo. Con cuidado, llevo dos dedos a su cuello y aprieto; bum… bum. Bum… bum. Tiene pulso; me tranquilizo.

Hay algo arrugado en la mano que acabo de apartarle. Cuando se lo quito, ni se inmuta. No sé por qué me interesa, pero es raro que se haya quedado dormida así. Lo leo… y no puedo evitar subir las cejas, sorprendida.

¿Una receta? ¿Eso es lo que ha estado haciendo tanto tiempo, conseguir una receta?

No, no es eso, porque esta está fechada en 2006… Paxil, dice. Sorprendentemente, ese nombre me suena. Vuelvo a leerla: Melissa Miles. Esta receta es de mi madre. ¿Mamá tomaba esto? ¿Esta… esta es la pastilla de por la mañana?

¿Por qué la tiene Raven?

El cajón de la mesilla donde guarda todas sus cosas está abierto, lo que definitivamente es raro. Saco lo primero que pillo, y resulta ser otra receta. Esta ya de este año. Sigue poniendo Paxil, pero con una dosis mayor. Le echo una mirada breve para comprobar que sigue con los ojos cerrados antes de sacar algo más.

Papeles. Una foto en la que salen mamá y ella abrazadas y sonriendo; por detrás, alguien ha escrito con lápiz: «Verano de 2003». En esa época, Rachel llevaba una mecha rosa en el flequillo que le quedaba muy bien. Un sobre, más papeles... Un par de cajas de pastillas, una de Orfidal y otra de Paxil, ambas abiertas y empezadas. Muy vacías, de hecho.

Conozco el Orfidal por una vez que Lynda me dijo que yo le causaba tantos dolores de cabeza que ni tomándolo podía dormir, pero es la primera vez que oigo hablar del otro. Según la caja, el Paxil es un inhibidor de la serotonina. Saco el papel de dentro para ver qué significa eso... Depresión. El Paxil es un antidepresivo. Lo suelto todo en el suelo cuando el corazón se me acelera y empiezo a sacudir el cuerpo de mi hermana.

Está helada, como un cubito de hielo.

—Raven. Raven. ¡Raven! Joder, ¡Raven!

No contesta. No se mueve. Cuando busco su pulso de nuevo, es tan leve que no sé si de verdad está ahí o si lo noto porque quiero que esté. ¿Lo he mirado bien antes? Vuelvo a sacudirla, pero, después de varios intentos, sigue sin reaccionar. Me pongo de pie de un salto y corro hacia la cocina.

Cuando vuelvo a la habitación con un vaso de agua en la mano que tenía pensado tirarle por la cabeza, tiene los ojos entreabiertos y gira la cara para mirarme.

Dejo caer el vaso, tan aliviada de repente que casi no puedo ni aguantarme de pie.

—Me cago en la puta, Raven. No... No hagas eso, Dios. Joder. –Me aparto el pelo de la cara, agobiada–. Creía que estabas... Que te habías... Dios.

Prácticamente me tiro junto a ella. Se frota los ojos y bosteza, luego mira a su alrededor. Poco a poco, es más y más consciente de la habitación. Observa el cuarto, me mira a mí, gira la cabeza hacia los lados. Ve el cajón. Ve todas sus cosas en el suelo. Pestañea varias veces, despacio.

—No veo muy bien... ¿Valeria?

—¿De dónde has sacado estas pastillas, Raven? ¿Desde cuándo tomas todo esto?

—¿Has mirado en mi cajón?

Su voz debería estar alterada, pero es tranquila. Normal. Suave. Como si en realidad le diera lo mismo. Como si quisiera seguir durmiendo.

—Contéstame. ¿Por qué tienes guardadas unas pastillas?

Ella se pone de lado y se cubre un poco más con la sábana y la manta. Tiene todo el maquillaje emborronado alrededor de los ojos y la boca, aunque sus labios siguen rojos y brillantes. Parece más vieja que nunca.

—No tenías que verlas. Son mías. Son para el dolor de cabeza. Y para dormir. Dámelas.

—No lo son. No son para dormir. Raven, no me mientas.

Se queda callada. Cierra los ojos. Le doy en la cara para que no se duerma, aunque no muy fuerte.

—Ay, Valeria.

—Raven, dime por qué y desde cuándo llevas tomando esto.

277

Se encoge de hombros y se sorbe la nariz. Tiene unas horribles ojeras negras bajo los ojos e intenta cubrirlas con su brazo.

—No podía dormir...

—Raven.

Hay una pausa. Ella sigue pestañeando, como si tuviera la vista empañada. Se mueve despacio. Respira despacio. Todo va despacio en ella, ahora.

—Val, ¿crees que estoy deprimida?

—¿Por eso estás tomando antidepresivos con la receta de mamá? Sé que la de este año es falsa, se nota. ¿Por qué crees que estás deprimida? Estoy segura de que ni siquiera has ido al médico. ¿Cómo puedes ser tan estúpida como para tomar antidepresivos sin receta, Raven?

—No entiendo por qué no funcionan.

Me fijo en sus ojos hundidos, en las marcas oscuras, en la forma de su boca. Parece muy cansada. Y muy triste. Como parecía mamá...

—Rachel, dime que no has estado tomando todo esto por tu cuenta.

Tampoco reacciona ante su nombre, como no ha reaccionado ante el hecho de que haya rebuscado en su cajón. Cierra los ojos, vuelve a abrirlos. Todo muy lento, otra vez.

—Creía que estaba deprimida, por eso los tomé. Pero resulta que los efectos secundarios son no dormir bien, somnolencia... lo cual es una contradicción, ¿no crees?... No querer tener sexo y, ah, también ganas de suicidarte. Eso es irónico, si lo piensas, porque empecé a tomarlos para no querer hacerlo. No quería querer hacerlo.

—Rachel, no vas a suicidarte, no digas tonterías. No voy

278

a dejarte. Pero no puedes tomar esto, ¿vale? Mira… mira cómo estás.

—Como si algo así pudiera evitarse. No tienes ni idea.

—Los ojos de mi hermana se cierran otra vez y ella permanece callada tanto tiempo que creo que se ha quedado dormida. Justo cuando estoy a punto de darle otra bofetada, abre los ojos y examina mi cara—. Val, ¿tú te acuerdas de mamá?

¿Mamá?

—¿Por qué sacas a mamá ahora?

—¿Te acuerdas de ella?

Me encojo de hombros.

—Sí, claro. Mamá siempre estaba triste. Y veía mucho la tele. Y comía galletas…

—… galletas de dos en dos, aunque tardaba una eternidad. Ya. Mamá estaba deprimida desde que atropellaron a papá, cuando tú eras pequeña.

Sí, bueno, no hubiera necesitado ser un genio para saber eso.

Es curioso cómo no conservo ni un solo recuerdo de mi padre. Me gustaría decir que era muy bueno, que me daba chucherías a escondidas o que siempre subía a arroparme antes de dormir, pero no puedo porque no sé si es verdad o no. La única foto suya que tengo es una en la que sale con mamá, están abrazados y ella se ríe. La primera vez que la vi, mi madre parecía tan feliz que tardé en darme cuenta de que era ella. Ella la llevaba siempre en el pecho, por dentro de la ropa interior, y cuando lloraba el nombre de mi padre, siempre pegaba la palma allí donde la había guardado.

Trataba aquella fotografía como si fuera el último buen recuerdo que le quedara.

—¿Tomaba antidepresivos?

—Sí. Una pastilla todas las mañanas, con el desayuno.

En el fondo, supongo que ya lo sabía. Encaja con su tristeza, su silencio y la forma en que se las tomaba sin siquiera mirarnos, como si en el fondo se avergonzara.

Pero hay algo que no encaja.

—Rachel, ¿dónde está mamá ahora?

—Tengo miedo de todo esto, Val —susurra.

—Rachel. Dime dónde está mamá. Sé que lo sabes.

Tiene la mirada perdida en el techo. Parece hipnotizada. Sus pupilas están muy dilatadas y le dan una vitalidad a sus cara que me inquieta y me asusta, porque no es normal. El corazón me late rápido y tan fuerte que lo noto por todo el cuerpo. Me late por todas partes. Nadie sano tendría esos ojos.

—Es horrible. Tengo pesadillas. Y a veces son tan reales... Creía que el Orfidal lo arreglaría, pero... no es así. Solo vomito y tiemblo. Nada más. Es bastante desagradable.

—Está muerta, ¿verdad? Está muerta.

Rachel está llorando. Después de unos segundos asiente, despacio. La almohada se va manchando de puntos de rímel negro. Respiro hondo.

Mamá está muerta.

—¿Hace cuánto que lo sabes?

—Desde que nos echó.

Eso son casi ocho años.

Rachel estira un brazo y mete la mano en el cajón. La miro hacer todos esos movimientos como a cámara lenta, escuchando «desde que nos echó, desde que nos echó, desde que nos echó» como si en mi cabeza se estuviera reproduciendo un disco y se hubiera quedado atascado. La observo mientras saca un periódico del fondo. Lo abre por una página concreta a la primera y luego lo gira hacia mí.

Lo primero que aparece es una foto de una mesa con un montón de pastillas esparcidas sin ton ni son. La foto es en unos tonos azules y rojos que me hacen pensar que cualquiera podría haberla sacado de internet, y por eso al principio no lo entiendo. Sin embargo, cuando levanto la vista hacia Raven, sé la respuesta antes de que la diga.

—Sobredosis. Se intoxicó. A sí misma, Val. Cuando llegaste del colegio, ya lo había hecho.

Cuando yo llegué del colegio tú estabas esperándome con las maletas en la puerta. Contengo la respiración.

—¿Tú la viste? ¿La encontraste muerta?

No responde y no me hace falta. Se me llenan los ojos de lágrimas.

—¿Cuánto tiempo… cuánto tiempo pasó?

—¿Desde cuándo?

—Desde que nos fuimos hasta que la prensa se enteró.

—Una… una semana. Creo que fue una semana. Una vecina se quejó por el olor y llamó a la policía porque decía que no nos había visto ni oído en mucho tiempo. —Rachel se queda callada, mirando el periódico—. Se pasó ahí muerta una semana, Val.

—¿Lo hizo ella? ¿Estás segura de que fue… —la palabra se me atraganta porque es la más horrible que podría decir ahora mismo— voluntario?

—No lo sé. Esa es una de las cosas que no me dejan dormir: ¿se le fue la mano o lo planeó todo?

—¿Por qué me lo has contado ahora, Raven?

—Creía que tenías que saberlo.

—No es verdad. Si creyeras que tenía que saberlo, me lo habrías contado antes.

Los ojos de Rachel brillan como si tuviera fiebre y su cara está tan pálida que parece impresa en un folio en blanco. Es como un cadáver.

—No quiero morir, Val. No quiero ser como ella.

—No vas a morirte, Rachel. —Y sí, la llamo Rachel, porque no es con Raven con quien estoy hablando ahora mismo.

—Pero es que ya quiero hacerlo a veces. Siento que me estoy pudriendo por dentro. A veces... a veces me miro en el espejo y no sé cómo soy capaz de seguir, cómo puedo estar aún haciendo... todo esto. Porque lo odio y quiero matarme. Y morir sería fácil y haría que acabase... Pero a la vez me da mucho miedo.

—No vas a morirte —repito, acercándome más a ella. Tengo un nudo en la garganta y ganas de ponerme a llorar, pero sé que eso no la ayudaría de ninguna forma, así que la tomo de la mano. Está temblando—. No vas a suicidarte, ¿vale? No voy a dejarte hacerlo. Y voy a arreglar todo esto.

—No es tan sencillo.

—Confía en mí, ¿vale? Voy a mantenernos a flote, te lo juro.

30. Ocho llamadas perdidas

Parecía que no iba a devolverme las llamadas nunca.

—¿Valeria? Lo siento, no he podido llamarte antes. Me has dejado muchas perdidas. Ocho, en realidad. ¿Está todo bien?

Trago saliva. No tengo ni idea de por dónde empezar.

—¿Sabes? En mi cabeza, la derecha se corresponde con los números pares. Creo que es porque «izquierda» e «impares» empiezan por la letra i… Pero en mi calle la acera de la derecha es la de los números impares, y eso me ha molestado bastante.

Hay un gran silencio al otro lado de la línea. Luego, Simon habla.

—Bueno, si vas en la otra dirección sí que concuerda, ¿no? En dirección contraria, la derecha es la de los pares y así el orden de tu cabeza estaría bien.

—No, no lo está. No tiene lógica dar la vuelta, porque la dirección es hacia el norte.

Hay un silencio al otro lado hasta que él al final me pregunta:

—¿A qué viene esto? ¿Qué te pasa?

Al principio Rachel tenía la costumbre de respirar hondo y contar en voz baja de cinco a cero, muy despacio, para relajarse. Es una tontería que nunca me ha servido para nada y ahora tampoco.

—Una... una ambulancia acaba de llevarse a Raven y no sabía que el número del motel era impar. Bueno, en realidad... ni siquiera sabía que el motel tuviera un número. Es el 31.

—Oh, Dios. —Oigo un suspiro en el teléfono—. ¿Qué ha pasado? ¿Dónde estás?

—En la calle. Se me ha olvidado el abrigo arriba, pero no quiero volver a por él.

—Voy enseguida. No tardo ni medio minuto, Val. No te muevas, por favor.

Pi, pi, pi.

Cuando Simon llega con el coche cierro los ojos porque la luz es muy potente. Lo siguiente que sé de él es que me abraza. Su corazón late a la altura de mis oídos y, sorprendentemente, va más rápido que el mío.

—¿Estás bien? ¿Estás bien?

—¿Dónde estabas? —pregunto contra su ropa.

—En la tienda. He tenido que cerrar antes de venir.

—Has tardado más de medio minuto —bromeo.

Se ríe levemente y lo noto en la parte de atrás de mi cabeza. No es una risa de verdad porque está nervioso. Se aparta, cogiéndome por los hombros, y sus ojos están serios cuando me mira.

—¿Qué ha pasado, Val?

Por alguna razón, nunca antes me había dado cuenta de que Simon a veces me llama Val. Tal vez sea porque suena tan natural en su boca —más natural que cuando lo dice Raven— que no tenía forma de haberlo notado antes. Agotada, vuelvo a apoyar la cabeza en su pecho y cierro los ojos con fuerza. Llevo bastante rato fuera y ya no siento tanto el frío, supongo que porque este se ha mudado a mi cuerpo y ahora es mi temperatura normal; Simon está caliente, ardiendo, y su respiración es algo acelerada, como si hubiera subido unas escaleras corriendo. Huele bien. Siempre huele bien.

Me pasa una mano por el pelo con infinito cuidado.

—¿Qué ha ocurrido? —repite, en voz más baja—. Puedes contármelo.

Ya lo sé.

—Se ha tomado un montón de pastillas. Y lloraba. No paraba de llorar, Simon, y yo... —Se me quiebra la voz.

—Tranquila.

—Mi madre. Simon, Raven me ha hablado de mi madre.

—Tu madre se fue. —Sus labios me hacen cosquillas en el pelo cuando habla, y un hormigueo me baja por el cuello y me recorre todo el cuerpo.

Se acuerda de eso. Se lo conté una vez. Se me llenan los ojos de lágrimas y tengo que hundir la cabeza más aún en su pecho para retenerlas.

—Mi madre se fue —repito.

—No te preocupes, Valeria. Vamos, ven conmigo. Todo estará bien.

* * *

Mi hermana solía decir «c'est la vie» muy a menudo. Creía que lo decía para mí, como si estuviera intentando darme lecciones todo el tiempo, pero acabo de darme cuenta de que no es así. En ocasiones, también llegué a tomármelo como un lamento, quizás algo que repetía para dejarme claro que esto es lo que había para ella y para mí a partir de ahora, pero… tampoco. Raven decía «*c'est la vie*» cada vez que todo parecía no estar bien porque en realidad quien intentaba hablar era Rachel. No quería advertirme a mí, era un recordatorio para sí misma. Para aguantar dentro de ese personaje que tenía que interpretar constantemente. Me imagino a Rachel encerrada en una pequeña caja de cristal. Me imagino que está dentro de la cucaracha de Kafka y que lo único que puede hacer es decir «*c'est la vie*» para no desesperarse.

Aunque lleva mucho tiempo aguantando, esta ha sido la noche que no ha podido más. Ha sido muy valiente por soportar tanto tiempo. Después de siete años, la luz de su voz se ha apagado y todo se ha oscurecido a su alrededor.

¿Ha sido culpa mía no haber visto antes los síntomas? ¿Tenía que haberme dado cuenta de que el pájaro estaba perdiendo las alas blancas?

—Aún no te has dormido.

La voz de Simon en la oscuridad me sobresalta. Estoy en su habitación. Me ha dejado su cama porque la que ha traído desde el cuarto de invitados (con ayuda de su padre) estaba un poco coja y ha insistido —e insistido e insistido— en quedarse él ahí. No he querido discutir. Abro los ojos y no veo absolutamente nada al principio, ni siquiera el techo que sé que está en alguna parte.

—No puedo. No dejo de pensar en Rachel. —Esta es la primera vez que digo su verdadero nombre delante de él. Delante de alguien, desde hace tantos años.

Oigo movimiento en la otra cama. Poco a poco, voy acostumbrándome a la luz.

—Ella estará bien. Mañana iremos a verla al hospital, si quieres. Yo puedo llevarte.

—Sé que estará bien. Espero... espero que esté bien. Es otra cosa.

Se queda en silencio, esperando a que añada algo más. Es solo que necesito un poco más de tiempo para decirlo. Me siento terriblemente culpable.

Unos segundos después, abro la boca y cierro los ojos.

—Solo me pregunto si podría haber evitado que esto llegara tan lejos.

Es increíble lo alto que suenan los susurros en la oscuridad cuando hay alguien que realmente está escuchando.

De nuevo, el cuerpo de Simon se mueve. La cama suena un poco. Es demasiado pequeña para él y, antes de apagar la luz, he visto cómo tenía que encogerse para que no se le salieran los pies. Empiezo a distinguir algunos de los muebles que hay a nuestro alrededor. Giro la cabeza para ver si también lo distingo a él.

—No creo que hubieras podido. La gente que tiene problemas suele saber cómo esconderlos para que desde fuera no se note que pasa algo —contesta.

—Pero es mi hermana —susurro—. Tenía que haberme dado cuenta.

—No si ella no quería que lo hicieras, Val. Es posible que ya tuviera controlado cómo ocultártelo.

—Sí. Lo tenía muy controlado. —Me siento en la cama y me abrazo las piernas—. Y no solo lo de las pastillas.

Recuerdo los ojos idos de Rachel mientras escupía sus

confesiones balbuceantes, ese sollozo rompiéndose en los rojos labios del cuervo blanco. No sé por dónde empezar. ¿Por la foto? ¿Por los antidepresivos? ¿Por el día en que mi madre no abrió la puerta porque ya estaba muerta, o por lo que dijeron los periódicos? Siento que debería contárselo. Si me lo guardo, voy a reventar.

Su figura es grande al otro lado de la habitación. Su madre ha puesto bastantes pegas a que durmiéramos los dos juntos, lanzándome miradas de reojo que no me han hecho sentir mejor. Pero me conforta que esté aquí. En silencio, lo escucho respirar.

—Simon, ¿te acuerdas de que te dije que mi madre también me abandonó? —Siento las lágrimas picándome en los ojos y tengo que respirar hondo un par de veces para que me salga la voz—. No es verdad.

No dice nada durante un momento y solo oigo un perro ladrando, la alarma de un coche pitando antes de apagarse repentinamente y, al final, el sonido de la cama otra vez.

—¿Te lo inventaste? —El tono de su voz suena algo dolido.

—No. Es lo que creía que había pasado.

Suspiro, cojo aire. Cuando lo diga en voz alta será real.

—Rachel me ha dicho que mi madre se suicidó.

Se incorpora, como yo, y me muerdo el labio con fuerza.

—Dios, Valeria. Lo siento.

—Yo siempre había supuesto que solo se había ido, que lo de nuestras maletas fue porque quería vender la casa al dejarnos o algo así. Estuve pensando en qué podía haber pasado durante mucho tiempo, sobre todo cuando fui plenamente consciente de lo que hacía Rachel y de que la culpa de todo era de mi madre. Incluso pensé en... buscarla. ¿Te acuerdas de que una vez te hablé de que había una serie de cosas que tenía que solucionar? Son mis Cosas Pendientes y la principal era esa. Era lo primero de la lista. Solo quería preguntarle por qué lo hizo, pero luego, poco a poco, se me fue quitando la idea. Yo odiaba a mi madre, Simon. Y ella prefirió que la odiara a... a que supiera...

Me sobresalto al sentirlo junto a mí. Esta vez ni siquiera lo he oído levantarse. Puedo distinguir su silueta grande entre el resto de las sombras gracias al leve resplandor que llega de la ventana. Tiene una mano tendida en mi dirección y, aunque se la cojo, me suelta y sigue mi brazo hasta llegar a mi cara.

No noto las lágrimas hasta que él me las aparta con los dedos. Abro más los ojos, sorprendida, y casi me parece sentir físicamente el peso de los suyos sobre mí.

No tarda en apartarse, aunque me gustaría decirle que no lo haga.

—La primera vez que te vi también estabas llorando sin darte cuenta —susurra—. La primera vez que te vi sin la valla de por medio, quiero decir.

Me sorbo la nariz y me paso la manga de la camiseta por la cara. Su voz tiene ese tono que usa cuando canta.

—¿Te acuerdas de que nos chocamos? —sigue, despacio—. Ni siquiera sabía que estabas ahí y, de repente, tus ojos eran todo lo que veía. Tus ojos son enormes. Estabas llorando y sentí como... como si se me bloqueara el cerebro. No te diste cuenta, pero yo sí, y he querido hacer esto desde ese día.

Ojalá viera a Simon sonrojarse como sé que ha hecho, pero, por otra parte, menos mal que no hay luz y que él no ve mis mejillas.

El corazón me va rápido cuando vuelvo a encontrar sus manos. De una forma extraña, sé que no podría explicar lo que siento por Simon. No es algo tan simple como lo que describió Raven aquel día, que casi parece vulgar al pensar en ello. Esto me provoca descargas eléctricas en la piel, chispas, un hormigueo. Quiero sonreírle, aunque no vaya a verlo, y quiero decírselo, aunque no vaya a oírme, pero no puedo.

—Ojalá te hubiera conocido antes.

—Mi madre siempre dice que cada cosa tiene su momento y que no hay que meterle prisa al tiempo. Tiene una rima interna un tanto chirriante y forzada, pero creo que es verdad.

—Tal vez.

—Todo irá bien, ¿vale? Ya lo verás. No puedo predecir el futuro, pero tengo una corazonada.

—¿Crees que alguien puede esperar ese futuro cuando todo está tan oscuro en el presente?

De nuevo vuelve a tocarme la mejilla. Cierro los ojos.

Quiero que me abrace. Quiero, quiero…

Muy despacio, se levanta de la cama y pienso: «No, espera…».

—Todo saldrá bien, ¿vale? —dice.

—Sí, claro. Buenas noches, Simon —murmuro, recostándome de nuevo.

—Duerme bien.

31. Dos corazones

Tardo un poco en saber dónde estoy una vez he abierto los ojos. La luz inunda la habitación, cosa que no pasaría si estuviera en mi casa, ya que no hay ventanas en mi cuarto. Me apoyo en los codos y giro la cabeza: a mi derecha está Simon, sentado en el colchón y atándose las zapatillas. Cuando ve que me muevo, levanta la cabeza.

—Buenos días. —Sonríe.

—¿Por qué no me has despertado? ¿Llevas mucho rato levantado?

—Una media hora. Parecías muy en paz.

Me dejo caer de nuevo en la cama.

—¿Tienes café? Debería espabilarme.

—Supongo. Mi madre está en la cocina, así que habrá hecho.

Su madre. No fue muy agradable ayer por la noche. Cada vez estoy más segura de que me odia. Ruedo un poco y bajo las piernas de la cama.

—¿Estará enfadada contigo?

—No lo creo. No has hecho nada. Ella pone esa cara siempre. —Aunque intenta disimularlo mirándose la zapatilla que le falta por atar, me está mirando las piernas. Tiene las orejas demasiado rojas como para que no me dé cuenta. Sonrío, divertida, y carraspeo un poco para que dé un pequeño bote y sacuda la cabeza—. Ahora bajaré a hablar con ella.

—Espero que no te eche la bronca o algo así.

—Tranquila. Por cierto —me señala con la barbilla—, te queda muy bien.

Ayer me dejó una camiseta para que no tuviera que dormir con la que traía, pero sus pantalones me quedaban demasiado grandes y por eso he dormido sin ellos. Sin nada más que mis bragas, de hecho. La miro por primera vez: tiene en el pecho un dibujo de una especie de cabina telefónica de color azul.

—¿Qué es esto?

—La TARDIS. —Me he quedado igual, supongo que lo ha notado en mi cara—. ¿No sabes lo que es? ¿No conoces *Doctor Who*?

—¿Doctor *quién*?

—Qué graciosa. —Hace un mohín y me río—. Es una serie de la BBC. Cincuenta años, treinta y cuatro temporadas, doce Doctores… Alienígenas, invasiones a la Tierra, viajes en el tiempo, acompañantes, dos corazones…

—Te brillan los ojos cuando te pones en plan friki, es impresionante.

Sonríe de medio lado y se pone de pie de un salto.

—Te espero abajo… Te recomiendo que lleves unos pantalones para bajar.

Cierra la puerta a su espalda y me tomo mi tiempo para darle la vuelta a las perneras de mis vaqueros, ponérmelos, atarme las deportivas y buscar mi camisa. Huele a humo y está manchada, así que decido no cambiarme. Luego me miro en un pequeño espejo que tiene en la pared de su habitación; tengo una cara horrible.

Lo que veo detrás de mí en el reflejo es lo que me hace preguntarme qué hago aquí y por qué he venido sin mi hermana. Debería ir a verla.

El olor a café y pan tostado es el que me lleva hasta la cocina. Madre e hijo se callan cuando entro, pero creo que de todas formas la conversación había terminado: la madre de Simon parece un poco malhumorada, pero él sonríe dulcemente y luego me señala la mesa, llena de galletas y bolsas de magdalenas y cruasanes.

—¿Quieres café, Valeria? —pregunta ella a mi espalda.

—Eh, bueno... Claro, gracias.

Me siento a la izquierda de Simon, aunque me encantaría irme ya. Miro fijamente la caja de galletas. Tiene dibujos de una especie de nube morada con brazos y cara y un viejo azul y barbudo con una nariz enorme y corona.

—¿Te ha gustado?

—¿Eh? Ah, la camiseta. —Le sonrío—. Mucho.

—Bueno, si vas a llevarla todo el día creo que al menos deberías dejarme ponerte un par de capítulos. De los nuevos, de los que empezaron en 2005. Seguro que al final te gustaría. No hoy, claro, pero otro día...

—Cuando quieras, yo encantada.

La madre de Simon coloca delante de mí una cafetera y un tetrabrik de leche desnatada. Le sonrío cortésmente y ella me devuelve algo parecido, aunque no se la ve demasiado convencida. No se sienta con nosotros, solo vuelve al fregadero y empieza a enjabonar.

—Simon, me preguntaba si… bueno, si te importaría que fuera ahora a ver a mi hermana.

—¿Necesitas que te lleve?

—¿Lo harías?

—Claro.

—¿Está bien tu hermana, Valeria?

Giro la cabeza hacia la mujer. No me esperaba que preguntara. Es sorprendente que parezca interesada de verdad, también.

—No… no lo sé. Eso espero. Aún no la he visto.

La madre de Simon asiente solo una vez y luego se gira y sigue a lo suyo. Simon se bebe de un trago la leche y luego se mete una tostada en la boca antes de levantarse y salir.

—Voy a buscar las llaves, ¡te espero abajo! No tengas prisa en desayunar.

Su madre se queda observando la puerta y luego suspira. Nos miramos un momento y, después de que se encoja de hombros con sencillez, cada una vuelve a lo suyo.

* * *

Su madre nos mira desde la ventana cuando salimos. El coche está aparcado en la acera enfrente de su casa. Levanto la mano para despedirme, pero ella solo mueve la cabeza antes de cerrar las cortinas con un movimiento rápido y un poco fuerte. Suspiro.

—No le gusto, ¿verdad? —Entro en el coche.

—No es culpa tuya. A veces creo que mi abuelo tiene razón y que, exceptuando a mi padre, no aguanta a nadie más en el mundo.

Bueno, eso es algo bonito, según cómo se mire.

—¿Y qué hay de ti?

Suelta una risa, se inclina hacia delante para agarrar la palanca de debajo del asiento y echarlo un poco para atrás. Cuando se ha colocado en posición, le caben bien las piernas y tiene el retrovisor a su altura, mete la llave en el contacto y empezamos a movernos.

—Me trataba mejor cuando solo me veía un fin de semana cada mes o dos.

—¿Cómo es eso?

—Estaba en la universidad. —Subo las cejas, sorprendida—. Sí, bueno, vivía en la residencia de una de las universidades del sur, así que no podía permitirme venir muy a menudo. Cuando la veía siempre había galletas y guisos de los suyos, y me abrazaba todo el rato... Era raro, la verdad.

—¿Por qué no estás en la universidad este año?

—Porque no me gustaba lo que estaba haciendo, así que paré. No tenía sentido seguir pagando por algo que no me apasionaba. No sé, simplemente creo que nadie puede hacer algo al cien por cien si no disfruta con ello y pone todos sus esfuerzos en hacerlo... Y yo no los ponía. Me parecía que lo único que estaba haciendo era perder el tiempo.

Tiene razón. Intento imaginarme a Simon en la universidad, aunque es un poco difícil porque nunca he estado en una.

—¿Y vas a volver?

—Eso es lo que quiere mi madre. Supongo que sí, el año que viene.

Me dejo caer contra el respaldo y él mueve un poco la cabeza para mirarme de reojo. Esboza una leve sonrisa.

—¿Qué?

—Tengo envidia. Me encantaría vivir todo eso.

—Podrías hacerlo, ¿no? ¿No deberías haber empezado este año la universidad?

—¿Lo has calculado? —Él no contesta, solo se encoge de hombros. Sonrío—. Sí, tenía que haber empezado. Pero la verdad es que ni siquiera he hecho bachillerato.

—¿En serio?

Asiento y miro por la ventana. No es algo de lo que esté orgullosa. De hecho, cada vez que lo pienso me siento inculta y estúpida.

—Es porque Raven me sacó del instituto para que trabajara. Íbamos muy mal de dinero, y todo eso.

Hay un silencio y miro hacia otro lado.

—Podrías retomarlo, creo yo. Hacer un curso de formación profesional, estudiar por tu cuenta... No sé, algo así.

—Sí, ¿y cuándo?

—No sé por qué, me da la sensación de que algo está cambiando y que vamos a tener mucho tiempo —dice.

—Aún tengo que esperar a ver qué dice el médico. A ver cómo está.

—Estará bien. Tiene que estarlo.

Lo ha dicho como si quisiera convencerme. Es muy dulce por su parte, aunque no es tan fácil. Aun así, se lo agradezco. Después de unos segundos observando su pelo revuelto y la línea marcada de su mandíbula, coloco una mano sobre la suya en la palanca de cambios. Un semáforo se pone en rojo y, cuando para, se gira para mirarme.

—Gracias por todo —digo.

Se pone en verde. Los dos volvemos a nuestra posición original.

—Entonces, ¿volverías a estudiar? —insiste al rato.

—Supongo, aunque no creo que lo hiciera ahora.

Una gota enorme cae delante de mí en la luna. Empieza a llover. En menos de un minuto parece que hemos ido a parar al centro del mismísimo diluvio universal; al principio solo veía cómo algunas gotas caían salteadas, pero luego la velocidad aumenta hasta que parece que estamos atravesando una cortina de agua que sigue y sigue.

—Ahora mismo me gustaría irme —añado.

—¿Cómo que ahora mismo? ¿Adónde?

—No lo sé. Adonde sea. Pronto. Pero irme de aquí... Y empezar de cero.

Un silencio. Sé que está mirándome. No debería mirarme porque está lloviendo mucho fuera y tiene que estar pendiente de la carretera, pero me mira igual. Lo único que se oye es el ir y venir de los limpiaparabrisas.

—¿Por qué justo ahora? ¿Por qué no hace años?

—Porque antes era muy pequeña, ¿adónde podría ir antes de los dieciocho, yo sola? Era imposible. Pero a lo mejor ahora, cuando Raven se cure... A lo mejor si me escucha y se da cuenta de que la gente aquí es mala, tal vez quiera irse también.

—Pero eso, desgraciadamente, te lo vas a encontrar en todas partes. En todo el mundo hay personas capaces de destrozarte, y no puedes librarte de ello... Pero puedes fijarte en las cosas buenas. Las que tienes aquí, quiero decir.

—¿Cosas buenas?

Humo. Motel. Frío. Aparcamiento. Hombres trajeados con la corbata aflojada. Raven fumando, Raven desnuda entre las sábanas, Raven vomitando, lágrimas negras, pastillas, todo oscurooscurooscuro...

Una chispa de dolor se enciende en sus ojos y la veo aunque ya no me mire.

—Seguro que hay algo —murmura.

Subo los pies al asiento del coche. Me imagino a la madre de Simon enfadándose por eso, pero no me preocupa demasiado. Cuando pienso en algo bueno, lo único que se me ocurre es él. «Sí, sé que lo hay, Simon. A mi alrededor hay cosas buenas, como tu música durante todo septiembre y la mitad de octubre, o tus orejas rojas, o tu sonrisa tímida. O también la boca desdentada de Mel, Raven sentada en la ventana y pareciendo una reina, los recuerdos bonitos, las historias de los libros, cómo te miró tu abuelo en el hospital... O tus ojos verdes. Eso son cosas buenas.» Sé que todo eso está ahí, pero a veces es difícil concentrarse.

Además, después de todo lo ocurrido, no sé si se compensarían los últimos siete años.

Me abrazo las piernas y apoyo la barbilla en mis rodillas. No decimos nada más durante un rato. Veo cómo llueve a través de la ventanilla, cómo esa cortina de agua nos envuelve y protege. Estamos en una burbuja. Estamos en el fondo del mar. Aquí no puede pasarnos nada.

—Te echaría de menos si te fueras —dice—. Te echaría bastante de menos.

Para el coche. Hay un atasco. Es imposible aparcar en la puerta del hospital. No sé si es porque llueve, o por las nubes, o por los coches y ese par de ambulancias, pero parece que reina el caos. Quiero decirle que no se preocupe, que me bajo aquí mismo, pero ya está en la desviación al *parking* subterráneo. Llega nuestro turno, saca el *ticket*, encuentra un sitio libre dos plantas por debajo del suelo y me acompaña hasta el ascensor. Dentro, evito mi reflejo y me concentro en una señora que ha entrado con nosotros y que lleva una cesta llena de regalitos y dulces. Aunque acabo de desayunar, me apetece pedirle uno.

Justo antes de entrar en el edificio, en la cornisa que cubre la puerta y nos protege del agua, me giro hacia él y lo miro a los ojos.

—Creo que... creo que voy a entrar sola. Tengo que hablar con ella.

—¿Estás segura?

Asiento secamente, aunque no parece nada convencido.

—Si está despierta, necesito preguntarle algunas cosas. Si no, de todas formas quiero algo de tiempo para pensar en todo esto, así que esperaré.

—Vale, como quieras.

—Siento haberte hecho venir hasta aquí para luego echarte.

—No importa, quería acompañarte.

Intento sonreírle, pero no me sale. No de verdad. Me abrazo el cuerpo, congelada.

—Ahora entraré y... no sé, me pillaré un chocolate en la máquina, supongo. En tu honor. —Sonríe, pero no se mueve. Segundos después añado—: Voy a estar bien.

—Lo sé. Solo... Espero que sepas que, pase lo que pase con Raven, puedes contar conmigo. Llámame cuando acabes y vengo a buscarte. Vendría siempre a buscarte.

Los ojos se me llenan de lágrimas.

—Simon...

Me mira preocupado. Seguro que sigo teniendo mal aspecto. Estoy agotada y me duele la cabeza, pero por otra parte quiero seguir con esto y que así acabe de una vez. Para pasar página, tengo que saber cómo empezar un nuevo capítulo.

—Simon, tú eres una de las cosas buenas de mi vida.

Nos abrazamos bajo la cornisa, la lluvia montando un escándalo al chocar con ella. Es solo un momento. Se separa de mí despacio y me mira a los ojos fijamente.

—Si me necesitas, llámame. Vendré lo antes que pueda.

Sonríe dulcemente y me pasa una mano por la cara.

—No llores. Saldrá bien.

—Simon…

—Ve con Raven, que te está esperando.

—Rachel. En realidad, se llama Rachel.

Sonríe y empieza a alejarse de mí, entrando en la cortina de lluvia infinita. Se moja, pero sigue andando. Después, por primera vez, es él el que se gira y yo la que sigue mirando antes de despedirme y entrar en el hospital.

32. Una sonda hasta el estómago

Cuando veo a Raven tumbada en esa cama, con el pelo extendido sobre la almohada y los ojos cerrados y sin una gota de maquillaje, con todos esos tubos, su palidez extrema, sus labios agrietados y entreabiertos, siento como si me partiera en dos.

Parece imposible que alguien esté tan roto y aun así siga respirando.

¿Por qué le habré dicho a Simon que no entrara conmigo? Lo necesito. Lo necesito aquí, ahora, pero lo he apartado y tengo que enfrentarme a esto sola.

Raven parece una emperatriz derrotada que se hubiera quedado sin tierras, sin súbditos y sin reino. A Raven no le queda nada, solo yo, y no creo que eso pueda resultar un consuelo para nadie.

El médico me pone una mano en el hombro y giro la cabeza para mirarlo. Veo compasión en sus ojos. Con un gesto rápido me indica que salga con él, e incluso me sujeta la puerta para que pase primero. Ya en el pasillo, después de saludar a un par de auxiliares que llevan bandejas de comida a las habitaciones, se aclara la garganta y habla:

—Fuiste tú quien la encontró, ¿verdad? —Asiento despacio—. ¿Puedes describirme un poco el estado en que se hallaba?

—Estaba tirada en la cama… Parecía que no respiraba. Pero eso ya lo hablé con los de la ambulancia. Se lo dije todo, y lo apuntaron.

—Ya, pero quiero que vuelvas a contármelo. ¿Notaste algo extraño antes de darte cuenta de lo que pasaba? Sé que puede resultar un poco doloroso recordar todo eso, pero…

—Intenté despertarla, pero no reaccionaba —interrumpo—. Estaba muy fría. Vi las cajas de Paxil y de Orfidal prácticamente vacías, y cuando le pregunté ni siquiera podía mantenerme la mirada…

—¿Sabías que estaba tomando esos medicamentos?

—No.

—¿Estás segura?

—Sí. No me había dicho nada.

El médico asiente y anota. Tiene una de esas caras de cejas permanentemente levantadas que parecen ser superiores al resto de la gente.

—Valeria, me gustaría contactar con tus padres. Necesito un adulto con el que comentar el estado de tu hermana, y es necesario que a partir de ahora siga una serie de recomendaciones bajo supervisión…

—No hay ningún adulto —contesto rápidamente, antes de que él pueda seguir con su discursito. Es la segunda vez que lo interrumpo y no parece que le guste—. Nuestros padres han muerto. Murieron. —Me aclaro la garganta—. No puedes llamar a nadie porque vivimos solas ella y yo, pero... puedes contarme lo que sea a mí. Sabré cuidarla.

—Pero ¿cuántos años tienes? Tu hermana va a necesitar una serie de atenciones durante un tiempo, y necesitaría contactar con alguien que no estuviera... bueno, preocupado con cosas del instituto.

—No voy al instituto. Tengo... tengo dieciocho. —No es verdad, pero los cumpliré dentro de poco, así que no importa—. Puedo ocuparme de ella.

—¿Estás segura?

No, pero puedo intentarlo, así que asiento.

Él suspira y apunta algo más en la carpeta que lleva en el brazo.

* * *

Lavado gástrico. Eso es lo que le han hecho a Rachel. Le han metido un tubo por la nariz hasta el estómago y luego han absorbido toda la mierda que se había tragado. Ahora está con suero y antídotos para la intoxicación porque, aunque el médico me ha dicho que menos mal que no tardé más en llamar a la ambulancia, la acción no fue del todo rápida y algo entró en su organismo. Le ha mandado unos análisis y me ha dicho que tiene que estar en observación ahora y cuando volvamos a casa, que será en un par de días.

Luego me ha dicho que deberíamos ir a ver al médico de cabecera y al psiquiatra, porque alguien que mezcla antidepresivos y ansiolíticos en cantidades tan altas no lo hace accidentalmente. Ha dicho textualmente que debería buscar ayuda y que un especialista podrá ayudarla con el tratamiento.

—¿Por qué lo has hecho?

Ella mira al techo. Lleva haciéndolo más de diez minutos. Sus ojos vuelven a ser castaños, tiene un poco de color en las mejillas y parece menos enferma. Me ignora desde que se ha despertado.

—No me des tú también la tabarra, Val. El médico ha estado media hora hablando sin parar, pero ni siquiera se me ha quedado la mitad de lo que ha dicho.

—Te ha recomendado un psiquiatra. Eso es lo que ha dicho, entre otras cosas.

—Oh, ¿así que ahora estoy loca? Qué maravilloso.

—No, no estás loca. Estás perdida. Y no puedes salir de este laberinto tú sola.

Sus ojos se clavan en mí y, despacio, la expresión de su cara cambia. Deja de ser tan desafiante y gélida. Sus cejas se relajan y las comisuras de su boca caen. Nunca había tenido un aspecto tan de muñeca de porcelana, tan de niña pequeña. Agacha la cabeza. Pestañea. Se lleva una mano a los ojos y, con cuidado, se retira con los dedos un par de lágrimas que ha dejado escapar sin querer.

—¿Vas a ayudarme? —murmura con voz rota.

Se le ha caído la máscara al suelo y lo único que queda es Rachel. Sin plumas cubriendo su cara, sin mohínes arrugando su rostro. Me acerco a la cama y le tomo la mano.

—Te ayudaré siempre que pueda. Incluso cuando creas que ya no estoy ahí. Eres mi hermana, Rachel, y te quiero.

Levanta los ojos hacia mí, brillantes y vidriosos.

—Repítelo.

—¿Qué?

—Has dicho «Rachel». Dilo otra vez, por favor.

—Te quiero, Rachel.

Las cosas podrían cambiar. De verdad podrían hacerlo.

33. Adiós, pequeña

Eric se cruza conmigo en el pasillo, pero no me paro a atenderlo. Por supuesto, eso no quiere decir que lo detenga.

—Alejandro está algo nerviosito, ¿sabes? Llevas sin venir como una semana o así, y no has avisado ni contestado a una sola llamada... ¿Dónde estabas, Val?

—¿Recogiendo mis cosas, tal vez? —Levanto un poco la mochila que llevo para que se fije en ella—. Me voy.

—¿Qué significa que te vas?

—Que no voy a venir más, Eric, eso significa.

Él se para en seco y se queda mirándome.

—¿Lo dices en serio?

Me encojo de hombros y sigo andando. La cara de pena que me ha dedicado hace que me sienta mal por desaparecer así. Se me ocurre que tal vez hasta podría acabar echándolo de menos.

Pero no puedo preocuparme por eso ahora, porque tengo que cuidar de Rachel.

Le pregunto a una chica que se cruza conmigo en el pasillo. Dice que Alejandro está en el estudio grande, de donde no sale desde hace bastante, y voy hasta allí. Cuando asomo la cabeza, como si tuviera un sensor, se vuelve completamente hacia mí y entonces pega un salto con los ojos muy abiertos y empieza a correr de esa forma tan desgarbada y artística, como si fuera un bailarín, como si fuera una onda en el agua.

—¡Valeria! ¡Ya era hora! ¿Dónde estabas? ¡Han pasado cuatro dí...!

—No voy a venir más. —Es mejor que lo suelte de golpe, sin devaneos—. He venido a decírtelo. Vengo... vengo a despedirme. Debería haber llamado antes, pero no he podido. Lo siento.

Alejandro pestañea, confundido, y el rímel azul que lleva desprende reflejos por las luces de los focos que cuelgan del techo. De repente me da la sensación de que toda la sala se ha quedado en silencio y siento los ojos de todos clavados en mí.

—¿Que te vas?

Asiento, incómoda por ser el centro de atención. Él se da cuenta, me agarra de un brazo y me arrastra hasta su despacho. No dice nada durante todo el camino, solo avanza, y yo tampoco le hablo.

Se retira el pelo de la cara y apoya los codos en la mesa una vez que hemos llegado y la puerta está cerrada. El gran butacón se alza por encima de su cabeza como un trono. Yo me siento en una silla roja, e inmediatamente pienso en el despacho de Lynda y en Eric haciéndose pasar por el hombre que tengo delante.

Un principio y un final.

—A ver, Valeria. Hablemos de esto, ¿vale? No te precipites. ¿Cómo es que te despides?

—No puedo seguir. Tengo… tengo que resolver un par de asuntos personales. Cosas de familia —añado unos instantes después, en voz más baja—. Es importante.

—Pero no tienes por qué tomar una decisión semejante tan rápido. ¿Lo has meditado bien? ¿Qué puede ser tan urgente como para dejarlo todo así, de repente?

«¿Un nuevo comienzo?», quiero contestar.

—Lo he pensado bien, Alejandro. —Me miro las manos—. Sé que tenemos un contrato y estoy dispuesta a pagar lo que sea por compensarte, de verdad… Pero esto es lo que tengo que hacer ahora.

No lo miro, así que no puedo saber qué piensa. Solo espero. El tiempo me parece lento y cada segundo que marca el reloj de su pared se me hace un poco más pesado.

—¿Va todo bien, Valeria?

Su tono. Su tono es sincero y preocupado. Alzo levemente la vista y veo cómo sus cejas están inclinadas hacia los lados y tiene el cuerpo echado hacia delante. No sé si alguna vez he visto a alguien tan dispuesto a escucharme.

Los ojos se me llenan de lágrimas.

—Bueno… No demasiado.

—Si necesitas hablar de algo, Valeria, creo que sabes que aquí puedes hacerlo. Conmigo o con cualquier otro miembro del equipo. Si hay algo que pueda hacer para ayudarte… ¿Qué pasa?

Parece que sus ojos me compadecen sin ni siquiera haber escuchado mi historia. Es sincero, de eso estoy segura. Pensar en que tengo su atención hace que me dé un vuelco el estómago de la emoción.

Una lágrima se desliza por mi mejilla.

—Es por mi hermana.

Su expresión cambia y parece que asiente una sola vez, como si con eso ya lo entendiera. Sin embargo, no puede hacerlo y siento la necesidad de explicarme.

Y entonces, se lo cuento.

Le cuento lo de mi madre. Le cuento lo de mi hermana. Le cuento que había encontrado a Simon, que había empezado a ver las cosas de otra manera, pero que a pesar de eso no pude salvar a Raven. Le cuento lo del intento de suicidio y lo de las pastillas y lo que el médico me dijo.

Lo único que no le cuento es lo de Mel.

Durante todo mi discurso, interrumpido por llantos y algunos hipidos, no dice nada. Solo se levanta, se apoya en el reposabrazos de mi silla y me acaricia la cabeza con cuidado mientras hablo. Es reconfortante tener una mano adulta, segura y firme apoyándome. Cuando acabo de hablar, aunque no puedo dejar de llorar, me siento mucho mejor. Es sorprendente, porque me duele la cabeza y me escuecen los ojos, pero es como si me hubiera quitado un gran peso de encima.

—Y ahora tengo que cuidarla. A Rachel. Hasta que se ponga bien —termino.

Alejandro me toma de la mano y le da un ligero apretón. Levanto los ojos hacia él. Parece extremadamente triste.

—No quiero irme —le confieso—. Me gusta trabajar aquí. Pero tengo que estar pendiente por si... por si le diera por...

Trago saliva. Él sacude la cabeza. Al movérsele el pelo, veo que lleva toda la oreja derecha llena de aros de distintos colores.

—No te preocupes por eso. Cuida de tu hermana, querida Valeria; la familia es lo primero. —Sus ojos grandes y redondos nunca me habían parecido tan cálidos, tan buenos, tan acordes con su sonrisa—. Cuidaos mutuamente. Tómate el tiempo que necesites. Espero que tu hermana se ponga bien, te lo digo de corazón. Es una mujer muy fuerte. —Me pasa la mano por el pelo de nuevo y me retira las lágrimas con cuidado.

Ha acertado, aunque no sabe nada de ella. Rachel es fuerte, pero ni la muralla más gruesa puede soportar cien bombardeos. Lo miro a los ojos y parece que tiene más cosas que decir, y a mí también me gustaría seguir hablando. Podría contárselo. Podría explicarle cuán resistente es mi hermana desde que tuvo que dar a su hija, pero, cuando lo miro a los ojos, por alguna razón pienso que ya lo sabe. Aunque yo me lo haya callado, se me ocurre que ya podría saberlo.

Aunque no lo sabe, porque eso es imposible.

—Eso sí, cuando todo eso acabe, piensa en nosotros —añade, sonriendo dulcemente y cortando mis pensamientos—. Vuelve, ¿vale? Nos hemos encariñado contigo.

Abro los ojos por la sorpresa. ¿Volver? Él, leyéndome la mente, asiente.

—Sí, vuelve. Solo cuando te sientas preparada. Lo digo en serio. ¿Por qué no? Eres buena, y no solo como modelo, también como persona. A pesar del despido, que lo va a haber, y del tiempo que estés fuera, no vamos a olvidarte. Siempre habrá un puesto en ABe para ti, para cuando decidas que es el momento de retomarlo. Mientras tanto, ayuda a tu hermana a recuperarse. Te necesita más de lo que te necesitamos aquí, por mucho que me duela decirlo porque ya tenía planeadas un montón de cosas para ti.

* * *

Hay gente en el pasillo cuando salgo del despacho de Be. No son muchos, pero sí que me sorprende verlos aquí: la recepcionista que siempre me da los buenos días cuando entro, Eric, Naomi, la chica que me peinó para la colección de las hadas, un par de modelos con las que hablo a veces e incluso Amelia la maquilladora. Deben de haber oído lo que he dicho en el estudio.

Apenas he puesto un pie fuera cuando una figura diminuta sale corriendo de entre las piernas de Eric y se lanza sobre mí.

—¡Valeria! ¿Dónde estabas?

Me abraza la cintura. El choque me empuja contra el cuerpo de Alejandro, que se echa a un lado. Me agacho para que los ojos de Mel y los míos estén a la misma altura.

—Hola, peque.

—¿Has llorado? —me pregunta, seria.

—No pasa nada, no es grave.

No parece muy convencida.

—Te echaba de menos. Llevas mucho sin venir a verme y a pintar conmigo.

Alejandro se pone al otro lado de la puerta, con los demás. Desde aquí lo veo esbozar una sonrisa triste. No aparta la vista de nosotras y casi parece que me dice con los ojos: «No es la única». Le agradezco eso en el alma.

—Lo siento. Lo siento mucho, Mel, pero no voy a poder venir en un tiempo.

—¿Qué? ¿Por qué? ¿En mucho tiempo?

—Un poco.

311

Hace un pucherito. Se me rompe el corazón. Tenerla delante es como ver la parte más pura de Rachel, algo de lo que consiguió desprenderse a tiempo, algo que consiguió salvar. Despedirme de ella hace que quiera volver a llorar.

—Pero vendré a verte, ¿vale? —añado, y con eso consigo arrancarle una ligera sonrisa, un leve esbozo que para mí es suficiente—. No te preocupes. Vendré algún día, porque si no yo también voy a echarte mucho de menos.

—Pero ¿por qué te vas?

—Tengo que cuidar a mi hermana. Está malita, ¿recuerdas?

—Sí, le hice aquel dibujo.

Asiento y me muerdo el labio. He dejado el dragón regadera en la taquilla.

Cuando me incorporo, las rodillas me crujen. Paso una mirada por toda la gente que hay a mi alrededor. Naomi me dedica una sonrisa dulce, Eric asiente y Amelia hace un gesto con la cabeza. Alejandro aún tiene esa mirada de antes puesta en mí, y me da un escalofrío.

Empiezo a alejarme.

—Pero ¡ven pronto! —grita Mel.

Me vuelvo.

—Claro que sí. Adiós, pequeña.

—Buena suerte, Valeria —murmura Be. Sus ojos son amables. Estoy a punto de preguntarle, pero en el último momento cambio de idea y salgo.

34. Fuimos las niñas perdidas del pequeño pueblo

—Por muy mala que estés, no pienso hacerte de chacha, ¡así que ya te estás levantando!

—No puedo. Tengo que guardar reposo. Lo ha dicho mi doctor, que es un hombre supercompetente que sabe un montón. Cof, cof.

Rachel me desespera. Lo digo de verdad. Tengo ganas de atizarle con la escoba en toda la cara.

—Pues si tienes hambre ya puedes moverte, porque no pienso llevarte nada a la cama. Me parece una guarrería que comas ahí encima.

Ella refunfuña, se levanta y arrastra los pies hasta la cocina. Cuando le pongo delante un vaso y todas las pastillas que tiene que tomar, me fulmina con la mirada.

—Quiero comida, no meterme esa mierda en la boca. ¿Quieres que me vuelva una drogadicta? —Agarra el vaso de agua y lo aleja.

—Anda, por favor, que no tienes cinco años. —Se lo devuelvo.

—No necesito nada de esto. Por mucho que te haya dicho ese flipado del médico, no me hacen falta.

—Sí, sí que te hacen falta. No vas a ponerte bien hasta que te tomes estas pastillas. Sé que piensas que soy un coñazo y una pesada y bla, bla, bla, pero recuerda que tenemos que ir al psiquiatra en dos semanas y que quería ver qué efecto te hacía la medicación.

Por un momento, sus ojos castaños brillan con tanta intensidad que creo que van a pulverizarme.

—No voy a ir a ningún psiquiatra porque no va a servirme para nada.

—Claro que va a servirte.

—No. Va a ser un viaje inútil porque ni yendo me voy a poner bien —dice—. Intenté explicárselo también al doctor, pero ninguno de los dos queréis escucharme. Si supieras... —Se calla, mira la mesa. Después de unos segundos, agarra el vaso y se lo acerca un poco más, despacio. Cuando vuelve a hablar, su tono es más bajo, nada agresivo—. Si supieras las cosas que he tenido que hacer, Valeria. El asco que me doy a mí misma, las veces que he tenido que contener las arcadas después de bajar de un coche, cuando me tiraban el dinero y luego se iban sin mirarme... Eso no te lo puede curar un médico. Cada vez que cierro los ojos, todo vuelve, y mientras lo haga no podré ponerme bien, y sé que no se irá nunca. No hay nada que un psiquiatra o quien sea pueda hacer ya por mí, Val. No a estas alturas.

—Claro que pueden hacer algo. Son profesionales. Solo tienes que hacer un pequeño esfuerzo, si te tomas las...

Da un golpe muy fuerte en la mesa y me sobresalto.

—¡No van a funcionar! ¿No lo entiendes? Ya he tomado

mierdas de estas y no sirven para nada. Oh, porque si crees que falsifiqué una receta para comprarlas como piensa el médico, bueno, pues no, fui a una clínica a pedirla. Me vio una doctora. Le di un nombre falso y le enseñé una tarjeta sanitaria que me consiguió el mismo tío que te dio a ti el carnet, pero aparte de eso era todo legal. El diagnóstico era para mí. Yo, yo y solo yo. Estaba mal entonces; empeoró. Estoy mal ahora y no mejorará.

—Sí que lo hará. No puedes rendirte.

—Me rendí hace tanto, Valeria, que ya ni me acuerdo de cuándo fue.

Hace más frío que hace unos segundos. Había agarrado un plato con un sándwich para ponérselo delante cuando se tomara la medicación, pero no creo que tenga hambre. Lo dejo en la encimera y le doy la espalda.

—¿Por qué no paraste?

Tarda un poco en contestar.

—Porque tenía que cuidarte. Si hubiera estado sola, a lo mejor podía haberme buscado la vida de otra manera, pero tenía que conseguir dinero rápido para darte de comer y no se me ocurría otra manera de hacerlo. Nunca he sido buena en nada, ya lo sabes.

Pum. Pum. El corazón me late seco y fuerte una última vez, y luego siento como si se me rompiera un poco. «No. No fue así. Dime que no lo piensas de verdad.»

Cuando levanto la vista no la veo bien porque tengo los ojos llenos de lágrimas. Ella sube las cejas, como si le sorprendiera, y abre la boca.

—Eso es lo más horrible que podrías haberme dicho —murmuro.

Me limpio la cara. No funciona. Oigo el chirrido de la silla contra el suelo cuando se levanta.

Un segundo después, me está abrazando. Hacía años que no me abrazaba.

—Tenías solo diez años, Val. No lo he dicho para… no lo he dicho para hacerte sentir mal. Perdóname, lo siento, yo… Cuando todo empezó, yo no sabía qué hacer, el dinero que conseguí vendiendo lo que pude solo duró un tiempo y necesitaba más. Por eso lo hice, aunque soy consciente de que fui por el camino incorrecto. Probablemente debería haber ido a los servicios sociales o algo así, pero tenía miedo de perderte a ti también. Fui muy egoísta. Valeria, por favor, no llores. No llores. No fue culpa tuya, fui yo, que no quería quedarme completamente sola.

Mis sollozos mueren en el hombro de Rachel. Ella me abraza más fuerte, me pasa la mano por el pelo y me susurra que deje de llorar. Dice que lo siente. Dice que se tomará las pastillas. Eso me hace reír, aunque sigo llorando, y parece que la consuela. Cuando me aparto, veo que ella también llora y sonríe.

Es la sonrisa más bonita del mundo.

* * *

Rachel me tocaba el pelo. Solo podía dormirme si lo hacía. Nos acostábamos las dos en mi cama, aunque era muy pequeña y apenas cabíamos. Nos mirábamos a los ojos. Ella me pasaba los dedos por la nariz, por las cejas, por las mejillas, y luego volvía a acariciarme el pelo. Yo me iba quedando dormida. De repente, abría los ojos y no solo era de día, sino que ella ya no estaba. A veces estaba en la suya, dándome la espalda, y otras se había ido. Nunca me decía adónde, aunque se lo preguntara. Siempre parecía muy triste. No había nada que yo pudiera hacer.

Rachel me toca el pelo ahora. No quiero cerrar los ojos. Es tan brillante. Nos estamos mirando. Me pasa los dedos por la nariz, por las cejas, por las mejillas, y luego vuelve a acariciarme el pelo. Está llorando. Yo también. Nos hemos abrazado después de muchísimo tiempo. Parpadeo y, cuando vuelvo a mirar, sigue ahí. Me sonríe.

Es mi hermana, con todas sus cosas buenas y sus defectos. Fuerte y amarga, como un café solo. Con ella sería imposible perderse, ahora sé eso.

Me ha mantenido arriba todo el tiempo, y yo a ella.

—Nos buscaron, ¿sabes? —susurra—. Los primeros meses. Bueno, durante casi un año entero, de hecho. En los periódicos nos llamaban «Las niñas perdidas del pequeño pueblo», creo que por la zona donde vivíamos antes. Luego... ya no.

—¿Por qué no?

—Debimos de perder el interés del público. Total, si lo piensas, no tiene tanta gracia cuando no hay alguien llorando detrás de la tragedia. A la gente no le importa lo ajeno si no hay drama de por medio, son así de morbosos.

—Bueno, nosotras nos importamos, ¿qué más da el resto?

—Ya, supongo. Aunque a veces echo de menos a alguien más pendiente de mí.

Toca mi cara como si estuviera dibujándome o quisiera memorizarla para siempre.

—Echas de menos a mamá —murmuro—. No a alguien. La echas de menos a ella.

—Sí. Echo de menos tener una familia.

—Yo soy tu familia. Y tú la mía. Somos una familia, y estamos juntas en esto.

Rachel llora y me acaricia el pelo.

—¿Vale? —susurro.

Asiente muy despacio.

—Sí, vale.

35. Clavelitos, clavelitos

Rachel me grita para que vaya a abrir la puerta porque alguien está llamando con los nudillos. Intermitentemente, de vez en cuando, mi queridísima hermana vuelve al modo debo-guardar-reposo-cof-cof y se pone un poco insoportable. Tengo que salir corriendo, subirme los pantalones a saltitos y abrocharme la cremallera en el último momento, justo antes de mirarla, gruñirle un «¿Es que no te funcionan las piernas, o qué?» y abrir.

Simon. En la puerta.

—¿Qué haces aquí? —pregunto.

Después de mirarme fijamente durante unos segundos, levanta un ramo de flores.

—Hola. Son para tu hermana —aclara al ver mi cara de sorpresa—. La semana pasada volvisteis del hospital, ¿verdad?

—Sí, ¿cómo lo sabes?

—¡Eh, chico, pasa! —Rachel grita a mi espalda. Me echo a un lado para que la vea—. Uy, ¿me has traído claveles?

—Ajá.

—Oooh, increíble. Ven, ven, entra. Valeria, ve a ponerlos en agua o algo. —Me hace un gesto con la mano, levanto una ceja—. Qué detalle por tu parte, chico.

Le hago una seña para que me siga a la cocina y, cuando ya estamos dentro, otra para que entorne la puerta. No tenemos jarrones, obviamente, así que saco una cacerola grande del armario y empiezo a llenarla de agua.

—¿Cómo es que has venido? —le pregunto, mirándolo de reojo con una mano puesta en el grifo.

—Quería verte. No me llamaste, después de aquel día. Ni siquiera me dijiste cuándo volvías, así que he tenido que investigarlo por mi cuenta.

—Lo siento… ¿Y lo de las flores?

—Intento ganarme la simpatía de tu hermana, aunque casi son más para ti.

Los claveles son rojos como los labios de Rachel y blancos como las alas del cuervo. También hay algunos moteados, como si se hubieran manchado por el contacto con los del otro color, y pienso en el tipo de persona que es mi hermana ahora. Creo que Simon no podría haber acertado tanto con ninguna otra flor, porque ella no será Raven nunca más, aunque tampoco volverá la Rachel de la mecha rosa que un día conocí. Quién quedará después de tanto tiempo es un misterio, pero sé que será alguien mejor, más fuerte y que ya sabe cómo resistir la ventisca.

—Son muy bonitos, aunque no sé yo si habrán funcionado.

—A ti te gustan, así que…

Sonrío. Sonríe. Se mete las manos en los bolsillos y se recuesta contra la mesa.

—¿Qué tal os va todo? —pregunta.

—Bueno… Podríamos estar peor, así que supongo que bien.

—Así me gusta, que seas optimista. —Suelto una risa. Unos segundos después, añade—. ¿Por qué no me has llamado?

—Hemos estado en periodo de aclimatación. Pensaba hacerlo pronto. En serio. Quiero decir, no me había olvidado de ti.

Dejo la cacerola en la encimera con cuidado, porque pesa un quintal, y rasgo con un cuchillo el plástico que envuelve las flores para ponerlas dentro.

—Estaba preocupado —confiesa.

—Lo siento.

—Pareces bastante cansada.

Toco con los dedos los pétalos de una flor roja. Pienso en una canción que mi madre tarareaba sin darse cuenta cuando cocinaba o limpiaba la casa. Han debido de pasar más de diez años desde que no la oigo, porque después de que papá muriera no volvió a cantar, así que no recuerdo bien la letra. Iba de un hombre que le llevaba claveles a una mujer para demostrarle su amor, o algo así. Era bonita y muy pegadiza.

—Si parezco cansada es porque estoy cansada —contesto. Vuelvo a levantar la vista hacia él, despacio, y cuando hablo el tono de mi voz ha bajado—. Llevo pendiente de Rachel desde que volvió del hospital, veinticuatro horas al día. He dormido muy poco, y entre eso y pasarme el día pensando en qué voy a hacer ahora…

—¿Con qué?

—Con nosotras.

—¡¿Eh, qué estáis haciendo ahí dentro?! ¡No se tarda tanto en rellenar un florero! —grita Rachel desde la habitación.

321

La ignoro.

—Hablé con el médico —continúo—. Me ha dicho que tenemos que ir a un par de especialistas, lo que nos va a costar un ojo de la cara porque olvídate de la seguridad social. Supuestamente necesitamos cambiar de aires, pero entre que no nos va a quedar nada después de eso y que yo me he despedido para estar con ella, no tengo ni idea de cómo vamos a hacerlo.

Simon parece sorprendido.

—A ver, a ver, espera. Lo primero, ¿cambiar cómo? ¿Cambiando de casa?

—Pues no tengo ni idea.

—Y lo más importante, ¿te has despedido?

Me muerdo el labio con fuerza y, avergonzada, asiento. Él sube mucho las cejas y parece increíblemente preocupado.

—Pero...

—¡Val! ¿Qué estáis haciendo?

Suspiro. «En serio, cállate, Rachel, eres una pesada.»

—Valeria, tengo que contarte una cosa, pero... —mira a la puerta, dubitativo— ¿crees que entrará?

—¿Rachel? Es una puñetera vaga y está demasiado calentita en la cama, no se va a mover. ¿Qué pasa?

—Es una idea que se me ocurrió el otro día. Es para ayudar a Rav... Rachel.

—¿Una idea? —Enarco las cejas.

—Sí, mira, verás. He pensado que si Rachel quisiera...

—Eh, ¿estáis hablando de mí?

Se abre la puerta. Las cejas de mi hermana están subidas y fruncidas, formando su cara de «no me toquéis las narices».

Nos mira a los dos, pasando la vista de uno al otro despacio. Luego se cruza de brazos.

—He oído mi nombre —dice, seria—. Lo habéis dicho. Venía porque pensaba que estaríais liándoos y quería verlo, pero al parecer solo estáis cuchicheando sobre mí.

—¿Qué? —Simon se pone completamente rojo.

Joder, Raven, cállate, en serio.

—Solo estábamos hablando.

—No, no, si ya. —Ahora mira fijamente a Simon—. ¿Qué es eso que ibas a decir, chico? Soy toda oídos. Necesito ayuda y tú tienes una idea, ¿no? Pues venga, adelante.

Los ojos de Simon me buscan como si quisiera que yo le diera permiso para hablar. Ojalá supiera qué es lo que iba a decir. Me encojo de hombros y asiento. Él carraspea.

—Bueno, verás... la idea tiene que ver con mi abuelo. Él tiene una tienda desde hace muchos años, pero el caso es que necesita ayuda para llevarla, porque está un poco mayor. Además, hace poco se cayó y los médicos le han dicho que necesitaría tener supervisión constante, por si acaso, y ayuda en algunas cosas como vestirse y cocinar. La verdad es que ya le han recomendado un montón de cachivaches para ponerse las zapatillas y subirse los pantalones con los que ni tendría que ver mucho ni tendría que agacharse, pero aun así hay cosas que no puede hacer.

—Oh, entonces, ¿pretendes que ayude a tu abuelo a vestirse? —pregunta ella.

—No; espera, no he terminado. Mi madre se encargará de ayudarlo en su casa, eso está claro. Él no quiere venir a la nuestra porque, literalmente, no piensa «entrar en la guarida de la arpía tan fácilmente, como si fuera bobo». —Simon suspira,

323

como hace siempre que cita a su abuelo. Yo me río por lo bajo sin poder evitarlo—. El caso es que se me había ocurrido que tal vez tu hermana… es decir, tú, Rachel… bueno, podrías encargarte de la otra parte del trabajo. No sería gratis, sino con un contrato, claro. Te pagaríamos, aunque no sería mucho, pero no estaría mal. Mi madre no puede ir a la tienda y ha decidido que no quiere que yo pierda más clases y que va a mandarme a algún cursillo de algo para que no desaproveche el tiempo sin estudiar, así que yo tampoco podré estar allí…

La madre de Simon, siempre decidiendo por los demás. Me da la sensación de que, si no lo tuviera todo tan controlado, empezaría a arrugarse y a doblarse sobre sí misma hasta desaparecer.

—Tendrías que hablarlo con mi abuelo, entrevistarte con él un día, pero por lo demás no creo que haya ningún problema —sigue él—. Consistiría en colocar cosas, llevar las cuentas y hacer algunos pedidos. Yo te enseñaré cómo funciona todo, pero, si tienes algún problema, siempre podrías llamarme para que te ayudara hasta que lo controles.

Miro a Rachel, expectante. Su cara es un auténtico poema. Pestañea despacio y echa la cabeza hacia atrás antes de mirarme. Aunque estoy nerviosa y emocionada, me encojo de hombros intentando aparentar tranquilidad, y entonces ella vuelve a girarse hacia Simon.

—Vamos a ver si lo he entendido bien. Quieres que curre ayudando a un viejo chocho en una tienda, ¿sí?

—¡Rachel!

Le doy en el hombro. Ella se queja.

—¿Qué? ¿Es que nadie aquí entiende la parte de «convaleciente» de mi estado?

—Eres una desagradecida —le digo.

—No... no sería ahora mismo. No sería empezar ya. Solo... por probar...

—Además, no estás convaleciente —intervengo—. Estás bien. Lo único que te pasa es que te pones muy teatrera cuando te da la gana.

—¿Eso también te lo ha dicho el médico?

—Raven...

—¿Qué?

—Mira, ponte como quieras. Eres idiota. ¿Cuánta gente se te va a presentar en la puerta para ofrecerte un trabajo?

—En realidad es el segundo.

Fulmino a Raven con la mirada. Después de casi treinta segundos, suspira.

—Aunque el otro no trajo flores. —Pasa la mirada a Simon—. Gracias otra vez.

—Entonces, ¿lo harás? —pregunta él.

Se queda en silencio un momento. Después, despacio, asiente. Simon sonríe. Yo también, pero solo cuando no está mirándome.

36. Péinate

Simon me llama por la tarde. Van a dar las seis. Quedamos en que nos recogería sobre esa hora para ir a la tienda en coche, pero el problema es que mi queridísima hermana lleva una hora preparándose y parece que no tiene prisa. Cuando él y yo hemos salido a esperar fuera, hace ya diez minutos, aún no sabía si ponerse una blusa o un jersey. Me ha costado horrores convencerla de que el hombre está medio ciego, así que no le iba a servir mucho eso de llevar falda corta en diciembre.

Podríamos habernos quedado dentro, pero tanto movimiento, tanto desfile semidesnuda y todas las pullitas-indirectas que me estaba soltando sobre Simon estaban empezando a saturarme, así que al final he acabado agarrándolo de la manga de la chaqueta y me lo he llevado fuera.

Nos sentamos en el suelo. Aunque no hay tanta diferencia entre nosotros así, sigue siendo mucho más grande que yo. Tiene el pelo algo más largo que la primera vez que lo vi, pero se le sigue enredando en el flequillo. Parece distraído. Está entretenido despegando un trozo de la suela de su zapatilla que anda un poco suelto y yo lo miro libremente sin que lo sepa. No es el chico más guapo que he visto en mi vida, ni de lejos, pero tiene algo especial. Quizá sean sus ojos, o su nariz puntiaguda, o su sonrisa tonta, pero es la única persona que ha conseguido que me lata el corazón así.

Me llevo una mano al pecho. Casi es vergonzoso que pueda sentirlo así de evidente... ¿Lo habrá notado él alguna vez, cuando nos hemos abrazado?

Cuando levanta la cabeza, bajo el brazo corriendo.

—¿Todo bien?

—¿Al final ha dicho algo tu madre? —pregunto.

—Qué va. Ha puesto cara de asco, pero luego ha saltado mi padre con que le parece un proyecto de reintegración social genial, con el que no solo ayudaríamos a una persona sino también al abuelo, y mi madre no puede decirle nunca que no.

—¿Entonces...?

—Nos esperan a y media. ¿Crees que Rachel tardará mucho más? No deberíamos llegar tarde, porque ha dicho algo sobre que espera una actitud ejemplar si «esa mujerzuela» pretende conseguir el trabajo... Perdónala, por cierto.

—Espero que se porte bien —murmuro—. Esto le vendría genial.

—Se llevarán bien. Tiene el carácter idóneo, no se dejará amedrentar.

—¿Es que tú te dejas?

—¿No lo has visto? No suelo enfrentarme a él porque «no tengo mucha personalidad». No como mi madre, por ejemplo.

—No es cierto. A mí me gustas como eres. —Y bastante, de hecho.

Simon levanta los ojos hacia mí con las cejas subidas. Hacía mucho que no se quedaba con esa cara de bobo, pero creo que hasta la echaba de menos. Me encojo de hombros, como para quitarle importancia, pero luego no puedo evitar inclinarme hacia delante para cerrarle la boca con la mano.

Antes de que vuelva a echarme hacia atrás, me agarra el brazo.

—Valeria, quería decirte una cosa.

Me suelto lentamente.

—¿Por qué pones esa cara? —pregunto.

—¿Qué cara?

—Esa cara de que se ha muerto alguien.

Él suspira y se pasa una mano por el pelo, como cuando está nervioso.

—Bueno, no es la cara que quería tener cuando te lo dijera, pero supongo que no puedo remediarlo.

—¿Decirme qué?

—Una cosa.

—Ya, ya supongo que tienes que decirme una cosa, pero ¿qué es?

Se calla. Me pongo nerviosa porque no tenga la confianza conmigo como para soltarlo sin más. ¿Por qué parece tan indeciso? ¿Es algo sobre el nuevo trabajo, sobre que haya habido algún error o algo así?

—¡Simon! ¿Qué es?

—Que te quiero. —Inmediatamente después de decirlo, toda su cara se pone roja como un tomate—. Bueno, no que te quiero sino que… me gustas. O bueno, no sé. Es… no sé qué palabra utilizar. Es bastante raro de explicar.

Lo miro fijamente y el tiempo se ha parado, como en una de esas películas en las que los pájaros vuelan más despacio y los coches se quedan petrificados en las carreteras, y los globos de los niños que se han escapado permanecen a apenas dos centímetros de sus manos, pero ya son imposibles de alcanzar.

Sin embargo, mi corazón va muy rápido, otra vez, y produce un eco que me rebota por todo el cuerpo y que creo que acabará por hacerme explotar.

Y pienso: «¿Qué podría llevar a alguien a hacer algo así?».

—¿Por qué? —murmuro, completamente paralizada de los pies a la cabeza. «Te quiero. Te quiero. Te quiero.»

—¿Por qué, qué?

—Por qué me quieres.

La pregunta rasga mis labios al salir. Lleva mi miedo y mi ilusión. De repente, tengo frío. Me abrazo el cuerpo para intentar protegerme, puede que de su respuesta, y él me mira preocupado.

—No… no lo sé. Simplemente, es así.

—Pero todo es un desastre. Desde siempre. Nada a mi alrededor está bien, ¿por qué habrías elegido quererm…?

—Pero no importa cómo esté lo que te rodea. Te quiero… te quiero incluso conociendo esos desastres. Yo creo que… bueno, creo que nosotros estamos bien. Juntos.

Siento perfectamente cómo él quiere acercarse a mí y tocarme. Yo también quiero que lo haga, poder alargar la mano y rozarlo, pero me da vértigo hacerlo.

—Mi hermana…

—Esto no tiene que ver con tu hermana —me interrumpe, otra vez—. Eres tú. Te lo dije. Eres tú, desde... desde que nos chocamos.

Raven abre la puerta. Nos ve en el suelo, nos mira un momento y sacude la cabeza.

—No quiero saber de qué estabais hablando para tener esas caras de culpabilidad. En fin, ya estoy lista. ¿Os levantáis?

Lo hacemos. Miro a mi hermana de arriba abajo.

—¿Qué te has puesto debajo del abrigo? —Intento que mi voz suene normal, pero aún tengo el corazón a cien por hora. Estoy intentando no mirarlo.

Ella se desabrocha un poco la cremallera con cara de fastidio. Lleva una camisa más abierta de lo que se consideraría correcto.

—Pero ¿no tienes frío? —Simon abre mucho los ojos sin poder evitar fijarse.

—Creo que te has dejado un par de botones —comento, mirándole el escote.

—Sí, pero ¿qué quieres, que me ahogue? No, gracias.

—¿Pretendes que le dé un yuyu a mi abuelo?

—Pero ¿no ha dicho Val que no ve?

—Ve lo suficiente —contesta él.

Mi hermana se encoge de hombros y se abrocha un par de botones. Luego pasa entre nosotros camino a las escaleras y, cuando Simon y yo nos quedamos mirándonos, ella se gira y pregunta si vamos o qué.

* * *

Las campanitas suenan cuando abrimos la puerta de De Oliver. Rachel levanta la cabeza para mirarlas, y sé lo que está pensando: que mamá ponía móviles como esos cerca de las ventanas y que, cuando las abríamos, sonaban. Se queda allí unos segundos antes de continuar. La tienda está más iluminada que nunca, con las persianas abiertas, sin estanterías delante y con luces nuevas. Vaya, es más grande de lo que yo pensaba.

Al fondo, el abuelo de Simon está hablando con alguien: el jefe de policía. Al verlo, Rachel se para en medio del pasillo y se gira para mirarme.

—¿Qué hace ese aquí? —susurra, nerviosa.

—Es mi padre —contesta Simon desde detrás.

—Espera, ¿qué? ¿Cómo que tu padre? ¿Tu padre, en plan, mamá-papá-mua-mua y luego te doy el biberón y te cambio los pañales? No jodas.

Simon hace una mueca por eso. Aunque he intentado evitar su mirada durante todo el viaje en coche hasta aquí, le toco el brazo y le sonrío. Se sonroja, pero al final sonríe también, un poco. Me da un vuelco el corazón.

Aún no hemos hablado sobre lo que me ha dicho.

La voz del señor Oliver suena, fuerte y profunda, por toda la habitación.

—¿Han venido ya? ¿Son ellos, o es alguna vieja que quiere comprar compresas?

—Oliver... —Vale, la cara del jefe ahora mismo es igual que la que pone siempre Simon cuando el hombre dice algo que no debería—. Son ellos, Oliver. Pórtate bien.

—Hola, papá. ¿Y mamá?

—No quería venir. Cosas suyas. —El hombre nos mira a

nosotras y sonríe–. Hombre, Rachel Miles. Me alegro de ver que te has lavado la cara.

–Al parecer, sigo siendo guapa hasta sin tanto maquillaje. Sorprendente, ¿verdad?

–¿Esa es? –pregunta el abuelo–. ¿Es la chica que va a ayudarme?

–Sí, Oliver. ¿Te acuerdas de qué tienes que preguntarle?

–Dile que se acerque, que no la veo bien.

Empujo un poco a Rachel. Ella da dos pasos y se cruza de brazos de forma desafiante. Al lado del señor Oliver parece una niña, aunque es más alta que él. Oliver echa la cabeza hacia delante con los ojos entrecerrados y, cuando vuelve a ponerse tan recto como estaba antes, tiene cara de asco.

–No la quiero. No tiene pinta de saber una mierda.

–¿Disculpe?

–Abuelo...

–Hasta yo he podido ver que se le transparenta el sostén. ¿Pretendes que una fresca venga a trabajar aquí? No. Seguro que ni sabe hacer cuentas.

–Oiga, que de fresca nada –suelta ella antes de que a alguien le dé tiempo a decir una palabra–. Además, sacaba ochos en matemáticas cuando iba al instituto, así que contar, de momento, sé. Con que no me ponga usted a hacer integrales...

–Y encima contestona –protesta el hombre–. ¿Dónde has encontrado a esta chica, Simon? ¿De verdad crees que va a poder ayudarme?

Miro a Rachel. Más que enfadada por eso, parece divertida. Sus ojos castaños brillan como si ese hombre acabara de lanzarle un desafío. Como si acabara de pegarle con un guante. Cuando Simon y su padre hacen ademán de ir a regañar al abuelo por haber llamado fresca a mi hermana, ella levanta una mano y los detiene.

Está sonriendo.

—Vale, creo que definitivamente va a gustarme todo esto. A ver, viejo: pregunte.

37. Cuando es tarde y de noche

El frío de fuera hace que hunda el cuello en el abrigo hasta que la cremallera me da en la barbilla. Veo a Rachel hacer lo mismo. Simon nos ha acompañado hasta la puerta para hablar un poco de cómo ha ido.

Parece tranquilo, serio y adulto, como cuando conduce o tiene que manejar situaciones delicadas. Me pregunto si será por la entrevista, porque su padre ha tenido que irse a mitad del intenso debate entre Rachel y el señor Oliver y él se ha quedado como moderador. También me pregunto si es por lo de antes.

Mi hermana se gira hacia él.

—¿Cómo lo has visto tú? ¿Pinta bien?

—Mi abuelo acaba de decir que eres una sinvergüenza y que cree que, si tuviera cuarenta años menos, te pediría matrimonio.

—Que sean sesenta, mejor.

Rachel sonríe y Simon y yo también.

—Estoy seguro de que vas a quedarte, Rachel. Mi madre no va a tener mucho que decir en esto. El que debe tomar la decisión es él, porque la tienda es suya y, como le gusta repetir, aunque sea dependiente, el cerebro sigue funcionándole igual de bien.

—Que solo hay que ver cómo te las ha devuelto todas, por cierto —comento.

Mi hermana parece sorprendentemente ilusionada por trabajar en De Oliver. Se encoge de hombros como si el ganador del debate de hace cinco minutos hubiera sido indiscutible desde el primer momento y luego mira hacia arriba para que sus ojos se encuentren con los de Simon.

—Tienes el teléfono de mi hermana, así que dale un toque cuando quieras que me pase por aquí. Supongo que ya me diréis los horarios y esas porquerías el próximo día…

—Te mantendré informada, no te preocupes.

—Pues genial, chavalín. —Rachel da una vuelta sobre sí misma y luego empieza a andar camino a casa—. ¡Nos vemos!

Simon y yo observamos sus pasos ágiles y elegantes durante unos segundos. Es increíble cómo mi hermana es capaz de darle vida y glamur a un abrigo como ese. Cuando nos miramos, él sacude la cabeza y se abraza el cuerpo por el frío.

—Bueno, pues no ha ido tan mal, ¿no?

—Creo que al final voy a acabar viendo más a tu hermana que a ti.

—¿Es que vais a prohibirme la entrada, o algo así? —Sonrío de medio lado.

—Nunca podría. Hasta sería capaz de darte la llave antes.

Rachel se ha dado la vuelta y mira hacia nosotros. Me hace un gesto con los brazos para que vaya y me dé prisa.

—Creo que me reclaman, así que ya hablamos.

Asiente.

—¿Estarás bien?

Observo la postura de Simon: ha vuelto a meter las manos en los bolsillos y tiene la espalda un poco arqueada. Su sonrisa es leve y, por primera vez, veo una sombra de hoyuelo en su mejilla derecha. ¿Cómo no me he dado cuenta de eso antes? Sus ojos verdes brillan con la luz del atardecer y el corazón me da un pequeño salto.

Simon me ha dicho que me quiere. Que le gusto.

—Claro. Ya está todo solucionado, ¿no? Las cosas irán mejor a partir de ahora. Tenemos todo el tiempo del mundo.

Sonríe más. Luego se encoge de hombros. Me fijo en cómo me mira. Pienso otra vez en lo que me ha dicho antes, y entonces las pulsaciones se me aceleran y tengo que respirar hondo.

Rachel, en la acera, parece impacientarse:

—¡Val, ¿tienes intención de venir, o qué?! ¡Me estoy helando! —Se ha sacado un cigarro y da golpecitos en el suelo con la punta de su bota, impaciente.

—Se está poniendo nerviosa, me voy. Deberías ir a comprobar si tu abuelo sigue repitiendo «maldita niña, creo que me gusta» como si se hubiera rayado.

Simon sonríe de nuevo y luego mira hacia la puerta de la tienda. Tras unos segundos, sin embargo, sacude la cabeza y suspira.

—Valeria, respecto a lo de antes…

Bum, bum, bum, bum.

—Supongo que no era el momento para decírtelo, así que olvídalo. No te preocupes por eso. Debería haberme esperado.

—¿Qué? —Bum, bum, bum, bum.

—No espero una respuesta por tu parte, ni quería molestarte con eso. Así que olvídalo, ¿vale? No es importante.

—No, verás, yo... —Bumbumbumbum.

—¡Valeria! —grita Rachel—. ¡En serio, vamos! ¡Que quiero llegar a casa, tengo hambre y me muero de frío!

—¿Qué? —pregunta él, ignorando los gritos.

—Yo también quería... Hum... Bueno, quería hablar de eso contigo.

Él parece algo sorprendido. Noto cómo la sangre se me acumula en las mejillas.

—Supongo que tienes razón y no es muy buen momento, pero... eh... tú también me g..., es decir, yo también te q...

—¿Me quieres?

Lo dice así, tal cual, sin más. En voz baja, como un susurro, pero sin anestesia. Por un momento, me resulta tan inesperado como un cubo de agua fría. Nadie me había preguntado nunca algo así, jamás, y oírlo es como un pitido sordo después de una explosión.

Tardo un poco en contestar, pero le digo que sí. Porque quiero a Simon. Y se le iluminan los ojos al oírlo, y sonríe, y yo aprovecho para irme antes de prometerle que lo llamaré.

Rachel me pone mala cara cuando llego a su lado, pero no dice nada. Solo se da la vuelta y empieza a caminar por la acera, por el borde, con los brazos extendidos y el cigarro haciendo equilibrios entre sus labios. De vez en cuando lo sujeta, le da un par de toquecitos para que caiga la ceniza y luego vuelve a colocarlo en su sitio.

No aguanta mucho tiempo en silencio.

—Por la cara que ha puesto ese chico, cualquiera diría que le has dado la noticia de su vida. ¿Le has ofrecido una fortuna, o te has declarado? Que ya me extrañaría que fuera lo segundo, siendo como eres una zorra sin corazón que no quiere reconocer lo bien que estaríais juntos. A pesar de que sea tan bobito.

Levanto la cabeza hacia ella.

—No soy una zorra sin corazón. Tú lo eres.

—Ya, bueno. —Ella sonríe tristemente—. Pero reconoce que algo se te ha pegado.

Me encojo de hombros y mi hermana empieza a hablar sobre la química y lo rojas que se le ponen las orejas a veces, pero yo no estoy pensando en sus orejas. Estoy pensando en esa sonrisa que no le había visto antes. Y no puedo quitármela de la cabeza.

No digo nada durante el resto del camino, solo escucho cómo ella canturrea, parlotea y blasfema cuando un coche no se para en un paso de cebra. Treinta minutos después, estamos en la puerta del motel.

Esto es nuestra casa. No hay otra. Aunque ahora todo será distinto.

Acabamos de volver a empezar. Creo firmemente que eso ha sido un comienzo. No sé por qué, las cosas han cambiado hoy. Es el punto de inflexión. Adiós a nuestra antigua vida; esa ahora está muerta, y de las cenizas resurgirá algo bueno, algo mejor. Somos un ave fénix. Ahora que mi hermana tiene otro trabajo, uno de verdad, podrá dejar de ser Raven para siempre. Las cosas no serán como antes, porque supongo que no existe un «antes» donde algo fuera normal, pero sí que espero que encontremos cierto equilibrio. Y que eso haga que por fin estemos bien.

Me quedo mirando el cartel. Hacia el Norte, se llama mi casa. Me pregunto cuántas personas habrán parado aquí durante su camino a las montañas. El sonido de la carretera es la prueba de miles de vidas huyendo y miles de vidas llegando. Supongo que, ahora que las cosas van a empezar a ir mejor, podré seguir mi camino y unirme a ellas en esa dirección.

Raven se da la vuelta al ver que no voy detrás. Frunce el ceño cuando se da cuenta de que solo estoy mirando el cartel y abre la boca para gritarme que no me quede ahí parada como una estúpida.

Pero no llega a llamarme, porque algo distrae su atención. Y su expresión se transforma por completo.

—¡Valeria! ¡Muévete! ¡¡Estás en medio de la carretera...!!

Dejo de mirar al norte. Se oye un chirrido tan fuerte que hace que me tape los oídos como acto reflejo. Todo pasa muy rápido, en un par de segundos. Giro la cabeza y una luz muy potente me deslumbra y me hace sentir como un animal desprotegido ante el cañón de un cazador.

Pienso: «C'est la vie, Valeria». Así es la vida, dura y cruel. Sin respiros. ¿Cómo pude pensar que sí?

No sé por qué, me parece que es buena idea echar las manos hacia delante para parar el coche en vez de saltar para intentar apartarme.

Pero luego, pum, claro. Porque yo no tengo la fuerza necesaria para parar un coche. Porque ya es tarde para evitar que me atropelle. Lo único que se oye es...

Pum. Un pum seco y sordo, se apaga la luz y solo hay silencio.

38. En el banco dará sol y sombra

Hola, Raven. Sé que ha pasado mucho tiempo y que probablemente este mensaje nunca llegue a ti, porque ahora no estamos en el mismo lugar. Ni siquiera estamos en el mismo tiempo. Tampoco sé si estamos hechas de lo mismo, para qué voy a engañarte. No sé qué soy ahora, pero me siento ligera, suave, libre. Y quería hablarte.

Me da pena haber muerto, Raven. Bueno, perdona, ya no eres Raven; vuelves a ser Rachel, casi se me olvida. Rachel, me da pena haber muerto porque voy a perderme muchas cosas.

Es triste que, justo cuando todo iba a empezar a ir bien y tú habías decidido salir del agujero donde te caíste hace tanto, pum.

Ya sabes, pum. El pum del coche que me lanzó por los aires. Delante de ti. Creo que eso fue lo peor, que lo vieras desde tan cerca. Lo siento. Siento que fuera tan rápido. Yo estaba allí y, de repente, ya no. Lo siento por eso.

Pero supongo que la vida es así y que te quita las cosas cuando menos te lo esperas. Ya me lo dijo Simon una vez, aunque no me paré demasiado a pensar en ello. Es como cuando mamá desapareció de nuestras vidas, que fue de un día para otro: rápido y muy doloroso. Creo que es como si el mundo tuviera que equilibrar fuerzas, ¿no? Era demasiado bueno que encontraras al señor Oliver y él te ayudara, tuviste demasiada suerte y en alguna parte debe de existir una balanza que cuenta esas cosas. A lo mejor también fue un poco por mi culpa, porque yo tuve mucha suerte con Simon.

No quería dejarte sola, Rachel.

Me da pena haber muerto porque sé qué cosas voy a perderme. Son cosas que tú no puedes saber porque no han pasado aún, pero yo las he visto. No tengo ni idea de cómo o por qué, pero ya he estado en esos momentos. Y me alegro por lo que va a pasar. Me pregunto si puedes sentir que estoy en alguna parte y que lo hago.

Tu trabajo en la tienda: no lo chafarás. De verdad que no. Es más, tu relación con el señor Oliver se estrechará pronto hasta tal punto que ese viejo acabará ofreciéndote el ático que está encima de su casa para que puedas dejar el motel. Y tú lo aceptarás enseguida, porque ese sitio te recuerda demasiado a mí y a tu otra vida, y son cosas que habrás decidido dejar atrás para siempre.

La salud del hombre empeorará con el tiempo y tú te ofrecerás a ayudarlo. Sustituirás a la madre de Simon y, misteriosamente, ella se habrá encariñado contigo para entonces, así que no protestará. Sí, lo sé, quién lo diría. Seguramente, si volviera y te lo contara, te reirías en mi cara, porque parece impropio de ti eso de ayudar a alguien así, pero cuando sea necesario te ofrecerás, él te llamará tonta y te preguntará si de verdad tiene cara de necesitar

341

ayuda de una niñata, y tú le dirás que sí y al final cederá. Y lo habrás hecho de forma voluntaria, pensando en él y no en ti.

Un día, muchos meses más tarde, cuidando de Oliver y llevándolo a dar un paseo al parque, os sentaréis en un banco al que, a ratos, dará sol y sombra. Lo habrás acompañado a la última consulta y la doctora te habrá dicho que el sedentarismo no es bueno para su estado. Por eso lo llevas al parque, porque ahora te preocupas por él, aunque se pasará protestando todo el camino. Irá agarrado de tu brazo y daréis pasos muy cortos, pero aun así estará gruñendo.

En ese banco empezará a hablar de los viejos tiempos, cuando sus amigos llamaban al timbre de su portal y él bajaba las escaleras de dos en dos o de cuatro en cuatro. Cuando hacía competiciones para ver quién corría más, quién saltaba más lejos. Habrás oído esas historias millones de veces ya, pero le prestarás atención como el primer día. Espero que entonces notes la tristeza de su voz y el brillo de añoranza en sus ojos, y lo compadezcas y comprendas. Yo, desde donde estoy, lo veré. Ojalá te des cuenta y le sonrías cuando sea necesario, porque es lo que él necesitará.

Te contará cosas de su juventud, de cuando él iba a la universidad. Te contará que, al final, su nieto ha decidido volver a estudiar, aunque esta vez algo que realmente le gusta. Tú sacarás un cigarro, echarás el humo al cielo y le confesarás que dejaste el instituto por mí, porque tenías que cuidarme, pero que también te encantaría volver. Él te preguntará qué te detiene.

Una pelota llegará volando hacia vosotros y rebotará en el espacio del banco entre los dos. Tú, enfadada, la recogerás y buscarás con los ojos al niño culpable, esperando poder regañarlo por casi darle al señor Oliver en la cabeza. Me encantaría volver a ver la cara que pondrás cuando te fijes en la niña que va a ir corriendo a recoger esa pelota, cómo te quedarás tan de piedra que no podrás ni pestañear.

Si vuelvo a ese momento, si vuelvo a estar en directo en ese instante, sé que esbozaré, desde donde sea, una sonrisa triste. La niña tendrá los ojos castaños y el pelo tan rubio que parecerá blanco. Su nariz será puntiaguda y sus labios, finos. La reconocerás al instante, no lo dudes, aunque lo primero que pensarás será «Valeria». Yo pensé tu nombre, en su día. Es inevitable. Es como nosotras, no podía ser de otra manera.

Una de las ventajas de estar aquí, en todas partes y en ninguna, es que solo así puedo darme cuenta de esos detalles que no notaría si mis pies tocaran el suelo: el ritmo acelerado de tu corazón, tus ojos abiertos y las lágrimas a punto de caer, el temblor de tus manos y de tu labio inferior, tu respiración alterada.

Alguien más se acercará a vosotros. Me alegraré al ver que Alejandro no ha cambiado pero que ha decidido invertir más tiempo en Mel. Llevará un chaleco de pelo y un sombrero de pirata, pero tú no te darás cuenta de eso. Seguirás mirándola a ella. Te pedirá disculpas y se agachará al lado de la niña para que haga lo mismo; cuando oigas su voz dulce y suave, empezarás a llorar. Y cuando Alejandro se dé cuenta, se asustará y te preguntará si tanto daño te ha hecho el golpe.

Pero entonces te mirará de verdad y se fijará en tu pelo blanco y en tus rasgos finos. No hay muchas chicas como tú, y se dará cuenta. Él es experto en notar la verdadera esencia de la gente. Pensará que eres guapa y que le suenas de algo, pero no te relacionará conmigo. Volverá a mirar a su hija, a tu hija, y se le encenderá la bombilla. Alejandro siempre ha sido inteligente, avispado, como él mismo decía en broma. Sería imposible que no viera la conexión entre Mel y tú.

Le devolverá a la niña la pelota, tú la observarás alejarse con un nudo en la garganta. Es probable que, si Be no te hubiera puesto una mano en la pierna y se hubiera sentado a tu lado, hubieras corrido detrás de ella.

—Eres tú, ¿verdad? Sois como dos gotas de agua. —Él mirará hacia donde está Mel y sonreirá tristemente. Tú te taparás la boca y agacharás la cabeza, y el señor Oliver lo observará todo sin entender por qué lloras pero sin atreverse a hablar. No creo que se dé cuenta de mucho, porque su vista le fallará más y más con los años, a pesar de las gafas.

Alejandro va a pasar una mano por tu espalda, como hacía conmigo cuando estábamos en medio de una sesión y me apartaba para decirme algo.

—Creo que tú y yo deberíamos hablar, ¿no es así?

Me alegro de que hasta ese momento no vayáis a conoceros. Me alegro de no haberos dicho nada cuando tuve la oportunidad, me alegro de que no me diera tiempo y de que no sepáis que yo soy el elemento que os unía hace unos meses. Siempre me preguntaré si él sabía algo; siempre quedará la duda de si lo descubrió en algún momento, de si también encontró en mí algo de parecido, pero ya nunca voy a tener la respuesta a eso. Y no importa. De todas formas, lo importante ahora es que el nexo será Mel, y eso es mejor.

Me siento tan feliz de que os hayáis encontrado. De veras que sí.

Exprime ese futuro por mí, Rachel, ¿sí? Por favor. Será tan fácil como cerrar los ojos; te lo prometo.

Epílogo. Otoño

Un año después no hay anillos, no hay pisadas al compás. Parece todo distinto.

Pero la acera sigue rota y aún existe esa separación entre ambos lados de la calle. Incluso ahí está el chico del otro lado de la valla, con la misma guitarra en las manos, un año mayor que entonces. La pena es que, a diferencia de hace un año, hoy no la toca. Solo la mira con ojos tristes y las comisuras de los labios hacia abajo. Parece indeciso. Parece perdido.

Hay música que ya nunca va a volver a sonarte igual, Simon, pero puedes escribir tus propias canciones.

Me pregunto si se acordará de que hoy hace un año que nos conocimos.

De repente, levanta la guitarra. Lo animo en silencio, porque sé que lo necesita. Llevo haciéndolo días, semanas, meses, pero esta me parece la primera vez que se atreve a moverse. Sus dedos rozan las cuerdas y, despacio, empieza a arrancar notas que suenan a suspiros.

«Valeria», suena en el viento. «Valeria», murmuran sus labios, camuflando la palabra entre otras. Su música me duele, pero también me hace sentir bien que haya sido capaz de sacarme de su cabeza y convertirme en música. Recuerdo que, la primera vez que intentó tocarla con la guitarra, ese fantasma dejó de perseguirlo y acosarlo. Recuerdo que dejé de pesarle tanto y pudo empezar a controlarlo. Su canción habla de una chica que solo huye del pasado sin tener intención de alcanzar el futuro, y eso parece ayudarlo. Al menos un poco. Y eso está bien.

Te enfrentaste a tus miedos, Simon, aquellos de los que hablamos a finales de septiembre. Te enfrentaste a un final inesperado, el mío, por eso estoy orgullosa de ti. Ahora eres más fuerte, ¿es que no lo ves?

¿Por qué no te das cuenta? Sé que no lo haces.

Te admiro. Sé que nunca lo sabrás, pero lo hago. Te admiro porque sigues siendo capaz de ir a visitar a tu abuelo aunque sabes que ahora siempre está con Rachel. Porque la miras a los ojos e intercambiáis sonrisas tristes y tirantes, porque somos prácticamente iguales y es imposible que la veas sin pensar en mí. Porque has vuelto a estudiar, esta vez más cerca de casa. Porque te esfuerzas por las cosas que te gustan.

Yo he acabado, pero a ti te queda mucho por delante. Dejemos que los cuarenta, cincuenta, sesenta años que aún te quedan por vivir sean felices, ¿sí? Un momento triste no tiene que hundir todo lo que queda por delante. No podemos estancarnos en el pasado, porque nos perderemos el futuro.

La vida sigue, a pesar de todo, y puede ser incluso mejor.

El patio está lleno de niños, pero ahora solo toca sin prestarles atención. Otra mujer está con él haciendo la guardia, junto a la puerta, leyendo una revista con tranquilidad y escuchando la radio con unos cascos. De vez en cuando levanta la mirada para echarle un vistazo a todo el mundo, incluyéndolo a él, antes de volver a su lectura.

El tono de la voz de Simon es envolvente, hipnótico, increíblemente relajante. También es triste, pero tiene cierto toque de esperanza, y eso me gusta.

Vuelve a ser otoño. Ha debido de llover hace poco. El suelo alrededor del patio está húmedo y sus zapatillas y el bajo de sus vaqueros están manchados de barro. Parece mucho mayor, como si hubiera crecido de golpe. También parece cubierto por una capa gris. No se ha afeitado ni esmerado demasiado a la hora de escoger su ropa, lo que acentúa su aspecto abandonado.

Me pregunto si tendrá mi imagen en su cabeza mientras toca.

Él no la ve, pero yo sí: una chica ha atravesado la calle al oírlo, curiosa. Estaba yendo por el otro camino, distraída, pero de repente ha roto la barrera invisible por él. Ha cruzado «la línea» por su música. Se ha quedado escuchando toda la canción y, aun cuando él acaba y las notas solo vibran, sigue ahí. De pie. Al otro lado de la alambrada. Donde solía estar yo.

No la ve porque hace mucho que no se sienta orientado hacia la calle. Hace tiempo que no mira hacia allí, omitiendo completamente esa parte del patio. Lo hace porque me echa de menos. Aunque no sé dónde estoy, quién se supone que soy ahora o por qué lo veo, eso lo sé. Y yo también lo echo de menos.

No aparto los ojos de la chica. Ella no aparta los ojos de él. Parece interesada y, por su cara, juraría que quiere decirle algo.

«Háblale», pienso con fuerza.

—¿Es tuya?

«¡Háblale más alto, no puede oírte!»

—¡Eh, tú! ¿Es... es tuya? ¿Has escrito tú esa canción?

Simon se gira por su grito. Lleva las gafas bien subidas, perfectamente colocadas en lo alto de su nariz puntiaguda. Su boca está cerrada, no como la primera vez que me miró. Es más, está tan cerrada que sus labios forman una línea fina y seria.

—¿Perdón? —pregunta.

—Esa canción —insiste ella, haciendo un movimiento con la cabeza para señalar la guitarra—. Es tuya, ¿verdad?

—Sí.

—Pues es muy buena. Felicidades.

El corazón me late rápido mientras paso los ojos de uno a otro. El pelo corto y negro de ella se revuelve por el viento cálido que aún no ha abandonado la ciudad, como si el verano se resistiese a irse, y sus ojos azules y grandes esperan una respuesta mientras una sonrisa delicada y bonita baila en sus labios. Me pregunto qué estará viendo Simon.

Me pregunto si sabrá reconocer esta oportunidad. Porque es una oportunidad. Es la mano que lo sacará del agujero definitivamente. No es una garantía de estar bien, porque ya sabemos que el mundo gira gracias a los movimientos inesperados, a las casualidades incontrolables que no pueden predecirse, pero aun así tiene que aprovechar esto.

Cruzo los dedos y pienso: «Que lo haga, que lo haga, que lo haga».

Cuando Simon le dice «gracias» y sonríe levemente, yo también sonrío.

Agradecimientos

Los agradecimientos de esta historia se me harían (más) eternos si me parara a escribir algo por cada una de las personas que han sido importantes para mí y para *Al final de la calle 118* desde que esta historia nació en 2013 y se llamaba *Valeria*. Ha (hemos, la historia y yo) pasado por lo que parecen millones de cosas, y para todas y cada una de las personas que habéis tenido algo que ver, para todos los que habéis aparecido en un momento u otro de la creación de esta historia: GRACIAS. Justo ahora, cuando debería explotar de la emoción, no se me ocurre otra cosa que decir que eso: gracias. De corazón. Quiero abrazaros a todos.

Lo primero de todo, gracias a mi familia. Gracias a todos por la emoción y la alegría y los gritos, las anécdotas y los ánimos de siempre. En cada cuento, cada examen, en cada historia creísteis en mí. Sois una inspiración, cada uno de vosotros: tías, tíos, abuelos, Eva, papá, mamá. Os quiero muchísimo, no sabéis cuánto.

Mamá, gracias por esos paseos descubriendo el pueblo

donde dejabas que te bombardeara con todas las ideas que tenía, a ver si así me aclaraba un poco. Gracias por escucharme, por los consejos y por tus propuestas. Gracias por todas las cosas médicas que supe corregir gracias a ti. Gracias por ser siempre tan sincera, tanto cuando algo no te gusta como cuando sí lo hace.

Gracias a Ruthi por los seis años que ya hace que nos conocemos y todas las cosas que nos han pasado desde entonces; por las charlas, las lecturas intercambiadas, los escritos y no haber dejado que la distancia nos separara nunca ni un poquito. Gracias a Ana Victoria por ser una gran crítica, buena lectora beta (pese a tus despistes, ejem), la mejor *fangirl* y una aún mejor amiga. Nada va a ser más fuerte que nosotras, y lo sabes.

Gracias a toda la gente que se ofreció a leer *Al final de la calle 118* hace tanto tiempo y me ayudó de una u otra forma: mención especial a Marta por las correcciones (tus anotaciones sobre laísmos y rimas internas me dan la vida) y a Lorena por las consultas legales. A los blogueros, porque habéis sido muy importantes para esta historia. Gracias por tener muchas veces más fe en ella (en mí) que yo y por animarme para que siguiera y lo intentara. Gracias a Rocy, Iria, Clara, Alba, Sam, Pab, Lena, María Ith, Jon, Dani y todos los demás.

Gracias a Sofía Rhei por aquel té de hace tres años y tus consejos, y a Javier Ruescas por hacer que entrara en este mundillo; por el foro, la primera presentación y los ánimos de siempre.

Gracias a Victoria Álvarez por ser mi mentora y hermana mayor en este camino. Realmente me faltan las palabras para agradecerte aquellas primeras conversaciones en Facebook, las madrugadas hablando, la noche en el japonés y todo lo demás.

Gracias a Víctor y a Javier por saber encontrarme y sacarme sonrisas cuando no sé ni dónde estoy.

Gracias a Martu, Gonzalo, Elena, Frades, Esther, Lau y el resto de los BIs por esos dos años que pasamos juntos y los que quedan. Sois grandes amigos, chicos. Os adoro, con rarezas y (numerosas) excentricidades incluidas.

Gracias a Pilar de la Cal, Pilar Durán y Ruth Guajardo por haber leído durante cinco años cada cosa que escribía, por ayudarme, por haber encontrado esos maravillosos concursos, acompañarme en tantas ocasiones y de tantas formas a lo largo del instituto. Las horas en la biblioteca lo hicieron todo un poco más llevadero, lo sabéis. Gracias también a Aurora, Carlos Arrieta, José Manuel y Silvia por la paciencia, por haber sabido despertar interés y pasiones, por haber adivinado lo importante que era escribir para mí y por haberme animado a seguir con ello. Seguiré yendo a veros, a todos, por los siglos de los siglos.

Gracias, por supuesto, a La Caixa y Plataforma Neo por esta maravillosa oportunidad. También a Miriam Malagrida, por todo el trabajo. Ni en un millón de años podría agradecer que hayáis cumplido el sueño de aquella mocosa de doce, catorce, dieciséis y (ahora) dieciocho años que cogía el tren a Madrid solo para visitar librerías siempre con el «algún día» en la punta de la lengua. Ahora, ese algún día parece haber llegado, y creo estar preparada para ello. Gracias por haberlo sabido ver y haber apostado por mí.

Por último, a ti, lector, si llegas a esta página, también

tengo que darte las gracias por haber abierto el libro. Gracias por haberte arriesgado. Eres una personita maravillosa, estoy segura. ¡Sigue siempre adelante!

CLARA